ROGUE RASCAL - VERSION FRANÇAISE

KYLIE GILMORE

Traduction par
LAURE VALENTIN

Ceci est une œuvre de fiction. Les noms, les personnages, les lieux, les marques, les médias et les anecdotes sont le produit de l'imagination de l'auteur ou sont employés de manière fictive. L'auteur reconnaît le statut de marque déposée et la propriété des produits de marque référencés dans cette œuvre de fiction et utilisés sans permission. La publication ou l'emploi de ces marques ne sont pas autorisés, associés ni commandités par les propriétaires des marques déposées. Toute ressemblance avec des événements, des lieux ou des personnes réelles, existant ou ayant existé, serait une pure coïncidence.

Couverture par : Michele Catalano Creative

Traduction par : Laure Valentin Translation

Publié par : Extra Fancy Books

ISBN-13 : 978-1-64658-057-6

1

Jack

Où suis-je ? Je cligne plusieurs fois des yeux et la chambre d'hôtel se précise peu à peu sous la vive lumière matinale de Las Vegas. Ce n'est *pas* ma chambre. Je suis assoiffé et ma tête me fait un mal de chien. L'enterrement de vie de garçon a dû être sacrément déchaîné, hier soir. Évidemment, puisqu'en tant que témoin, c'est moi qui l'ai organisée. Et j'ai fait ça bien. Moi et les gars avons quitté New York pour Las Vegas et avons tout fait – jeux, boissons, strip-clubs. Autant faire la totale avant que mon meilleur ami se retrouve enchaîné pour la vie. Le pauvre. Je roule sur le flanc et découvre face à moi l'objet le plus alarmant qu'un célibataire endurci comme moi puisse trouver…

Un voile de mariage, posé sur la table de chevet.

Je me hisse sur un coude et remarque une robe blanche à paillettes, drapée sur une chaise. Une robe de mariée ? Attendez. Je me souviens de cette robe. Il y avait une fête d'enterrement de vie de jeune fille dans l'un des clubs de strip-tease, et j'ai dansé avec une femme qui portait cette robe blanche et sexy. Mon esprit est embrouillé, j'ai du mal à me souvenir des détails, après ça. Zut. Est-ce que j'ai volé la mariée de quelqu'un ? Elle n'était même pas mon genre… très sérieuse et innocente, à rougir tout le temps alors qu'elle flirtait avec moi. C'est très mauvais signe.

Je scrute la pièce autour de moi et remarque une paire de talons aiguilles rouge dans le coin. Aucun signe de la mariée. Je ne vois ni sac à main ni valise. Mes propres vêtements sont sur le sol. Je jette un œil sous les couvertures. OK, je porte encore mon caleçon. Je voulais peut-être juste me mettre à l'aise pour dormir hier soir. Non ? Je n'ai pas vraiment couché avec la femme de quelqu'un d'autre. Ce serait vraiment minable. J'ai beau être toujours en train de pousser tout le monde à se lâcher en soirée, je ne suis pas irresponsable, et jamais je ne briserai un couple.

Je lève la main gauche. *Gloups*. Une bague de marié en or. Non, non, non. Qu'est-ce qui a bien pu se passer hier soir ?

Je fixe le voile sur la table de chevet et réalise qu'il y a quelque chose en dessous. Ça me donnera peut-être une idée de ce qu'il s'est passé. Je soulève le voile et découvre une brochure avec une photo de mariée souriante. Au-dessus, en grosses lettres roses, est écrit : Chapelle de Mariage Coup de Foudre. Un ruban bleu affirme « la meilleure du Nevada ! » Tout en bas, il est précisé : « Forfait de mariage à prix accessible ! » *C'est si ringard.*

Je me détends et me laisse retomber sur l'oreiller. Des indices disséminés de manière aussi évidente, et aucune mariée en vue ? Je sais ce qu'il se passe. Les gars m'ont joué la plus grosse blague du monde, et ont fait en sorte que je croie m'être marié à Las Vegas. Ah ah. Vous avez failli m'avoir, pendant une minute. Si je n'avais pas eu autant la gueule de bois, j'aurais compris tout de suite.

Je laisse échapper un soupir. Bon sang, je suis vraiment soulagé de ne pas avoir volé la mariée de quelqu'un par accident, dans mon état d'ébriété. OK, j'admets que je mérite cette blague, après toutes celles que j'ai jouées à mes amis. C'est un peu mon truc. J'ai fait ma première blague le jour de ma naissance. J'étais censé naître le premier avril – poisson d'avril ! – mais j'ai pris un peu plus mon temps et ne suis arrivé que le jour suivant. *Poisson d'avril, maman !* Mes parents en parlent tout le temps, et me traitent de fripouille. Vu que j'étais leur troisième enfant, ils s'attendaient à ce que l'accouchement soit plus facile. Je cause toujours des problèmes. C'est tout moi.

J'entends une chasse d'eau et me redresse d'un coup, avant de le regretter aussitôt quand la pièce se met à tournoyer devant mes yeux. Il y a quelqu'un dans la salle de bains. Il me faut un moment pour éclaircir à nouveau ma vision. De l'eau coule. Comment ai-je pu ne pas remarquer que la porte de la salle de bains était fermée ? La mariée est-elle là-dedans ? L'un des gars s'apprête peut-être à sortir, vêtu d'une grosse robe de mariée à froufrous pour me faire la blague. Ça serait tout à fait le genre de Sam, de faire un truc pareil. C'est le futur marié, mon meilleur ami et la victime la plus récurrente de mes farces. Je ne piège que les gens que j'aime.

— Il y a quelqu'un ? croassé-je.

J'ai besoin d'un verre d'eau.

Je repousse les couvertures et récupère mon jean sur le sol pour l'enfiler. Je regarde dans mon portefeuille : mon préservatif d'urgence est encore là. Et s'il y avait *vraiment* une mariée là-dedans ? Merde, merde, merde. Ça risque de tourner au désastre. Pourquoi est-ce que je ne me souviens pas d'hier soir ? Je ne suis jamais saoul au point de faire un black-out. Ai-je été drogué ? Je n'arrive pas à croire que mes amis pourraient me faire ça, même pour une bonne blague. Sam, Rick, Mike et moi sommes amis depuis huit ans, maintenant, depuis que Sam a emménagé à l'autre bout du couloir. Non, ils ne feraient jamais ça. Ce qui ne peut signifier qu'une seule chose – je suis sur le point de rencontrer ma femme.

Je fixe la porte de la salle de bain, figé sur place. *Réfléchis !* Je me souviens d'un club de strip-tease, d'avoir beaucoup bu, d'une boîte de nuit, d'avoir bu un peu plus. Nous sommes tombés sur un enterrement de vie de jeune fille auquel participait cette femme mignonne et raisonnable… une seconde. Ça me revient, maintenant. L'enterrement de vie de jeune fille était celui de la fiancée de Sam. Il n'était pas censé la voir avant le mariage, à cause d'une vieille tradition, ce qui n'avait aucun sens à mes yeux, vu qu'ils ne se marient pas avant la semaine prochaine. Nous nous sommes invités à leur fête quand même, parce qu'il *fallait* qu'il la voie. Je me suis retrouvé entraîné dans les festivités de mariage – j'ai flirté, bu et dansé. Sam est parti avec sa fiancée et ils se sont roulés des pelles dans un coin sombre. Je dansais avec un groupe de femmes, et puis il n'est resté que celle à la robe blanche pailletée sexy. Cette robe, et la façon dont elle était moulée à son corps incroyable. Elle dansait derrière moi et se frottait contre moi de manière très sexy. Au début, je ne savais pas qui c'était. Oh *putain*. Je n'ai pas… impossible. Pas avec elle. C'est la seule personne dont Sam m'a prévenu de ne pas m'approcher… sa petite sœur. Elle n'est plus si petite, mais c'est comme ça que Sam la voit. Ça ne peut *pas* être elle.

Je vous en prie, faites que ce ne soit pas elle.

Je fixe du regard la robe blanche pailletée posée sur la chaise et me répète que tout ça n'est qu'une blague. L'un des gars a tout manigancé. Ils nous ont vu danser et se sont dit que ce serait hilarant. Hein ? C'est forcément ça.

OK, les gars, assez rigolé.

Je me dirige lentement vers la porte de la salle de bains, prends une profonde inspiration et frappe.

La porte s'ouvre d'un coup. *Noooon !*

Riley Walsh lève les yeux vers moi et m'adresse un sourire presque timide. Elle a vingt-six ans, maintenant. Je crois. Je la connais depuis qu'elle a dix-huit ans, et j'ai pris soin de garder mes distances pendant toutes ces années, sur ordre de son frère. Ses cheveux brun foncé qui lui arrivent aux épaules ressemblent à de la soie brillante, son maquillage est minimal et elle porte un chemisier blanc et un pantalon noir, ainsi que des chaussures plates. Même à Las Vegas, elle s'habille comme la comptable professionnelle qu'elle est. Le chemisier la couvre jusqu'au cou, descend plus bas que ses coudes et s'évase après sa taille. Contrairement à sa robe d'hier soir, qui était moulée à sa silhouette en sablier dont je n'avais aucune idée jusque-là. Pas étonnant que j'aie été perturbé de voir la

Riley raisonnable dans une robe comme celle-là. Ivre, j'ai dû la suivre jusque dans sa chambre. C'est là que nous devons être, mais c'est quelqu'un de soigné, qui ne laisse pas tout traîner partout dans la chambre comme moi.

Je la dévisage alors qu'elle s'avance vers moi. *S'il te plaît, dis-moi qu'il ne s'est rien passé au lit hier soir. S'il te plaît, dis-moi que nous ne sommes pas mariés*. Je n'arrive pas à prononcer un mot, ma langue me paraît avoir doublé de volume. Ai-je réprimé le souvenir de notre mariage parce que c'était la plus grosse erreur de ma vie, et que Sam va me tuer ?

— Tu n'as rien à dire à ta femme ? demande-t-elle.

Elle lève la main gauche et me montre l'anneau doré à son doigt. Mon estomac se noue douloureusement. Oh Seigneur.

— Je vais vomir, parvins-je à articuler en la contournant.

Je claque la porte de la salle de bains derrière moi et vomis mes tripes. Au moins, j'ai eu le temps d'atteindre les toilettes.

Me sentant un peu mieux, je tire la chasse d'eau, me lave les mains et m'asperge de l'eau froide sur le visage. Je me regarde dans le miroir. Qu'est-ce que j'ai fait ? Mes cheveux brun foncé sont ébouriffés et le dessus un peu long, que je dompte en général avec du gel, donne l'impression que j'ai tiré dessus de manière répétée. *À moins que ce soit elle*. Je ferme les yeux. *Je vous en prie, dites-moi que je n'ai pas eu une relation sexuelle non protégée avec la seule femme que je n'aurais jamais dû toucher*. Et si elle était enceinte ? J'ai une sueur froide et toute la pièce se met à tourner devant mes yeux. Je m'asperge encore un peu d'eau froide sur le visage. Je suis en train de paniquer. *Calme-toi. Parle-lui et découvre ce qui se passe.*

Je prends une serviette pour m'essuyer le visage. Puis je prends le verre propre sur le comptoir de la salle de bains, arrache le couvercle en papier et le remplis d'eau. J'engloutis le verre d'eau, puis un deuxième et un troisième. Je fais tournoyer l'eau dans ma bouche, crache et repère une petite bouteille de bain de bouche. On dirait qu'elle s'en est déjà servi, mais il en reste assez. J'en prends aussi.

Je passe mes mains sur ma barbe taillée et me prépare au pire. Mon estomac se tord. S'il restait quoi que ce soit dedans, je me serais sûrement précipité encore une fois vers les toilettes, mais je n'ai plus rien à vomir. Et je recommence à paniquer.

J'ouvre la porte d'un geste vif et entre dans la chambre. Elle a fait le lit – au carré et avec soin, comme à l'hôpital, bien sûr – et elle est assise au bord du matelas, les jambes sagement croisées. Elle est expert comptable, toujours en costume, et elle travaille dur pour son emploi de comptable d'entreprise en ville. Pendant un bon moment, elle a eu un petit ami comptable intello. J'étais certain qu'ils finiraient par se marier. Je suis employé du bâtiment dans l'entreprise de construction de ma famille. Pourquoi aurait-elle *envie* de se marier avec moi ? Nous n'avons rien en commun, mis à part Sam. Son frère et moi nous sommes aussitôt entendus. Il travaille dans une entreprise de technologie, mais ce n'est pas un intello ringard. Il apporte du sel dans ma vie, et je le considère comme un frère. Qu'est-ce que j'ai fait ? Il ne me pardonnera jamais.

— Bonjour, dit-elle. Tu te sens mieux ?

— Non.

Je réduis la distance entre nous et viens me placer devant elle.

— Alors, on est mariés.

— On dirait bien, répond-elle en pinçant les lèvres.

Je la dévisage un long moment. Je repense soudain au préservatif d'urgence inutilisé et encore rangé dans mon portefeuille. Je n'arrive pas à croire que j'ai oublié à la fois le mariage *et* le fait d'avoir couché avec elle. Je dois savoir.

— Est-ce qu'on a, euh, couché ensemble ?

Elle m'adresse un sourire peiné et répond :

— Tu t'es évanoui dès que j'ai rejeté les couvertures.

Je me laisse tomber lentement sur le matelas à côté d'elle.

— Bien. Tant mieux, dis-je avec un faible sourire. Mon préservatif d'urgence est toujours dans mon portefeuille.

Je vois s'étirer le coin de ses lèvres.

— On a acheté une boîte de préservatifs en prévision de notre lune de miel, m'informe-t-elle.

Elle sort son sac à main de l'étagère du bas de la table de chevet et l'ouvre pour me montrer. J'en sors la boîte de préservatifs, qui n'a pas été ouverte. J'ai dû perdre connaissance après avoir eu la prévoyance de me préparer pour la lune de miel. C'est le seul point positif de cette situation cauchemardesque, et je m'y raccroche dans un effort pour ne pas m'enfuir de la chambre en courant.

Je pose les coudes sur mes genoux et me tords les mains.

— Je ne me souviens plus trop d'hier soir.

— Tu ne te souviens pas quand on a joué à « je n'ai jamais » en buvant des shots de tequila ? Tu as déjà fait un tas de trucs, Jack.

Je laisse retomber ma tête douloureuse dans mes mains. Elle n'a dû boire qu'un shot, tout au plus. C'est quelqu'un de très collet monté – du genre tailleur et tableaux de calcul. Mon regard se pose sur ses chevilles sexy. Qu'est-ce qui me prend, de regarder ses chevilles ? Qu'est-ce qui se passe ?

— Sam m'a interdit de t'approcher, dis-je en levant la tête. Je ne suis pas du genre à m'engager, tu comprends ?

— Ouais, je sais. Il m'a dit la même chose.

Mon crâne palpite en rythme avec les mots qui tournent en boucle dans ma tête, mon pire péché : *le code d'honneur entre potes, le code d'honneur entre potes, le code d'honneur entre potes.* Je l'ai enfreint, et il ne me pardonnera jamais. Comment ça a pu arriver ? C'est alors que je réalise qu'elle a enfreint le code d'honneur entre frère et sœur. Sam lui avait dit de rester loin de moi, à elle aussi.

— Pourquoi est-ce qu'on s'est mariés ? demandé-je.

— On plaisantait à propos des mariages à Vegas. On avait trop bu, tous les deux. J'ai commencé bien avant ton arrivée.

Elle fronce les sourcils et continue :

— Je ne sais trop comment, on est passé des plaisanteries à l'achat de bagues et d'un voile, et ensuite on a cherché la chapelle de mariage la plus ringarde qu'on a pu trouver.

Une bribe de souvenir me revient.

— Je me souviens qu'on s'est mis au défi de le faire.

— Oui ! rit-elle. Et j'ai insisté pour avoir une bague à mon doigt et un voile digne de ce nom.

— C'est ça, acquiescé-je lentement.

Des fragments de ce qu'il s'est passé hier soir me reviennent. Riley qui sourit et rit, moi qui veux faire en sorte qu'elle continue. On s'amusait tellement. Mais un mariage ?

Je lève la main et regarde mon alliance dorée et brillante. L'enseigne au néon de la chapelle de mariage apparaît dans ma tête. Les O de « Coup de Foudre » étaient des cœurs transpercés d'une flèche. C'était clairement la chapelle de mariage la plus ringarde du coin. Je réprime un grognement.

— Mais tu as toujours eu l'air si raisonnable, dis-je en me tournant vers elle.

— La vérité, répond-elle en pinçant les lèvres, c'est que j'avais envie de sortir de ce moule. Tu sais, m'amuser plus, prendre quelques risques. Je ne vis que pour mon travail, je ne m'amuse jamais et c'est comme ça depuis longtemps. J'ai travaillé comme une dingue à la fac, et maintenant j'essaie de gravir les échelons dans mon entreprise. Sans parler de toutes les études que j'ai faites pour passer l'examen de comptable.

Elle soupire et reprend :

— Las Vegas me semblait être l'occasion idéale pour devenir une version différente de moi-même, le genre de personne qui se lâche et passe un bon moment. Comme toi.

Je grogne.

— Je suppose que dans notre état d'ébriété, on s'est dit qu'un mariage constituerait une expérience marrante typique de Las Vegas, ajoute-t-elle en levant les mains, paume en l'air.

— Tu es en train de dire qu'on s'est marié juste pour passer un moment *marrant* à Vegas ? m'étonné-je.

Ma voix monte de volume à la fin de ma phrase et je grimace alors que ma migraine s'intensifie. Le mariage est un sujet sérieux.

— Arrangeons cette gueule de bois. Attends.

Elle prend le téléphone et appelle le service d'étage pour demander du café, des fruits et un panier de petits déjeuners.

Quoi que ce puisse être. Puis elle me serre un verre d'eau et sort de l'ibuprofène de son sac à main.

— Merci, marmonné-je avant d'avaler le comprimé.

Elle pose le verre sur la table de chevet.

— Où est ton T-shirt ? me demande-t-elle en cherchant dans la chambre.

— Riley, il faut qu'on annule ce mariage. Genre, maintenant.

— Ah ah ! s'exclame-t-elle.

Elle lève mon T-shirt noir dans un geste triomphant après l'avoir ramassé dans le coin de la pièce le plus près de la porte, puis me le lance.

— On pourra le faire dissoudre sans problème. Ce sera comme si ce n'était jamais arrivé. Tant qu'il n'a pas été consommé, précise-t-elle avec un sourire timide. Et ce n'est pas le cas. Vilain garçon, tu t'es évanoui après m'avoir raconté tous les trucs coquins que tu avais faits.

Je laisse échapper un soupir, si soulagé que j'en ai presque le tournis. Oui, le dissoudre, c'est parfait. Ma famille me tuerait s'ils croyaient avoir raté mon mariage. J'ai *moi-même* l'impression d'avoir loupé mon mariage. *OK, respire.* Tout va bientôt s'arranger.

— Tu es sûre qu'on pourra le faire annuler ? demandé-je en enfilant mon T-shirt.

Elle se rassoit à côté de moi et me regarde droit dans les yeux.

— Oui, acquiesce-t-elle, mon amie a réussi à faire annuler le sien, et le fait qu'il n'ait pas été consommé était une raison valide pour dissoudre le mariage. À New York, en tout cas. Tout est très simple. Ne t'en fais pas.

Nous vivons tous les deux à New York. Moi à Brooklyn et elle à Manhattan. Je suis bien content qu'elle soit au courant de ces trucs-là. C'est du Riley tout craché. Si raisonnable, si pragmatique. Je me réveille marié et je vomis mes tripes. Elle a déjà déterminé quoi faire ensuite.

— J'ai bu combien de verres, hier soir ? demandé-je.

— Six shots de tequila, je crois, mais je ne suis pas sûre, parce que je riais tellement que je n'ai pas trop fait attention.

Elle me donne un coup de coude dans le bras et ajoute :

— Tu es si drôle.

— J'aimerais me souvenir un peu mieux d'hier soir.

— Tu as dormi comme une souche. Tu as mentionné être en manque de sommeil à cause du chien de ton voisin du dessus. Ça plus l'alcool, et tu étais K.O. C'est un chiot ?

— Je ne sais pas, marmonné-je d'un ton absent alors que je m'efforce de me souvenir plus en détail d'hier soir. C'est un petit truc blanc.

Boum ! Boum ! Boum ! Quelqu'un frappe à la porte de la chambre de Riley. Nous nous figeons tous deux sur place.

— C'est peut-être Sam, me murmure-t-elle à l'oreille.

De la sueur perle à mon front.

— Qu'est-ce qu'il fait là ?

— Merde, marmonne-t-elle, les yeux fixés sur la porte.

— Riley, dis-je à voix basse.

Mais avant que j'aie pu lui demander à nouveau ce qui aurait pu amener Sam à sa porte, je suis interrompu par d'autres coups furieux.

Elle grimace, puis murmure d'une voix affolée :

— Quand Alison a quitté la fête d'enterrement de vie de jeune fille plus tôt avec Sam, elle m'a demandé de lui envoyer un message pour lui confirmer que j'étais bien rentrée dans ma chambre. Ce que j'ai fait. Malheureusement, dans mon état d'ivresse, je me suis laissée aller et j'en ai un peu trop dit.

Alison est la fiancée de Sam.

— Qu'est-ce que tu as dit, au juste ?

Boum ! Boum !

— Riley ! Ouvre !

C'est Sam, ça ne fait plus aucun doute.

Pris de sueurs froides, je cherche mes chaussures. Je dois me ressaisir, et vite. Faire en sorte que tout ça ait l'air aussi innocent que ça l'est. Je repère mes baskets sous le bureau, avec mes chaussettes dedans. *C'est elle qui m'a déshabillé ?* Je ne mets jamais mes chaussettes dans mes chaussures. *Concentre-toi ! Sam est sur le point de te tuer !*

J'enfile mes chaussettes et mes chaussures, puis je coiffe mes cheveux avec mes doigts.

— OK, qu'est-ce qu'on lui dit ?

— La vérité, répond-elle en se mordillant la lèvre. Il est juste si protecteur. Tu sais, comme un grand frère.

Elle lève les yeux au ciel et reprend :

— Je n'ai pas envie qu'il pète un plomb avec toi. Je vais lui expliquer que tout va bien. Qu'il n'y a rien de dramatique.

Elle se dirige vers moi et pose une main sur ma joue.

— Tu es trop mignon pour te retrouver avec le nez cassé.

Cette caresse est étonnamment agréable, et je n'arrive même pas à croire que je m'en rends compte au beau milieu du pire désastre de ma vie.

— Je mérite peut-être qu'on me casse le nez.

— Riley, ouvre la porte ! aboie Sam.

Elle s'empresse d'aller à la porte, mais ne fait que l'entrouvrir.

— Salut, Sam ! Je vais bien. Tout va bien.

Il la repousse de son chemin et entre dans la chambre, pour se retrouver face à moi. Il est mince et plus petit que moi, mais il ne faut jamais sous-estimer ce que peut faire la fureur chez un homme. Ses cheveux brun foncé sont coiffés sur le côté avec soin, ses yeux marron sont écarquillés et un peu fous.

— Qu'est-ce qui se passe, ici, bon sang ?

Riley intervient aussitôt d'un ton précipité :

— On s'amusait tous dans ce club, hier soir, tu te souviens ?

— Alison m'a dit que Jack t'avait raccompagnée sans encombre jusqu'à ton *lit*, hier soir, dit Sam entre ses dents.

Il la regarde en plissant les yeux, puis tourne la tête vers moi et ajoute :

— Et il est toujours là.

À cet instant, je réalise qu'il ne croira jamais qu'il ne s'est rien passé entre nous hier soir. Il connaît ma réputation, et c'est justement pour ça qu'il m'a intimé dès le départ de rester loin de sa petite sœur. Je suis le type qui prend du bon temps, celui qui a des aventures d'un soir, celui avec qui on traîne, mais qu'on ne laisse jamais approcher de sa sœur.

Je m'avance vers Riley, lui prends la main et l'étreins légèrement avant de me mettre à mentir comme un arracheur de dents :

— Nous sommes ensemble depuis plus d'un mois.

Sam était trop occupé avec les planifications de mariage pour savoir quoi que ce soit de ma vie amoureuse.

Sam me regarde un instant d'un air indéchiffrable, avant de se tourner vers sa sœur. Je tourne la tête vers Riley, et elle scrute mon visage. Je prends mon expression la plus assurée et tente de lui faire passer un message en silence : *tu es ma petite amie, joues le jeu, s'il te plaît.* C'est la seule manière de sauver ma relation avec Sam. On n'enfreint pas le code d'honneur entre potes.

Sam fronce les sourcils d'un air confus.

— Mais vous n'en avez jamais parlé.

— Je ne t'ai pas beaucoup vu, dis-je d'un ton léger.

Il a plus ou moins lâché tous ses potes dès qu'il s'est fiancé. *Mené à la baguette.*

Un silence de mort s'abat dans la pièce. Il me dévisage et je soutiens son regard alors que de la sueur coule le long de mon dos. Je déteste mentir.

— Et on ne voulait pas te contrarier, intervient Riley, interrompant notre échange de regards. Enfin, je sais que tu es très protecteur, et en général, Jack n'est pas du genre à se mettre en couple, c'est pour ça que tu m'as conseillé de rester loin de lui. Mais les moments que nous avons passés ensemble… eh bien, c'était de très bons moments.

Il me fusille du regard et ses narines se dilatent. Merde. Il ne croit pas à cette histoire de relation. Sûrement parce que je n'en ai jamais eu de sérieuse de ma vie. Ou peut-être qu'il y croit et que ça ne lui plaît pas. Quoi qu'il en soit, il est à deux doigts de disjoncter.

— Sam, commencé-je.

— Écoute-moi bien, parce que je ne te le dirai qu'une fois, m'interrompt-il d'une voix dure. Si tu lui brises le cœur, je te referai le portrait.

— C'est compris, acquiescé-je avec un signe du menton.

Il se tourne vers Riley, ouvre la bouche et la referme. Puis il se retourne et se dirige vers la porte.

— On se voit au dîner de ce soir, lui lance Riley, en prenant une note plus aiguë à la fin comme s'il s'agissait d'une question.

Elle veut savoir si nous sommes encore les bienvenus au dîner organisé avec les autres demoiselles d'honneur, s'il peut accepter que nous soyons en couple.

Il s'arrête, la main sur la poignée, et ses épaules se crispent tellement qu'elles touchent presque ses oreilles.

— Ouais, marmonne-t-il avant de passer la porte d'un pas vif.

Je regarde la porte fermée pendant un long moment. Ça aurait pu être pire. N'est-ce pas ? Nous sommes toujours invités au dîner de ce soir.

— Pourquoi lui avoir dit qu'on était dans une relation sérieuse ? me demande Riley en se mordillant la lèvre.

— Il ne nous aurait pas crus si on avait dit la vérité, dis-je d'un ton plat.

Elle scrute mon visage.

— Maintenant, on va devoir faire semblant d'être en couple pendant un petit moment, ou Sam croira que c'était juste une passade. Tu es sûr de vouloir faire ça ?

Ouais, c'est le prix à payer pour une nuit de folie stupide à Vegas. Bon sang, je n'ai vraiment que les inconvénients. Je fais semblant d'être en couple, mais sans le sexe, et je suis marié, mais sans le sexe. Parce que ça fait partie du marché. Si on ne consomme pas le mariage, on pourra l'annuler. Je n'ai pas envie de devenir officiellement un divorcé. Je veux que ce soit comme si rien ne s'était passé. Que ça ne revienne jamais aux oreilles de ma famille. Mes parents prennent le mariage très au sérieux. Mon père a fait une croix sur tout un royaume pour épouser la femme qu'il aimait. Ouais, j'ai du sang royal.

Même si ça ne se voit pas du tout. Je suis plus du genre bleu de travail que sang bleu. Mais je n'ai pas envie de devenir le raté de la famille, je ne veux pas les blesser. C'est alors que je réalise qu'un divorce pourrait faire mal à ma famille d'une autre manière. Je suis le copropriétaire de notre entreprise de construction et de développement immobilier, avec mes cinq frères. Un divorce pourrait me faire perdre la moitié de mes parts dans l'entreprise, au profit de Riley. N'ai-je pas entendu dire quelque part que quatre-vingt-dix-neuf pour cents des mariages à la va-vite à Vegas se terminaient en divorce ? Je ne connais pas les statistiques exactes, mais je suis sûr qu'elles ne sont pas positives.

L'annulation du mariage est la meilleure solution. Quand nous aurons feint d'être en relation assez longtemps pour satisfaire Jack. Cette histoire est tellement tordue.

— Jack ?

— Ouais, c'est bon. Je vais le faire.

Elle fronce les sourcils d'un air concentré, puis prend une expression plus légère.

— On doit juste faire semblant jusqu'à son mariage, samedi. Ensuite, il partira en lune de miel à Aruba en ignorant totalement la situation. Après ça, on fera discrètement annuler le mariage. Une semaine à feindre d'être en couple, ce n'est pas si difficile. Quand il reviendra de sa lune de miel, on dira qu'on a rompu et tout reviendra à la normale. Il ne sera pas en colère contre nous. Ça voudra dire qu'on est sorti ensemble pendant presque deux mois, ce qui est assez long pour déterminer si deux personnes sont compatibles.

Je hoche une fois la tête, et mon crâne proteste douloureusement à ce mouvement. J'ai de plus gros problèmes à gérer que ma gueule de bois – j'ai une femme que je ne peux pas toucher et un meilleur ami qui ne va pas me lâcher d'une semelle pendant que j'essaierai de feindre la première relation de ma vie. Qu'est-ce qui pourrait mal tourner ?

Elle m'adresse un petit sourire.

— Tu as plutôt bien géré ça, en fait. Je ne voulais pas

contrarier Sam avant son mariage. Tu sais que lui et Alison sont déjà très stressés par les préparatifs de mariage.

Je le sais. Ça fait un an qu'ils préparent leur mariage. C'est ridicule, mais c'est leur truc. Si Riley et moi avouons la vérité trop vite, Sam sera en colère contre moi pour avoir passé la nuit dans une chambre d'hôtel avec elle et pour lui avoir laissé croire qu'on était en couple. La dernière chose dont j'ai envie, c'est qu'il soit contrarié avant son grand jour.

Je me tourne vers Riley et pousse un soupir.

— OK, une semaine. Pour Sam.

Ce n'est pas comme si on allait se voir très souvent. On devra juste dîner ensemble ce soir avec les demoiselles d'honneur, et ensuite je ne la reverrai qu'au mariage de Sam. Évidemment, ce ne sera pas simple. Il faudra tenir pendant la répétition du dîner, la cérémonie et la réception sans faire aucune gaffe.

Elle sourit et une étincelle amusée pétille dans ses yeux sombres.

— Ça pourrait être marrant.

— Ouais, marrant, marmonné-je.

Je n'ai pas envie de lui faire de la peine, mais je ne suis pas sûr qu'une relation sans sexe puisse être *marrante*.

C'est sûrement le retour de bâton ultime, pour un séducteur dans mon genre.

2

Riley

Je porte une petite robe noire pour le dîner, qui a lieu dans un joli restaurant italien de l'hôtel Venetian, où sont installés les participants à l'enterrement de vie de garçon. Nous autres les femmes avons réservé des chambres au Bellagio, au bout de la rue. Le truc – aussi mièvre, ridicule et romantique que ça puisse paraître – c'est qu'Alison ne voulait pas être trop loin de Sam, mais qu'elle tenait quand même à lui accorder un peu d'espace pour qu'il profite de sa fête d'enterrement de vie de garçon. Ils sont inséparables, tous les deux, c'est pourquoi nous nous sommes retrouvés à fêter l'enterrement de vie de garçon et de vie de jeune fille en même temps et au même endroit. Je suis heureuse pour eux, même si je n'ai jamais ressenti rien de tout ça pour aucun de mes petits amis. Pas même en deux ans de relation avec Charlie.

Je suis en avance et j'attends devant le restaurant pour avoir une discussion rapide avec Jack avant qu'on entre. Je lui ai envoyé un message pour le prévenir (il a enregistré son numéro dans mon téléphone hier soir). On doit se comporter de manière familière l'un avec l'autre pour donner l'impression que cette relation est réelle. La vérité, c'est que je craque pour Jack depuis le jour où on s'est rencontrés. À l'époque, je venais tout juste de quitter le lycée. Il avait vingt-deux ans et ressemblait à un mannequin dans une pub pour Levi's, avec son style sauvage et décontracté, dans un T-shirt blanc uni et un jean délavé. Des cheveux sombres en tignasse ébouriffée, des yeux bleus perçants qui voyaient tout et un sourire facile, qu'il m'adressait même à moi, la petite sœur de son ami. Quand Sam nous a présentés, à l'époque, Jack m'a poliment serré la main et m'a dit qu'il était ravi de me rencontrer, d'un ton chaleureux. J'ai rougi des pieds à la tête.

Plus tard, j'ai harcelé Sam pour qu'il m'en dise plus sur Jack. Il m'a expliqué qu'il travaillait dans le bâtiment, dans l'entreprise de sa famille. Puis il m'a intimé de ne jamais ne serait-ce qu'*envisager* de me mettre avec Jack, parce qu'il ne prenait jamais rien au sérieux, et surtout pas les femmes. C'était marrant de traîner avec lui, m'avait dit Sam, mais il n'était pas pour moi. Et oui, d'accord, je suis plutôt du genre sérieuse. J'ai toujours été quelqu'un de motivé et de concentré, ce qui ne laisse pas souvent la place à l'amusement. Je savais que je voulais devenir comptable quand je suis entrée à la fac, et j'avais conscience de ce que je devrais faire pour y parvenir. Ma mère est comptable et je l'avais assez souvent aidée pour savoir que ça me convenait. J'aime l'ordre et la symétrie des nombres qui s'équilibrent. C'est satisfaisant. Alors j'ai oublié Jack (qui n'a jamais été intéressé par moi, de toute façon). Je suis allée à l'université de Columbia, où j'ai rencontré un tas de comptables sérieux, dont certains sont devenus des petits amis compatibles.

Vous voulez savoir un truc marrant au sujet de la comptabilité ? Ça finit par devenir ennuyeux. J'ai vécu une relation sérieuse avec Charlie pendant deux ans, à la fac, et à Columbia, qui a pris fin quand il a trouvé du boulot à Chicago. J'avais déjà un excellent poste en vue à New York. Je n'ai pas été si dévastée que ça par cette rupture, alors que j'aurais dû l'être. J'aurais dû être folle de lui au point d'éprouver une émotion profonde. Ça a été la révélation. Maintenant, je cherche quelqu'un de différent de mon genre habituel. Quelqu'un qui soit en dehors de mon cercle de comptables prudents, quelqu'un qui me fasse ressentir un semblant d'excitation. Je suis célibataire depuis plusieurs années, maintenant, alors que je tente de déterminer ce qui peut fonctionner (ou pas) pour moi. C'est là qu'est arrivé Jack. Une connexion s'est créée entre nous, hier soir. Il est drôle et spontané, et je suis encore plus attirée par ça, maintenant. Ce n'est pas quelque chose de naturel, chez moi, mais j'ai envie d'en faire l'expérience.

Mais je ne me fais pas d'illusions. Hier soir, la situation a dérapé. Maintenant que je suis sobre et à tête reposée, je sais que Jack n'est pas fait pour le mariage. Je sais qu'il n'est pas intéressé par les relations sérieuses et j'ai été témoin de sa panique à l'idée d'être marié, ce matin. Le pauvre donnait l'impression d'avoir reçu une enclume sur la tête – comme dans les cartoons – et était à la fois sonné et confus. Je pouvais presque voir des petits oiseaux et des étoiles tourner autour de sa tête, comme dans les dessins animés. Il m'a même annoncé franchement qu'il n'était pas du genre à s'engager. J'ai l'intention de profiter de cette semaine avec lui, tout en sachant que ce n'est que temporaire. Mais il est si drôle, et j'ai enfin l'occasion de passer du temps avec lui avec la bénédiction de Sam. Plus ou moins.

Cela restera léger et décontracté. C'est le mieux à faire pour protéger mon cœur. Et puis, ce n'est que pour une semaine.

Oh ! Le voilà ! Mon pouls palpite dans mes veines alors que Jack approche, l'air bien plus sûr de lui que ce matin. Il porte son T-shirt et son jean délavé habituels, ainsi que des baskets. Son torse et ses épaules sont plus musclés aujourd'hui que le jour où l'on s'est rencontrés, le résultat d'années passées à pratiquer un travail physique. Je l'ai vu pour la première fois dans toute sa splendeur musculeuse hier soir, quand il s'est déshabillé dans ma chambre d'hôtel. Si seulement il n'avait pas perdu connaissance.

Il s'arrête devant moi, à une distance polie, et plonge les mains dans ses poches.

— Salut.

— Salut, répété-je, me disant qu'on s'entendra plus facilement si je parle son langage.

— J'ai l'impression d'être mal habillé.

— Il n'y a aucune tenue correcte exigée. Et tu présentes bien.

Il examine le restaurant derrière moi.

— Ils ne sont pas encore là. Bien.

Il croise mon regard, plus sérieux que je l'ai jamais vu.

— Alors, de quoi tu voulais parler ? Tu veux qu'on accorde nos violons ?

Il a un magnifique accent de Brooklyn. Je viens de la banlieue du New Jersey et j'ai un accent classique.

— On doit avoir l'air à l'aise l'un avec l'autre, expliqué-je en faisant un pas vers lui, alors je me disais qu'on devrait en discuter à l'avance. De ce qui est acceptable. Comme nous tenir la main de temps en temps, tu sais, avoir quelques gestes affectueux.

Je lui étreins le biceps et sens son muscle dur. Oh, comme j'aurais aimé profiter de ça hier soir, savourer sa chaleur, la goûter. *Arrête ! C'est temporaire.* J'ai pris la bonne décision, hier soir, quand je l'ai mis au lit. J'espérais qu'on ait l'occasion d'explorer un peu plus le lendemain matin. Au lieu de ça, je me suis retrouvée avec un poulet sans tête qui courait partout dans la chambre d'un air hébété. *Pff.*

Je risque un coup d'œil vers lui après avoir refermé les doigts sur son biceps. Il a la mâchoire serrée.

— OK ?

— Ouais, bien sûr, tu peux me toucher.

Je souris.

— Tu peux me toucher aussi.

Il incline la tête et sa voix gronde dans mon oreille :

— Et pour l'annulation ? On ne peut pas coucher ensemble.

— Je n'ai jamais parlé de coucher ensemble, dis-je en

rougissant. Juste de faire des trucs de couple normal en public.

C'est alors que je songe qu'il est du genre drôle et spontané, et qu'il lui arrive donc peut-être d'avoir des relations sexuelles en public.

— Est-ce que ça t'arrive ?

— Quoi ?

— D'avoir des relations sexuelles dans un endroit public ?

Il regarde autour de lui, puis reporte son attention sur moi.

— Disons juste qu'on ne fera *pas* ça.

Je pince les lèvres et tente de dissimuler ma déception. Je sais qu'il veut pouvoir annuler le mariage comme si ce n'était jamais arrivé, mais maintenant que je sais qu'il a déjà couché avec des femmes dans des lieux publics, mais ne veut pas le faire avec moi, j'ai l'impression de louper quelque chose. Ça pourrait être excitant. Peut-être qu'il ne me trouve pas attirante. On m'a déjà dit que j'avais un côté bonne copine à qui on peut faire confiance. C'est sûrement pour ça que j'ai obtenu tant de jobs de baby-sitter au lycée, et si peu de rencards. Je sais que je ne suis pas le genre de beauté fracassante auquel il est sûrement habitué.

Je décide de me montrer audacieuse et de me jeter à l'eau. Le désir a tendance à provoquer ça, chez les femmes, surtout quand elles n'ont qu'une semaine pour faire l'expérience du plaisir spontané pour lequel Jack est si célèbre.

— On pourrait divorcer, suggéré-je. Et ça n'aurait plus d'importance si on a couché ensemble ou pas.

— Hors de question. On ne divorcera pas, et on ne couchera pas ensemble.

Je déglutis, vexée. Je suppose que je ne suis attirante qu'à travers les brumes de la tequila. C'est alors qu'une pensée me frappe, me rassurant un peu.

— Tu veux qu'on annule le mariage parce que tu es catholique ?

Pourquoi est-ce que je lui ai parlé de la possibilité d'annuler le mariage tant qu'il n'était pas consommé ? Je suis si stupide, à toujours me montrer aussi sensée. Il vient d'une famille d'Irlandais catholiques. La mienne est Irlando-Italienne, et catholique aussi. J'en sais pas mal sur lui, grâce à Sam, mais je ne sais rien des trucs drôles, les trucs coquins. Je n'ai fait que gratter la surface, hier soir.

Il me dévisage.

— Tu es catholique aussi, rappelle-t-il.

— Je suis non pratiquante.

— Ouais, moi aussi.

Une petite étincelle d'espoir enfle en moi.

— Alors ?

— Je veux quand même annuler le mariage.

Il regarde autour de lui, cherchant sûrement mon frère.

— C'est quoi, notre histoire ?

— Et si on disait qu'on s'était croisés dans ce bar, en ville, et que tu m'avais demandé mon numéro ?

— Je ne vais pas souvent dans des bars de la ville. Il y en a bien assez à Brooklyn. J'irais plutôt dans un club.

— Non, je ne vais jamais dans les clubs. Et si on disait qu'on était allé à Williamsburg pour boire un verre avec un ami et qu'on s'était croisés ?

Jack et Sam vivent dans le quartier de Williamsburg, à Brooklyn.

— Au Tazi. C'est là-bas que je vais, en général.

— Oh, c'est un bon bar. J'y suis déjà allée.

— Je suppose que ce serait plus logique de dire qu'après ça, je suis venu te voir en ville pendant un mois, plutôt que de dire que tu m'as rendu visite à Brooklyn. Sam s'en serait rendu compte, si tu étais venue dans mon appartement, vu qu'il vit à l'autre bout du couloir. Rick aussi.

Le colocataire de Sam.

— Bien vu. Le truc, c'est que j'ai deux colocataires, alors ça n'aurait pas été si simple de t'inviter chez moi.

Il incline la tête.

— On voulait y aller lentement et on est juste sortis ensemble quelques fois, avant d'échanger un baiser innocent pour se dire bonne nuit. Ça montrera que je suis sérieux avec toi. En général, quand je rencontre quelqu'un, je me contente de boire quelques verres avec elle et, tu sais, de m'amuser.

Je le savais. C'est la raison pour laquelle Sam m'a prévenue de rester à l'écart, et celle pour laquelle je veux que tout ça reste décontracté. Je lui donne un coup de coude et demande :

— Alors hier soir, dans ma chambre d'hôtel, c'était notre première fois ?

Il regarde autour de nous alors qu'une rougeur lui remonte dans le cou.

— Je suppose. Mais on n'est pas obligé de confier ça.

Je réprime un sourire.

— Je veux juste qu'on accorde nos violons de manière à ce que notre histoire ait du sens. On pourrait dire qu'on est allé dîner en ville, qu'on est allé au cinéma et…

Je m'interromps un instant et cherche un autre truc romantique à faire en ville.

— … qu'on a fait une balade en calèche tirée par des chevaux à Central Park.

Il grimace.

— Tu vas trop loin. Personne ne croira jamais que je suis monté dans une calèche pour touristes.

— Mais c'est romantique.

— Et je ne le suis pas.

— Eh bien, tu dois faire semblant, avec moi.

Il laisse échapper un long soupir et se frotte la nuque.

— On peut juste essayer de garder ça dans le domaine du possible ?

Je pince les lèvres et demande :

— Qu'est-ce que tu ferais avec une personne pour qui tu aurais des sentiments sérieux ?

— Je ne sais pas ! Je n'ai jamais eu de sentiments sérieux pour personne.

— Alors on va partir pour ma version des faits.

— Très bien, acquiesce-t-il en levant les yeux au plafond. Comme tu veux.

— Tu vois, dis-je en lui étreignant le bras, tu commences déjà à comprendre comment fonctionne une relation.

— En laissant la femme obtenir ce qu'elle veut ?

— Exactement.

— Je ne suis pas sûr que ça marche comme ça, réplique-t-il en plissant les yeux.

Je réprime un sourire.

— J'ai le privilège de t'apprendre comment ça fonctionne. Ensuite, si un jour tu décides de te caser dans une décennie ou deux, la femme en question me remerciera.

Il aboie un rire et ses yeux bleus étincellent d'amusement. Enfin, il se détend un peu. Je lui rends son sourire. Nous regards se rivent l'un à l'autre un instant et l'atmosphère semble se charger en électricité, puis il détourne les yeux pour scruter les environs. Il vérifie sûrement qu'aucune de nos connaissances ne se dirige vers nous.

— Ils ne sont pas encore là, dit-il. Raconte-moi rapidement ce qui s'est passé hier soir. C'est encore flou dans ma tête. Commence au moment où tout le monde dansait dans le club. C'est à ce moment-là que mes souvenirs se brouillent.

— Eh bien, on était tous en train de danser en groupe. Les enterrements de vie de jeune fille et de vie de garçon se sont rejoints de manière spontanée. Même si, entre toi et moi, Alison nous a fait aller dans ce club parce qu'elle savait que Sam serait là-bas. Tu flirtais avec tout le monde, même Alison, et ensuite Sam et Alison sont partis se peloter dans un coin. On a tous continué à danser jusqu'à ce que Theresa, la demoiselle d'honneur, réalise que Sam et Alison étaient en train de rater toute la fête et décide d'y mettre fin. Mais elle n'a pas réussi, parce que Sam et Alison ont décidé de partir aussi. Tu as dit aux gars que tu les rejoindrais plus tard parce que tu t'amusais. Dès qu'ils sont partis, je suis passée à l'action.

Il déglutit.

— J'ai senti ta présence derrière moi. Si j'avais su que c'était toi, je me serai éloigné.

— Sympa, remarqué-je en croisant les bras.

Il décroise mes bras et les replace le long de mes flancs.

— Ne le prends pas mal. Je devais respecter le code d'honneur entre potes.

J'étire les lèvres en un sourire.

— Bref, tu as aimé danser avec moi. On a fait ça pendant *très* longtemps. Ensuite, tu m'as invitée à boire un verre au bar et j'ai proposé le jeu du « je n'ai jamais » pour qu'on apprenne à mieux se connaître. On plaisantait en disant qu'on allait se marier à Las Vegas quand les shots de tequila ont commencé à défiler.

Il pousse un grognement.

— Il n'y avait que nous, au bar ? demande-t-il. Qu'est-ce qui est arrivé au reste des participants à la fête ?

— Il ne restait plus que les deux autres demoiselles d'honneur, à ce moment-là. Elles ont déclaré que c'était une fête nulle et sont allées jouer aux machines à sous.

— Les machines à sous sont les jeux auxquels on a le moins de chance de gagner.

— Merci ! Je leur ai dit la même chose, mais elles ne m'ont pas écoutée. Bref, tu as bu plus que moi parce que tu as fait tout un tas de trucs, et ensuite tu m'as raconté des histoires très drôles au sujet des farces que tu avais faites à Sam et aux autres gars, à tes frères, ton oncle et même ta mère. Quelle honte ! Lui voler sa cuillère pendant un repas entre voisins et provoquer une querelle de plusieurs décennies entre ta mère et sa voisine.

Il rit.

— Ça a dégénéré. Je n'avais que cinq ans, je te l'ai dit ? J'ai caché la cuillère dans une boîte du sous-sol de la maison de la voisine. C'était tellement marrant de regarder les retombées. Je n'aurais jamais cru que ça durerait pendant des années, et je ne pouvais pas avouer après tout ce temps.

Je posai la main sur son bras pour m'habituer à ce geste de familiarité.

— Vilain garçon. Tu m'as aussi parlé des fêtes débridées, et tu as beaucoup trop insisté sur les tétons des femmes.

— Quelle catastrophe, dit-il en se passant une main sur le visage.

— Tu as fini par devenir curieux concernant les miens. Je t'ai répondu qu'une bonne catholique attendait d'abord de s'être fait passer la bague au doigt et je t'ai fait un gros clin d'œil. Tu sais, vu qu'on avait parlé en plaisantant de se marier à Vegas. Ça nous a menés à nous défier l'un l'autre de le faire et, eh bien, la tequila l'a emporté sur le bon sens.

Il baisse les yeux sur mes seins, avant de les relever brusquement vers mon visage.

— Je ne me souviens pas de tes seins.

— C'est ce qui arrive quand on s'évanouit avant le lever du voile.

Il esquisse un sourire lent et sexy, et ses yeux plus bleus que bleus pétillent.

— C'est trop tard, maintenant ?

Un frisson me parcourt. Il me trouve peut-être attirante, finalement. À moins qu'il flirte juste comme ça avec toutes les femmes ? *Il est à moi pour une semaine. Dis quelque chose de charmeur en retour !*

— Salut, les gars ! lance Alison. Vous êtes si mignons tous les deux !

Jack se retourne vivement. Je fais un signe de la main à Sam et Alison alors qu'ils approchent, les doigts entremêlés. Alison porte une jolie robe rose et mon frère sa tenue habituelle : chemise à manches courtes et pantalon de treillis. Sam dirige une équipe de développement web dans une entreprise de technologie qui travaille pour plusieurs grandes marques. Il est intelligent et bosseur. Je l'ai toujours admiré.

Je prends la main de Jack. Il baisse les yeux sur moi, l'air affreusement coupable même s'il ne s'est rien passé entre nous. Je ne suis pas sûre qu'il arrive à faire croire à notre histoire.

Vu que Sam et Alison sont encore trop loin pour nous entendre, je fais un ultime effort pour apprendre à Jack les informations de base me concernant.

— Je travaille comme comptable d'entreprise à MB&L, dis-je à voix basse. Je vis dans un appartement du centre-ville, près de mon lieu de travail.

— Je sais.

J'entrouvre les lèvres, surprise.

— Ah oui ?

— Sam se vante tout le temps de toi.

Et Jack s'en est souvenu. Est-il possible qu'il soit intéressé par moi depuis toutes ces années, et qu'il n'ait gardé ses distances qu'à cause de Sam ? Tout comme je l'ai fait parce que mon frère m'a prévenue de rester à l'écart. Oserais-je espérer que ce qui s'est passé hier soir soit un peu plus qu'un flirt éméché ? *Arrête. Sois raisonnable. Ce n'est pas pour rien si Sam t'a conseillé de ne pas t'approcher de lui. Jack n'est pas intéressé par les relations.*

Alison émet un couinement et me prend dans ses bras, puis Jack.

— Félicitations, vous deux ! Nous n'avions aucune idée que vous sortiez ensemble. Je vous placerai l'un à côté de l'autre à la réception du mariage.

Sam dévisage Jack, un avertissement dans le regard. La main de Jack est moite dans la mienne. Je ne sais pas si c'est à cause du code d'honneur entre potes ou parce qu'il fait semblant d'être en couple, mais Jack est clairement déjà en train de paniquer. Comment est-ce qu'on va réussir à surmonter ce dîner ?

— Je parie que vous êtes impatients de vous marier, dis-je en souriant à Alison.

C'est son sujet favori.

— Je suis pressée que tout ça soit terminé, répond-elle en secouant la tête. C'est si stressant !

Elle se tourne vers Sam et ajoute :

— On aurait peut-être dû se marier ici, à Vegas.

Jack émet un son alarmé étouffé, qu'il dissimule rapidement sous une quinte de toux. *Eh, notre mariage est un secret. Arrête de nous trahir comme ça !*

Mon frère ne remarque pas la réaction coupable de Jack. Comme d'habitude, son attention est concentrée sur Alison.

— Tu n'aurais jamais pu te satisfaire de ça, répond-il en

tirant sur ses cheveux blond miel. On va faire ça comme il faut, avec tous les trucs traditionnels.

Elle lui sourit avec affection.

— Mon pauvre. Tu ne savais même pas qu'il y avait des trucs traditionnels avant de me connaître.

— Tant que tu es heureuse, je suis heureux.

Ils frottent leur nez l'un contre l'autre.

Jack me lance un regard dégoûté et je m'efforce de ne pas rire. Je suis sûre qu'il est témoin plus souvent que moi de leur comportement mièvre. Alison est chef cuisinier et possède son propre restaurant, Lola, dans le quartier de Williamsburg de Brooklyn, où ils vivent tous.

Les deux autres demoiselles d'honneur arrivent. Ce sont des amies d'Alison de l'école de cuisine, et les femmes se regroupent pour bavarder. Je reste plantée là un moment, gênée, à tenir la main de Jack pendant que Sam lui lance des regards mauvais. Jack me lâche la main, sûrement à cause de Sam, et se retourne pour se joindre à la conversation des femmes.

Quelques minutes plus tard, les deux autres témoins arrivent et nous entrons tous pour rejoindre notre table réservée. On nous serre des verres d'eau dès que nous sommes assis. Jack ouvre son menu et donne l'impression de l'étudier avec beaucoup d'attention. Il essaie clairement d'échapper momentanément au regard noir que lui lance Sam sans discontinuer depuis l'autre côté de la table.

Je suis assise à côté de Jack. Sam et Alison se trouvent juste en face de nous. Les garçons, Rick et Mike, sont assis de l'autre côté de Jack. Theresa et Julie sont de l'autre côté d'Alison. Je me doutais que ce week-end à Vegas serait gênant, pour moi, vu qu'on ne m'a incluse dans l'enterrement de vie de jeune fille que parce que je suis la sœur du marié, et pas parce que je suis une bonne amie d'Alison. Ce n'est que la deuxième fois que je rencontre les autres demoiselles d'honneur. Elles sont sympa, mais les trois femmes aiment se remémorer le bon vieux temps et ont un tas de blagues qu'elles seules peuvent comprendre. En tout cas, me retrouver assise ici ce soir est vraiment gênant, mais c'est surtout parce que je fais semblant d'être en couple avec Jack, qui peine à garder son calme.

Sam nous regarde tous les deux d'un air interrogateur.

— Alors ? lance-t-il. Comment vous vous êtes mis ensemble ?

Jack laisse tomber le menu et se tourne vers moi. Alison agite le doigt vers nous d'un air amusé.

— Ils avaient l'air très à l'aise ensemble, hier soir, sur la piste de danse.

— Ah oui ? demande Sam. Je n'avais pas remarqué. Il y avait tellement de monde.

Et tu avais ta langue enfoncée dans la gorge d'Alison. Mais je garde cette remarque pour moi.

— On a beaucoup dansé, marmonne Jack avant d'engloutir son verre d'eau.

— On s'est croisés au Tazi... commencé-je, prenant le relais.

— Tu ne vas jamais au Tazi, m'interrompt Sam.

— Tu ne sais pas où je vais, rétorqué-je. J'allais retrouver des amis.

— Qui ? demande Sam d'un ton soupçonneux.

Je m'efforce de conserver une voix calme. Sam sait que je travaille tellement que je n'ai pas le temps d'avoir une vie sociale. D'habitude, je sors avec quelques femmes du bureau après le boulot, ou j'ai parfois un rencard ennuyeux avec quelqu'un.

— Tu ne les connais pas. Des gens que je connais par l'entremise d'un ancien client.

Je dois prendre garde de ne pas rendre mon histoire trop compliquée.

— Tu étais avec qui ? demande Sam à Jack.

— Mon frère, répond aussitôt Jack.

— Lequel ? l'interroge Sam.

— C'est important ? rétorque Jack d'un ton belliqueux, sur la défensive. Et si tu disais plutôt ce que tu penses vraiment du fait que je sois avec Riley, hein ? Tu penses que je ne suis pas assez bien pour elle.

— Je suis sûre que c'est faux, m'empressé-je de répondre.

Un silence s'abat autour de la table alors que Sam et Jack s'affrontent du regard. Alison donne un coup de coude à Sam. Ce dernier me lance un coup d'œil, et je le regarde d'un air implorant. *S'il te plaît, ne sois pas en colère contre Jack.*

— Attends une minute, dit Rick en se penchant pour nous regarder, Jack et moi. Vous êtes ensemble, tous les deux ? Comment ça se fait que je ne sois pas au courant ?

Rick est le colocataire de Sam. Il l'aurait forcément remarqué, si j'étais venue chez Jack.

— On est restés discrets, dis-je. C'est surtout Jack qui me rendait visite en ville.

— Une relation secrète, intervient Mike.

Rick hoche la tête avec sagesse. Il est professeur d'histoire au lycée et a déjà le crâne dégarni alors qu'il n'a que la vingtaine ; ses cheveux brun sombre sont coiffés en arrière pour dissimuler leur absence sur le dessus.

— J'allais dire que je ne l'avais jamais vue chez Jack. Depuis combien de temps ça dure ?

— Un peu plus d'un mois, dis-je, avant de m'empresser de continuer en voyant l'expression stupéfaite de Rick.

Il a sûrement vu venir d'autres femmes chez Jack durant ce laps de temps, vu qu'il vit de l'autre côté du couloir.

— Je lui ai donné mon numéro et il m'a retrouvée en ville pour des rencards très sympas. On est allés dans des restaurants charmants, on est allé voir quelques films et on a fait un tour en calèche tirée par des chevaux dans Central Park.

Les garçons ricanent, même mon frère.

Je me tourne vers Jack avec ce que j'espère être un sourire tendre sur les lèvres. Son expression tendue s'apaise et il me rend mon sourire. C'est un petit sourire, mais il fait des efforts.

— C'était romantique, ajouté-je. Jack a été très bon avec moi.

Je me tourne vers Sam et le mets au défi de me contredire. Il arrête de sourire et se racle la gorge.

— Nous sommes si heureux pour vous, intervient Alison d'une voix enjouée.

— Merci, dis-je, avant de m'empresser de détourner la conversation de Jack et moi. Est-ce que quelqu'un a gagné le gros lot au casino ?

Par chance, tout le monde se met à parler et les projecteurs se détournent de nous. Quelque temps plus tard, le serveur arrive pour prendre nos commandes.

— Est-ce que maman et papa sont au courant de toi et Jack ? me demande Sam dans le silence qui s'ensuit.

Jack se raidit. Je crois qu'il vient de réaliser la même chose que moi. Mes parents vont nous voir faire semblant d'être en couple lors des festivités de mariage de ce week-end. Je vais devoir leur présenter Jack. Il y aura des questions.

— Euh… balbutié-je, une réponse brillante et pas du tout suspicieuse.

Le serveur arrive avec nos boissons, ce qui m'accorde un instant pour me ressaisir. Les conversations reprennent de l'autre côté de la table. Mais Sam reste concentré sur sa question, les yeux rivés sur moi.

— Ils sont au courant ou pas, Ry ? Est-ce que tout le monde le savait sauf moi ?

— Personne ne le savait, dis-je. Je te l'ai dit, on est restés discrets. Je le présenterai à maman et papa à la répétition du dîner.

— Je leur ai dit que c'était un farceur, remarque Sam.

— C'est vrai, acquiesce Jack, la mâchoire serrée.

Je souris à Jack et lui étreins le biceps.

— Ne sois pas nerveux, mon cœur. Je suis sûre que mes parents t'adoreront.

Sam hausse un sourcil.

— Prépare-toi à répondre à leur interrogatoire, du genre « où est-ce que tu te vois dans cinq ans ? » C'est la question préférée de mon père.

Jack me prend mon verre d'eau et le vide d'une traite. Il a

déjà vidé le sien. De la sueur perle sur son front. Merde. Il est sur le point de céder à la panique, comme ce matin. Qui sait ce qui pourrait sortir de sa bouche ? Il pourrait révéler qu'on s'est mariés !

— Je vais te faciliter les choses, Jack, dis-je en levant la main. La bonne réponse à la question préférée de mon père, c'est « je serai en train de rendre votre fille heureuse. »

— On peut toujours rêver, réplique Sam avec un petit rire.

— Excusez-moi, lâche Jack en se levant brusquement.

Je le regarde se diriger à grands pas vers les toilettes. J'espère qu'il ne va pas vomir encore une fois.

— Ils sont adorables, tu ne trouves pas ? demande Alison à mon frère alors que je me lève à mon tour.

Ce dernier maugrée une réponse que je ne peux entendre.

Je me dirige vers le fond du restaurant, traverse un long couloir et attends que Jack sorte des toilettes des hommes. Quelques minutes plus tard, il réapparaît.

— Tu vas bien ? demandé-je.

Il m'attire de côté.

— Je ne peux pas faire ça, me murmure-t-il d'un ton d'urgence. Je ne peux pas mentir à Sam, à tes parents, à tout le monde.

— On va juste faire semblant pendant quelques semaines. Souviens-toi pourquoi on fait ça : pour que Sam ne soit pas en colère à l'idée qu'on ait couché ensemble hier soir.

Il émet un son railleur et je pose la main sur son bras.

— Il veut que tu sois sérieux avec moi, tu le sais, même si pour l'instant, il se comporte comme un crétin surprotecteur.

— Je n'en suis pas si sûr. Et pour cette histoire de rencontre avec tes parents ? Je n'ai jamais rencontré les parents d'aucune femme. Je ne suis pas prêt à leurs questions inquisitrices.

— Détends-toi, mes parents sont des gens cool. Ils savent que tu es un ami proche de Sam depuis des années et je suis sûre qu'ils t'apprécient déjà.

— Ils m'apprécieront beaucoup moins quand ils entendront dire que je suis sorti avec toi en secret dans leur dos. Et s'ils découvraient qu'on s'est mariés ?

Il se passe une main dans les cheveux et ajoute :

— Je n'arrive pas à croire qu'on ait pu se retrouver empêtrés dans toutes ces histoires sans jamais faire les trucs plaisants qui s'y rattachent.

— Ils ne découvriront pas qu'on s'est mariés, et pour ce qui est de notre relation, ce n'est pas grave s'ils ne l'apprennent que maintenant. Ils ne s'attendent pas à être au courant de tout ce qui se passe dans ma vie dès que ça arrive.

Il me dévisage d'un air incertain. Il a besoin que je ramène la situation dans un contexte où il se sent plus à l'aise – un contexte plaisant – alors je fais la seule chose qui me vient à l'esprit. J'enroule les bras autour de son cou.

— Est-ce que ce serait plus plaisant si je faisais ça ?

Je presse mes lèvres contre les siennes et une décharge nous parcourt à ce contact.

Il me dévisage un long moment.

— Ouais, un peu.

Une seconde passe, dans un silence chatoyant, alors que nos regards sont rivés l'un à l'autre.

Il referme sa grande main autour de ma nuque et m'embrasse, pressant légèrement ses lèvres sur les miennes. Puis il recommence. Des étincelles crépitent sur ma peau.

Il s'écarte et je l'attrape par son T-shirt pour l'attirer à nouveau vers moi. Je goûte ses lèvres et, soudain, il prend les commandes, me stupéfiant par l'urgence, la brutalité et l'avidité de son baiser. Il a une main emmêlée dans mes cheveux et un bras autour de ma taille. Un désir comme je n'en ai jamais ressenti me submerge, faisant fléchir mes genoux.

Il s'écarte brusquement et fait plusieurs pas dans le couloir, avant de s'arrêter.

— Accorde-moi une minute. Repars en premier.

Je souris, parce que je sais exactement pourquoi il a besoin d'une minute.

— On dirait que les trucs plaisants fonctionnent bien pour toi.

— Petite maligne, rétorque-t-il avec un geste du menton. Ne fais pas comme si ça ne fonctionnait pas aussi bien pour toi.

— Je t'avais dit que ça pourrait être marrant, remarqué-je en lui soufflant un baiser.

Il secoue la tête, un sourire jouant sur ses lèvres. J'éprouve une sensation de triomphe. Il me laisse enfin l'approcher. Maintenant, je vais pouvoir goûter à la vie marrante de Jack.

3

Jack

Ça fait cinq jours que je me suis réveillé marié à Las Vegas. Et maintenant, je suis à côté de ma femme (secrète), vêtu d'un costume et d'une cravate, dans un country-club du New Jersey, à me sentir plus déplacé que je l'ai jamais été de toute ma vie. Nous attendons que Sam et Alison arrivent pour la répétition du dîner. Croyez-moi, je sais ce que c'est, que de se sentir déplacé. Une fois, je me suis retrouvé au mariage royal de mon cousin, dans un palais de Villroy, alors que les deux côtés de notre famille étaient en froid depuis des *années*. Après que mon père avait été exilé, et alors que nous étions tous considérés comme la « racaille ». Ce moment précis est dix fois pire. La différence principale, c'est « ma femme ». Je n'arrive toujours pas à comprendre comment j'ai pu croire qu'un mariage à Las Vegas pourrait être une bonne idée. La meilleure explication est l'effet de la tequila, qui m'a poussé à penser avec mon sexe.

Riley me prend la main et l'étreint. Je la laisse me toucher. Je ne lui rends jamais la pareille, sauf pour cet unique baiser, qui était une énorme erreur de calcul de ma part. Il y avait beaucoup trop d'alchimie entre nous et je ne peux me permettre de me laisser tenter. La règle du « pas de relations sexuelles égal annulation du mariage » est toujours au premier plan dans mon esprit. Je ne l'ai plus revue depuis qu'on a quitté Las Vegas. La distance est ma seule option.

— Détends-toi, dit-elle. Tu n'as aucune raison de t'inquiéter au sujet de mes parents. Ils ne feront pas d'esclandre, surtout pas ici.

Je la regarde, dans sa robe bleu marine à manches courtes qui lui arrive aux genoux. C'est une tenue à la fois modeste et sexy. Pas de décolleté. Ce doit être à cause de la manière dont la robe moule ses courbes. Une poitrine pleine, une taille fine, le renflement de ses hanches. Si je ne l'avais pas vue dans cette robe blanche à paillettes sexy à Las Vegas, je n'aurais jamais pu deviner qu'elle cachait de telles courbes sous ses costumes professionnels. Maintenant, je ne vois plus que ça.

Elle pose une main sur mon épaule pour garder l'équilibre et se met sur la pointe des pieds. Je dois réprimer l'envie de la soulever. Elle ne fait qu'un mètre soixante et moi un mètre quatre-vingts. Et puis, elle sent si bon, un parfum de vanille et d'épices.

— Plus qu'un jour. Ça n'a pas été si difficile que ça, si ?

— Non, admets-je.

Je ne peux pas dire que ça ait été facile d'accepter cette histoire de mariage, mais le temps que j'ai passé avec elle n'a rien eu de difficile. Il y a eu ce dîner à Vegas avec les demoiselles d'honneur et les témoins, et ensuite nous sommes tous allés au casino et nous sommes beaucoup amusés. Riley est une excellente joueuse de black-jack. Après ça, tout le monde a repris l'avion pour rentrer chez lui tôt le lendemain matin, pour reprendre le boulot. Simple, facile. Nous n'avons passé aucun moment seul à seul, je n'avais donc aucun risque d'être tenté par elle.

Sauf que j'ai pensé à elle plus que je n'aime l'admettre, entre Las Vegas et maintenant. Elle est un peu un mystère, pour moi. Du genre sérieux et professionnel, mais avec une facette sexy et joueuse. C'est comme si elle avait envie de se lâcher, mais qu'elle ne savait pas trop comment faire. C'est la seule raison qui expliquerait pourquoi elle a envie d'être avec moi. Je suis réputé pour ma tendance à me lâcher – à ne faire que m'amuser, tout le temps.

Et ce baiser, que je n'arrête pas de rejouer dans ma tête. Au début, c'était un geste presque tendre, délicat. Je voulais être prudent avec elle. Et puis sa langue a touché la mienne avec hésitation, et j'ai perdu le contrôle. Je ne perds *jamais* le contrôle. J'ai beau initier les choses de manière spontanée, je suis toujours aux commandes. Il y a quelque chose d'un peu dangereux, dans les femmes qui me font perdre le contrôle. Je veux dire, regardez un peu ce qui s'est déjà passé ! Je l'ai épousée alors que je n'avais aucune intention de me marier avant un bon moment. C'est ce que font les autres, ceux qui sont facilement menés à la baguette. Comme Sam. Pas moi. Je suis plus fort que ça.

Sauf que j'en suis là. Tous mes instincts me disent de m'échapper tant que je le peux encore. Je n'ai qu'à tenir le coup assez longtemps pour faire en sorte que mon amitié avec Sam ne souffre pas. Quand tous ces trucs de mariage seront terminés, Riley et moi pourrons faire annuler le mariage en toute discrétion. Elle dit que quand Sam rentrera de sa lune de miel, elle lui dira qu'on a pris la décision mutuelle de rompre. Elle est douée pour raconter des trucs sérieux comme ça. Je pense que si c'était moi qui le disais, Sam croirait que je lui faisais une blague. En temps normal, c'est le seul moment où je prends un air sérieux, quand je mens éhontément pour faire une bonne blague. Après ça, je révèle que c'était une farce et tout le monde éclate de rire (surtout moi). Je suis vraiment une fripouille.

— Ils sont là, dit Riley.

Je me raidis. Tout le monde applaudit alors que Sam et Alison font leur entrée. Quelques minutes plus tard, le personnel de salle nous mène vers nos sièges autour d'une longue table rectangulaire. Il n'y a que les témoins, les demoiselles d'honneur et les parents des mariés. Des cartons aux noms des invités ont été disposés à chaque place, et j'ai été mis à côté de Riley. Ses parents sont en face d'elle. Madame

Walsh a des pommettes aiguisées et une expression qui laisse à penser qu'elle n'en laisse pas conter. Ses cheveux brun foncé sont coiffés en chignon.

Tout, chez elle, laisse entendre que c'est une femme censée et coincée. Je suppose que Riley tient d'elle. Monsieur Walsh a des joues rondes, comme Sam, et ses cheveux brun foncé sont striés de gris et coupés court. Il a un air digne et, très franchement, il ressemble à un homme qui a de l'argent. Le country-club est son milieu. Je tire sur ma cravate, l'impression qu'elle m'étrangle. Je ne me sens tellement pas à ma place.

Sa mère me jette un coup d'œil et de la sueur me coule le long du dos. Je dois renvoyer l'impression d'un petit ami sérieux aux intentions louables. J'espère juste que ses parents ne me poseront pas trop de questions.

Après avoir eu une courte conversation avec Sam, assis à côté d'eux, ses parents se tournent vers moi.

— Jack, ça fait plaisir de te rencontrer enfin, dit madame Walsh. Sam parle tout le temps de toi. Il dit que tu es un sacré farceur. On sait que vous êtes de bons amis depuis longtemps, maintenant.

— Oui, ravi de te rencontrer, ajoute monsieur Walsh, avant de se lever et de se pencher vers moi pour me tendre la main.

Je me lève pour la serrer, avant de faire pareil avec madame Walsh.

— Ravi de vous rencontrer tous les deux.

Je me rassois, toujours tendu, attendant que Riley leur annonce la nouvelle.

Riley me sourit, avant de regarder ses parents. Je n'arrive pas à lui rendre son sourire, parce que je sais que c'est maintenant que tout va partir en vrille.

— Jack et moi sortons ensemble. Ça fait un peu plus d'un mois, et je suis contente que vous puissiez enfin le rencontrer.

— Oh, dit madame Walsh en inclinant la tête.

— Très bien, ajoute monsieur Walsh en me lançant un autre regard scrutateur.

Les mots se déversent de ma bouche avant que j'aie eu le temps de me refréner :

— J'ai beaucoup de respect pour Riley. Je sais que c'est une femme intelligente et accomplie. Sam n'arrête pas de se vanter d'elle, et je l'ai toujours admirée, pour tout le travail qu'elle a fourni pour obtenir son diplôme de comptabilité, avant de travailler dur en tant que comptable d'entreprise tout en étudiant pour passer plusieurs examens. Elle les a tous réussis haut la main, ce qui est incroyable.

C'est la vérité. À mes yeux, elle est brillante, mais aussi inaccessible. Comme un genre de super-héroïne comptable. Ajoutez à ça le code d'honneur entre potes, et j'étais déterminé à ne jamais l'approcher. Mais toutes mes résolutions se sont envolées, maintenant, grâce à une soirée trop arrosée en tequila à Las Vegas.

Monsieur et madame Walsh me dévisagent, l'air un peu sous le choc. Je crois qu'ils n'arrivent pas encore à m'envisager dans le rôle du petit ami sérieux.

— Et mes perspectives pour l'avenir sont prometteuses, m'empressé-je de continuer. Je travaille dans l'entreprise de construction de ma famille depuis des années, et nous venons de nous diversifier en nous lançant dans le développement immobilier. Nous sommes déterminés à nous mettre au service de la communauté dans la construction des quartiers, en incorporant des parcs et des terrains de jeux dans tous nos projets. Celui sur lequel nous travaillons en ce moment est composé d'un terrain de jeux accessible en fauteuil roulant et qui peut être amusant pour tous les enfants quelles que soient leurs capacités. Dans cinq ans, je serai directeur de projet et je m'occuperai d'une propriété de son achat à sa rénovation complète.

Même si personne ne m'a posé la question.

Je me renfonce sur ma chaise, à court de mots, et me demande d'où tout ça a bien pu sortir. Mon grand frère, Dylan, est le directeur de notre entreprise, et il nous a demandé à chacun de nous tourner vers un domaine précis de l'immobilier. Jusqu'à cet instant précis, je ne savais pas où était ma place. Je connais tous les types de tâches nécessaires pour mener à bien un projet, ayant moi-même travaillé à tous les postes. Je connais très bien l'équipe. Ce serait tout naturel pour moi d'endosser ce rôle. Hum.

Monsieur et madame Walsh échangent un regard. Je me tourne un peu tardivement vers Riley. Elle a les yeux écarquillés. On dirait que j'ai surpris tout le monde avec mes projets d'avenir, moi y compris.

Madame Walsh est la première à se ressaisir.

— Merci de nous avoir confié tout ça, dit-elle d'un ton formel.

Bon sang, j'ai échoué au test de la mère. Elle ne pense pas que je suis assez bien pour sa fille. Nous faisons juste semblant d'être dans une relation sérieuse, mais je ne peux m'empêcher d'être déçu. C'est la première fois que j'essaie d'endosser le rôle du petit ami, et j'ai échoué. Mais c'est alors que monsieur Walsh me surprend.

— Je suppose que vous serez présents au dîner d'anniversaire de Riley, dit-il. Nous pourrons reparler de tout ça à ce moment-là.

— Bien sûr, dis-je aussitôt, soulagé d'avoir passé le test avec lui.

J'ai trouvé mes perspectives d'avenir très respectables. Maintenant, je n'ai plus qu'à trouver le moyen de les réaliser.

— Super, dit Riley avec un sourire tendu. On attend ça avec impatience.

Je comprends soudain pourquoi elle est tendue. Je viens d'étendre notre fausse relation au-delà de la semaine dont nous avions convenu. Je ne sais pas ce que cela signifie concernant l'annulation du mariage, mais ça veut dire que je vais passer plus de temps avec elle, et être soumis encore plus à la tentation. Il y a une alchimie entre nous, c'est indéniable. Quelle est la date de son anniversaire, d'ailleurs ? Je ne peux pas le lui demander maintenant. Son petit ami sérieux est censé connaître le jour de son anniversaire. Pour ce que j'en sais, je viens peut-être de signer pour encore tout un *mois* avec elle. Je dois me dépêtrer de cette situation aussi vite que possible. Mais pas maintenant. Quand j'aurai un moment d'intimité avec Riley, je lui expliquerai que nous n'aurons aucun contact juste qu'à la date de son dîner d'anniversaire. C'est ma faute si je me suis fait inviter. Je me suis fait passer pour le genre de type qu'on a envie de mieux connaître. Je ne saurais dire s'ils se méfient de moi ou s'ils sont curieux. Quoi qu'il en soit, je ne peux pas la laisser affronter ses parents toute seule le jour de son anniversaire alors qu'ils s'attendent à me voir.

Le reste du dîner se déroule sans incident. Monsieur et madame Walsh nous ignorent, concentrés sur Sam et Alison. Ça me convient très bien. Riley se fait discrète. Je la surprends plusieurs fois à me regarder, mais elle détourne les yeux dès que je m'en rends compte. Elle est peut-être en colère contre moi parce que j'ai étendu notre relation et que ça nous laisse trop d'occasions de déraper. Je ne peux qu'imaginer comment ses parents prendraient la nouvelle, s'ils savaient qu'elle s'était mariée à Las Vegas sur un coup de tête. En fait, je suis certain qu'ils péteraient les plombs. Regardez un peu cet endroit. Ils voudraient de longues fiançailles, qui leur laisseraient le temps de planifier et d'inviter tous leurs amis du country-club à cet événement formel. Enfin, s'ils m'acceptaient dans la famille. C'est peu probable. Je ne parlerai jamais à ma famille de mon mariage à Vegas, moi non plus. Je ne confierai même pas ce secret à mon frère le plus réservé, Connor. Le risque que cela revienne accidentellement aux oreilles de mes parents est trop grand. Vegas était une erreur. Tout le monde devient un peu fou, à Las Vegas, non ? Tout sera terminé… je ne sais pas quand, mais bientôt, il le faut.

Après le dîner, Riley me prend la main et m'attire dans le lobby du club, qui est vide. Cela me paraît naturel et assez agréable, de lui tenir la main. Elle veut peut-être me remercier d'avoir si bien géré la rencontre avec ses parents. Eh, j'ai beau manquer d'expérience avec les parents de petites amies, vu que je n'en ai jamais vraiment eu, j'ai des parents, je pense donc comprendre assez bien comment me comporter avec eux. Bon, sa mère n'avait pas l'air très contente, mais j'ai reçu une invitation à son anniversaire. Le respect et les bonnes manières peuvent vous mener très loin. S'il y a bien une chose que mon père membre de la royauté nous a apprise, ce sont les bonnes manières. Beaucoup de bonnes manières.

Elle s'arrête soudain devant moi, les lèvres pincées, et me regarde droit dans les yeux.

— Mon dîner d'anniversaire avec mes parents a lieu la semaine prochaine. Ça ajoute une deuxième semaine à notre relation, et Sam et Alison ne seront pas encore revenus de leur lune de miel, alors on n'aura aucun tampon. Tu es sûr de vouloir faire ça ? Ça pourrait devenir gênant.

— Tu veux que j'annule ma venue au dîner ?

— Je ne veux pas que tu te sentes obligé, c'est tout, répond-elle en scrutant mon regard.

— Ça va. Si j'avais une fille avec un petit ami sérieux, je voudrais apprendre à mieux le connaître rien que pour m'assurer que c'est un type bien.

Elle cligne plusieurs fois des yeux.

— Tu veux des enfants ? s'étonne-t-elle.

— Ce n'est pas le sujet, dis-je en fourrant les mains dans mes poches.

— Mais c'est le cas ?

— Ouais, bien sûr. Je viens d'une grande famille et on est très proches. Mais pas tout de suite.

Elle sourit d'un air serein, comme si nous aurions des enfants bien assez vite. J'essaie encore de digérer ces deux semaines de fausse relation, ainsi que mon vrai mariage avec une femme que je ne peux pas toucher. Je suis en enfer.

— Pourquoi tu souris ? demandé-je.

— Pour rien. C'est bon à savoir, c'est tout.

— Pourquoi c'est bon à savoir ? Tout ça n'est que temporaire.

Elle se penche vers moi et répond :

— Mes parents auraient été heureux de me voir épouser Charlie, mais devine quoi ? Je n'aurais pas été heureuse, moi. Qu'est-ce que tu en déduis ?

— Que Charlie n'était pas digne de toi.

Elle me prend dans ses bras, piégeant mes bras contre mes flancs.

— Oh, Jack. Tu es si gentil.

— Je ne suis pas digne de toi non plus.

Elle s'écarte et m'étudie du regard un long moment, comme si elle tentait de mieux me cerner. Je ne suis pas si compliqué que ça à comprendre. Je n'ai que deux modes : travail et plaisir. Et ça ne me dérange pas de mélanger les deux. C'est facile, vu que je travaille avec mes frères et la même équipe depuis douze ans. Waouh, déjà douze ans. Je suis là-bas depuis que j'ai terminé le lycée. Il serait vraiment temps que j'endosse un rôle plus important dans l'entreprise.

— Si ça ne te dérange pas de prolonger tout ça d'une semaine et d'affronter mes parents, alors je serais heureuse de t'avoir à mes côtés, finit-elle par dire.

Elle rougit et baisse les yeux sur mon torse alors qu'elle continue :

— C'était très gentil, ce que tu as dit sur moi tout à l'heure, à propos de ton respect pour ce que j'ai accompli.

— Tu es un genre de super-héroïne comptable, à mes yeux.

Elle éclate de rire et une étincelle pétille dans ses yeux bruns.

— C'est la première fois que j'entends ça. Où est-ce que j'ai laissé ma cape et mes collants ?

Je ne peux m'empêcher de sourire. Elle a l'air si détendue et abordable, maintenant.

— Tu les as sûrement rangés avec ton bikini rouge vif, dis-je avec un clin d'œil. Toutes les meilleures super-héroïnes portent un bikini rouge vif.

Ses joues deviennent encore plus rouges.

— Une comptable super-héroïne porterait plutôt un tailleur.

— Je peux toujours rêver, dis-je en replaçant une mèche de cheveux derrière son oreille. Je serai là. C'est ton anniversaire, après tout.

Son expression s'adoucit.

— Merci. Je ne savais pas que tu faisais tous ces trucs, la

construction des parcs et des terrains de jeux. On dirait que tu as vraiment envie d'avoir un impact.

Je hausse une épaule.

— Brooklyn est aussi ma communauté. Évidemment que j'ai envie de la rendre magnifique.

— Tu veux vraiment passer une semaine de plus avec moi ? demande-t-elle d'une voix douce.

Je vois une lueur vulnérable rôder au fond de ses yeux, et ça me serre le cœur. Comment pourrais-je dire non ?

— Oui, bien sûr. C'est ton anniversaire. Tu vas avoir vingt-sept ans, c'est ça ?

— Vingt-six.

— J'aurais dû le savoir, j'imagine.

Elle me sourit gentiment et ses yeux sombres posés sur moi sont chaleureux.

— Tu le sais, maintenant.

J'éprouve soudain l'envie de l'embrasser, alors c'est ce que je fais. Un simple bisou rapide. Je n'ai pas envie de perdre à nouveau le contrôle.

Elle se balance d'avant en arrière sur ses talons.

— Ça te dirait de te joindre à moi pour célébrer mon anniversaire de manière un peu plus amusante avec mes amies, mercredi soir ? C'est ma vraie date d'anniversaire. On va aller dans un bar de la ville.

— D'accord.

Pourquoi pas ? Je suis toujours partant pour faire la fête, et j'ai déjà accepté de jouer le jeu une semaine de plus. Et puis, ses amies constitueront le tampon idéal entre moi et la tentation.

Elle passe un bras autour de moi et m'enlace. Je lui rends son étreinte, cette fois, même si je ne suis pas un grand fan des câlins. Un calme inhabituel m'envahit.

— Riley, tonne une voix masculine.

Riley recule d'un bond.

— Coucou, papa !

Ses parents s'approchent de nous, l'air assez lugubre. Heureusement qu'on était juste en train de s'enlacer.

Madame Walsh est la première à prendre la parole, d'une voix qu'elle s'efforce de rendre plaisante.

— Jack si vous voulez dormir chez nous ce soir, vous êtes le bienvenu.

Je déglutis. Riley dort chez ses parents, ce soir, dans son ancienne chambre. Et voilà qu'on m'invite à dormir là-bas aussi. Je suis en territoire inconnu. Je ne sais comment leur dire qu'on préfère dormir dans des endroits séparés sans que ça ait l'air bizarre. Je suis censé rentrer à l'hôtel avec les autres invités du mariage. Que ferait un petit ami sérieux ? Oh, c'est vrai. Riley a dit qu'il fallait laisser la femme avoir ce qu'elle veut. Dans ce cas précis, c'est la solution la plus facile.

— Merci, dis-je à monsieur et madame Walsh, avant de me tourner vers Riley. C'est comme tu veux, à toi de voir.

Riley me regarde un instant d'un air indéchiffrable, puis semble prendre une décision.

— En fait, dit-elle en passant un bras autour de ma taille. Nous aimerions dormir à l'hôtel ensemble.

Je m'efforce de dissimuler ma surprise et laisse tomber un bras sur ses épaules.

— Si ça vous convient à tous les deux.

Monsieur et madame Walsh échangent un regard. Ils ne sont pas satisfaits de ce scénario. Ils comptaient peut-être nous faire dormir dans des chambres séparées. Mais je dois me ranger aux côtés de Riley. Ce serait beaucoup plus gênant de dormir chez ses parents, et il y aurait bien plus de risque qu'on fasse une gaffe. Je suis sûr de pouvoir lui prendre une chambre à l'hôtel. Je ne me fais pas d'illusion : je ne pourrais jamais partager une chambre avec elle sans être tenté.

La volonté n'est pas mon point fort. Je connais mes limites.

— Merci d'avoir invité Jack, continue Riley, mais maintenant que j'y réfléchis, l'hôtel serait un choix plus logique. Vous avez déjà assez à faire avec le mariage. Vous pourrez apprendre à mieux connaître Jack quand la frénésie du mariage se sera calmée.

Devant leur silence, elle ajoute :

— Sam a une haute estime de lui.

Madame Walsh se tourne vers monsieur Walsh, arborant une expression dure qui semble dire « à toi de t'en occuper. »

Monsieur Walsh comprend le message.

— Va pour l'hôtel, alors. Je vais vous conduire jusque chez nous pour que Riley puisse prendre ses affaires, et ensuite je vous déposerai tous les deux à l'hôtel.

— Excellent, parvins-je à articuler.

Moi qui croyais que ça ne pouvait pas devenir plus gênant que ça l'était déjà. Maintenant, je vais me retrouver en voiture avec ses parents, et je devrais passer du temps avec eux dans leur maison pendant qu'on attend qu'elle ait rassemblé ses affaires. J'aurais dû louer une voiture.

Monsieur Walsh se dirige vers le stand du voiturier pour qu'on lui amène sa voiture. Madame Walsh reste à côté de nous, raide et silencieuse.

— Jack est un prince, dit Riley dans un effort pour me faire paraître plus honorable que je ne le suis.

Je réprime un grognement. Oui, j'ai du sang royal, mais ce n'est pas qui je suis.

— Tu as vu le mariage de son frère, Dylan dans la chapelle royale ? C'est passé à la télé.

— Non, répond madame Walsh d'un ton plat.

Je ne suis pas impressionné par cette histoire de royauté, moi non plus. Ce n'est pas comme si j'en retirais la moindre richesse ou le moindre privilège. Mon père a abdiqué le trône de Villroy pour épouser ma mère, une roturière, et n'a renoué le contact avec le côté royal de la famille que récemment. C'est comme ça que Dylan s'est retrouvé à organiser son mariage là-bas. C'était un geste symbolique, pour accueillir à nouveau notre famille au bercail.

Monsieur Walsh nous rejoint, jette un œil à sa femme tendue et garde le silence. Je fouille dans ma tête pour trouver quelque chose à dire, en vain. Ils ne connaissent que ma facette de blagueur. Je dois leur montrer que je peux aussi me montrer sérieux, mais je ne trouve rien à dire, dans cette situation embarrassante.

— Sam m'a dit que Williamsburg était un quartier vachement cool, en ce moment, finit par remarquer monsieur Walsh.

C'est le quartier où nous vivons, Sam et moi.

— Je suis impatient d'y retourner pour le dîner d'anniversaire de Riley. Nous nous retrouvons au restaurant d'Alison pour la soutenir, même si elle sera en lune de miel.

Les joues de Riley deviennent rouges.

— Personne ne dit plus « vachement cool » papa.

— C'est vrai que c'est un endroit vachement cool, monsieur, dis-je.

— Tu vois, Jack vient de le dire, remarque monsieur Walsh avec une pointe de sourire.

Il me rappelle beaucoup Sam. Je sens que je peux m'en faire un allié.

Riley m'adresse un petit sourire qui semble signifier qu'elle me sera éternellement reconnaissante, ou un truc comme ça. Je ne sais pas. Mais j'ai l'impression que quelque chose enfle dans ma poitrine.

La voiture arrive et je coince mes longues jambes à l'arrière d'une BMW noire avec Riley. Monsieur et madame Walsh s'engagent dans une conversation à propos de la logistique du mariage de Sam, demain. Je prends la main de Riley et elle se tourne vers moi, surprise. Sûrement parce que c'est la première fois que j'initie ce geste depuis le jour où nous nous sommes retrouvés face à Sam dans sa chambre d'hôtel. Ça me semble naturel, maintenant. Et ça apaise un peu la tension continue que j'éprouve à l'idée d'être avec elle sans être *vraiment* avec elle. La toucher soulage la douleur que j'éprouve de ne pas pouvoir la toucher comme j'en ai envie. C'est bizarre, mais c'est la vérité.

Elle regarde droit devant elle, un petit sourire sur le visage. De manière impulsive, je l'embrasse sur la joue, et son sourire s'élargit. J'adore ça. C'est drôle, comme une si petite chose peut améliorer un peu une situation.

~

Riley

Dès que nous sommes entrés dans la maison, j'emmène Jack dans mon ancienne chambre pour lui éviter d'avoir à endurer d'autres conversations tendues avec mes parents. Un vrai petit soldat. Il s'assoit sur la couette à pois rose et blanche de mon lit simple à baldaquin, l'air ridiculement masculin et déplacé. Il est aussi beau. Il a vraiment fière allure, dans son costume gris anthracite qui souligne ses épaules et son torse, ainsi que sa taille fine. J'ai envie de lui arracher sa veste pour faire courir mes mains sur son torse, avant de déchirer sa chemise blanche pour toucher, embrasser et goûter chaque centimètre carré de muscle délicieusement défini. Je me suis sentie frustrée de le voir en caleçon, à Vegas, sans avoir eu l'occasion de le toucher. Je ne pouvais quand même pas toucher un homme inconscient. Fichu sens moral inopportun.

Et il n'y a pas que son corps sexy. Il accorde une grande importance à son travail et à sa famille et il fait vraiment des efforts avec mes parents. Il se montre respectueux et gentil, alors même que la situation les met clairement mal à l'aise. La situation était un peu tendue, tout à l'heure, mais Jack s'en est bien sorti. Je ne sais pas à quoi je m'attendais venant de lui, mais ce n'était certainement pas à ce qu'il soit aussi génial. Je pensais devoir interférer entre lui et mes parents, mais il s'en est tiré tout seul, en parlant de ses futures perspectives de carrière et en déployant de très bonnes manières. Il n'est pas qu'un farceur marrant, et peut-être…

— Je vais te réserver une chambre d'hôtel séparée, dit-il en sortant son téléphone.

Mon élan d'affection et de désir se rafraîchit d'un coup. Il ne se montre gentil avec moi que par respect pour Sam. En l'entendant dire toutes ces choses incroyables sur moi au dîner, j'ai cru que je lui plaisais vraiment. Et ensuite, quand il a dit qu'il voulait des enfants un jour et que la famille était quelque chose d'important à ses yeux, eh bien, cela m'a fait me dire qu'il avait du potentiel pour bâtir une vraie relation.

Que la seule raison pour laquelle il n'avait jamais été en couple, c'était peut-être qu'il n'avait jamais rencontré la femme qu'il fallait. Je suis si stupide. Il ne s'est pas soudain transformé en type d'homme qui cherche à se mettre en couple ; il ne fait que jouer un rôle. Il est clair qu'il n'est pas attiré par moi comme je le suis par lui. Je sais que je ne suis pas le genre de beauté éblouissante auquel il est habitué. Il pourrait obtenir n'importe qui et choisir une belle femme.

Sois raisonnable. Garde cette relation légère et décontractée. Protège ton cœur fragile.

— Ne t'en fais pas pour ça, dis-je. J'irai juste dormir avec l'une des autres demoiselles d'honneur. Le seul problème, c'est qu'elles dorment toutes déjà ensemble. Ce sont des amies de l'école de cuisine. Je suis l'intruse du groupe, la sœur du marié.

— Tu es proche d'elles ?

— Pas vraiment, ce sont les amies d'Alison.

Je me dirige vers la salle de bain attenante pour récupérer mes affaires de toilette, me sentant plus irritable que d'ordinaire. Je n'ai presque encore rien déballé de ma valise après mon arrivée ce matin. Je m'intime de me détendre. Jack a joué son rôle et il fait de son mieux pour préserver la paix avec ma famille.

Ma mère apparaît dans l'encadrement de la porte de la salle de bain.

— Je peux te parler une minute ?

— Bien sûr.

Je fourre ma trousse de toilette dans ma grande valise à roulettes et la suis dans le couloir jusqu'à la chambre principale.

Dès que j'arrive, mon père se lève du lit et sort de la chambre, avant de fermer la porte derrière lui. OooK. C'est l'heure d'une discussion mère-fille. Excellent. Ou pas.

Ma mère m'étudie un moment, puis lâche :

— J'ai interrogé Sam au sujet de Jack et toi, et il dit que c'est du sérieux.

— Tu as fait ça ? Quand ?

— Pendant la répétition du dîner.

— Oh.

C'est sûrement pour ça que mes parents ont invité Jack à dormir à la maison, même s'ils ont l'air si tendus en sa présence. Ils tentaient de faire ce qu'il faut. Je me remémore la répétition du dîner. J'étais assise à la table, en état de choc après toutes les gentilles choses que Jack avait dites sur moi et réfléchissant à ce que ça pouvait vouloir dire. Maintenant que j'y pense, mes parents ne nous ont plus beaucoup parlé, après ça. Ils ont surtout discuté avec Sam et Alison.

— Ton père et moi sommes inquiets. À en croire la façon dont Sam décrit Jack depuis toutes ces années, il ressemble plus à un clown qu'à quelqu'un avec qui on peut s'engager sérieusement.

— On sort ensemble, c'est tout. Ce n'est pas comme si on était mariés, ris-je, mais le son me paraît forcé même à mes propres oreilles.

Pourquoi est-ce que j'ai dit ça ?

Elle me dévisage pendant si longtemps que je dois détourner les yeux.

— Ne t'avise pas de plaisanter à ce sujet, répond-elle d'un ton sec. Nous te renierions, si tu épousais un tel clown.

Je déglutis. Je ne l'ai jamais entendu exprimer une désapprobation aussi sévère au sujet de l'un de mes petits amis. Évidemment, les autres étaient tous des comptables conservateurs. Jack est différent de mon type d'hommes habituel, mais il n'est pas qu'un clown. Je réfléchis à quoi lui répondre, mais c'est alors que je réalise que ça n'a pas d'importance. Tout ça n'est que temporaire.

— Ne t'en fais pas pour ça. Jack est sympa, et on sort juste ensemble, dis-je en l'embrassant sur la joue. Bonne nuit. On se voit demain pour le grand jour.

Je m'empresse de sortir de la chambre, pressée de m'échapper. Quand je reviens dans la mienne, Jack est toujours assis sur mon lit, les yeux baissés sur son téléphone. Il a l'air plongé dans ses pensées et très sérieux. Je secoue la tête à cette pensée. Je vois des choses qui n'existent pas en le voyant comme quelqu'un de sérieux. Je suis juste vexée à l'idée que ma mère ne le considère que comme un clown. Pour ce que j'en sais, il est peut-être juste en train de regarder le score du match des Yankees.

— Eh, tout va bien ? me demande-t-il en levant la tête.

— Oui, désolée de t'avoir fait attendre, dis-je en me dirigeant vers mon placard. Juste des histoires de mariage.

Je récupère ma robe de demoiselle d'honneur couleur lavande pleine de froufrous. *Beurk.* Ce n'est pas mon style. Je préfère la simplicité et l'élégance.

— Aucun problème.

Je lui lance un bref sourire et attrape ma valise à roulettes. Il prend ma robe drapée sur mon bras pour la porter pour moi.

— Hideux.

— N'est-ce pas ? La mariée s'est assurée que tous les yeux restent rivés sur elle.

Il rit et m'ouvre la porte. Je sors devant lui avec ma valise.

— Tout est arrangé à l'hôtel ? demandé-je par-dessus mon épaule.

— Pas tout à fait.

Je m'arrête.

— Qu'est-ce que tu veux dire ?

— Ne t'inquiète pas. J'ai la situation en main.

— Oh, très bien, intervient mon père depuis le rez-de-chaussée.

Il a les yeux levés vers nous, dans l'escalier, depuis le vestibule.

— Je commence à être fatigué. Je vais vous déposer à l'hôtel et ensuite j'irai au plumard.

— On pourrait prendre la voiture de maman, proposé-je.

La dernière chose dont j'ai envie, c'est d'un autre trajet en voiture tendu, surtout maintenant que je sais que mes parents désapprouvent Jack. Pour moi, en tout cas. Ils n'ont aucun problème avec lui tant qu'il n'est que l'ami de Sam.

— Tu sais, dit mon père en pointant un doigt vers moi, ce n'est pas une mauvaise idée. Contentez-vous de la ramener après le mariage. On prendra ma voiture, demain, de toute façon.

Quelques minutes plus tard, Jack est au volant de la Lexus de ma mère. Il a demandé s'il pouvait conduire et mon père n'y a rien trouvé à redire. Moi non plus. Je n'aime pas conduire.

— Jolie caisse, dit-il tout en sortant du garage.

— Ma mère ne s'en sert pas beaucoup. Juste pour rejoindre le parking de la gare.

Ma mère prend toujours le train pour rejoindre la ville.

— Les trajets en train, ça craint. Je dois entrer l'adresse dans le GPS ou tu connais la route ?

— Je la connais.

— Super.

Il accélère si brusquement que je me cogne la tête contre l'appui-tête.

— Aïe.

— Désolé pour le coup du lapin, rit-il. Je suis habitué à conduire un véhicule de chantier, et il faut vraiment enfoncer l'accélérateur pour les faire bouger.

Il a l'air détendu au volant, alors je suppose que le souci à l'hôtel n'était pas très important. Je lui indique la direction à suivre. L'hôtel n'est pas loin.

— Alors, c'est quoi le problème à l'hôtel ? demandé-je. Ils m'ont donné une chambre pourrie à côté de l'ascenseur, ou un truc comme ça ? Un lit simple ? Je ne suis pas très grosse. Je pourrai m'en accommoder.

— Tu es avec moi.

Je me fige et mon cœur se met à cogner dans ma poitrine.

— Comment ça, je suis avec toi ?

Il s'arrête à un panneau-stop et tourne la tête vers moi.

— Je veux dire, je cite « nous sommes dans l'incapacité de satisfaire les réservations de dernière minute ». C'est la saison des mariages et ils sont complets, avec les invités de deux mariages.

— Mais je croyais qu'on n'allait pas…

Il appuie sur la pédale d'accélérateur, plus doucement, cette fois.

— On ne fera rien. Je dormirai par terre.

— Jack, je ne peux pas te laisser dormir par terre, répliqué-je en me tordant les mains.

Une partie de moi a envie de tenter ma chance avec Jack – je n'aurais peut-être jamais d'autre occasion – et une autre se sent coupable d'en avoir envie, parce que cela signifierait aller à l'encontre de ce qu'il m'a dit qu'il voulait : non aux coucheries, oui à l'annulation du mariage. Bon sang, il n'est peut-être même pas attiré par moi. Le baiser qu'il m'a donné tout à l'heure était si chaste. Cette attirance n'est sûrement qu'à sens unique, aussi embarrassant que ça puisse être.

— Tu devrais me ramener chez mes parents, continué-je. Ils sont sûrement déjà couchés. S'ils me posent la question, j'inventerai une excuse. Je dirai que tu voulais traîner un peu avec les garçons, ce soir, pour la dernière soirée de Sam en tant que célibataire.

Il fronce les sourcils.

— Je suis certain que Sam a rejoint Alison en secret. Il ne peut pas s'en empêcher. Et puis, ça donnerait l'impression que notre relation part déjà en vrille. J'ai envie qu'ils pensent que je suis un bon petit ami.

Mon estomac fait un drôle de petit salto dans mon ventre.

— Vraiment ?

— Oui. Personne ne m'a jamais vu comme ça jusqu'alors. Je ne sais pas, c'est assez sympa.

Je le dévisage, surprise, avant de regarder droit devant moi. Que mes parents le désapprouvent n'amoindrit en rien ses efforts sincères à leur égard. Et maintenant quoi ?

On partage la même chambre d'hôtel.

Il est si bon avec moi.

J'ai envie de lui. Seigneur, j'ai tellement envie de lui. Mon attirance n'a fait que grandir d'année en année.

Et je n'ai peut-être pas envie qu'il soit aussi bon avec moi. Il me traite comme la petite sœur de Sam, avec respect et sans me toucher. Si je ne dois bénéficier que de cette nuit, j'ai envie de voir le bad boy dont je n'ai pas arrêté d'entendre parler toutes ces années. J'ai envie de faire l'expérience du vrai Jack.

Je tourne la tête vers lui.

— Sam n'a pas arrêté de me répéter que tu étais quelqu'un de marrant, mais depuis qu'on s'est mariés, tu es si sérieux.

— Pardon ?

— C'est la vérité. C'est comme si le mariage t'avait transformé en quelqu'un d'autre.

— Tu es en train de dire que notre mariage à Las Vegas m'a transformé en gros nul ?

— Oui.

Il tourne à droite et accélère un peu.

— Eh bien, princesse Riley Walsh-Rourke, tu vas bientôt ravaler tes paroles.

— Je n'ai pas pris ton nom.

— Tu ne peux pas être une princesse sans ça. Ton lit à baldaquin et ta chambre très girly m'ont dit tout ce que j'avais besoin de savoir à propos de tes aspirations. Maintenant, je sais ce que tu voyais en moi, quand tu fantasmais sur moi en secret. Jeune femme, vous êtes du genre princesses et licornes, ça se voit comme le nez au milieu de la figure.

— Quand j'avais six ans, oui !

— C'est drôle que tu n'aies jamais redécoré ta chambre à l'adolescence.

J'ignore cette remarque. OK, je rêvais en secret d'un prince sur son cheval blanc, et j'ai continué à croire à l'existence des licornes bien plus longtemps que la plupart des filles. Et alors ? Une fille a le droit d'avoir quelques vices, surtout quand sa mère est toujours sur son dos et tient à ce qu'elle excelle à l'école.

— Pour ce qui est des noms de famille, je pense que j'utiliserais le nom Rourke en privé et que je garderais Walsh dans le milieu professionnel.

— Tu parles comme une vraie super-héroïne comptable.

J'éclate de rire.

— Si tu continues de m'appeler comme ça, je vais devoir me trouver un pseudonyme adapté.

— Super Tableur.

Mon enthousiasme retombe.

— Non.

C'est vraiment comme ça qu'il me voit ?

— Calculatrice d'entreprise.

Je réprime un soupir. Des tableurs et des calculatrices. Autant m'appeler directement l'Intello des Chiffres. Je n'ai pas envie de l'entendre me proposer d'autres pseudonymes ringards.

— Ce serait peut-être plutôt à toi d'être un super-héros. Un super-héros bâtisseur.

Il sourit.

— Mes prouesses sur le lieu de travail ne sont surpassées que par mes prouesses dans d'autres domaines.

Mon souffle se coince dans ma gorge à son ton séducteur.

— Est-ce que je les découvrirai un jour ?

Il secoue la tête avec tristesse.

— Écoute, il y a des choses qu'on peut faire avec sa femme, et d'autres qu'on ne peut pas.

— Je ne t'ai pas épousé pour ton côté gros nul.

— J'essaie d'agir comme un prince.

Voilà qui me rend curieuse.

— C'est comme ça que tu as été élevé ?

— Mon Dieu, non. Je suis dans l'improvisation totale, là.

— Contente-toi d'être toi-même.

— Je ne suis pas sûr que ça te plairait.

— Bien sûr que si !

Il s'arrête à un feu rouge.

— Ma personnalité est difficile à apprécier. La plupart des femmes n'aiment pas mon humour, dit-il avec un clin d'œil. Pour être franc, mon corps est la seule chose qui les intéresse.

— Tu as aussi un joli visage.

— Joli. Je t'en prie. Comment peux-tu qualifier un homme barbu de « joli » ? Je suis très viril.

— C'est vrai, acquiescé-je dans un souffle.

Il me regarde dans les yeux un long moment, comme s'il

avait remarqué mon ton un peu essoufflé, puis il regarde à nouveau la route.

C'est ma seule chance. Je dois essayer. Je me répète que je protégerai mon cœur. Je veux juste avoir une expérience plus complète avec lui qu'un chaste baiser.

Je prends une grande inspiration et lâche d'une traite :

— Honnêtement, tu es l'homme le plus sublime que j'aie jamais vu. Je craque sur toi depuis que j'ai dix-huit ans. Voilà tu sais tout, maintenant. N'hésite pas à utiliser ça contre moi.

Il me donne une petite tape sous le menton.

— Un béguin de jeune fille n'est pas la même chose qu'une vraie relation. Cette limite de temps est une bonne chose. Je ne veux pas te décevoir.

Je serre les dents.

— Je ne suis plus une jeune fille. Je sais ce que je veux, et ce n'est certainement pas d'être traitée comme la petite sœur de ton ami. J'ai envie du Jack marrant dont tout le monde parle. Et je sais que c'est juste temporaire, mais nous disposons de cette nuit et j'ai envie… de plus.

Le feu passe au vert et il se remet à rouler sans prononcer un mot.

Je suis assez furieuse pour insister :

— Jack, si tu ne peux pas être toi-même avec moi… la personne débridée, spontanée et marrante… alors je crois qu'on va devoir tout arrêter. J'en ai marre d'être traitée avec des pincettes.

— Quoi ? Tu me largues ?

— Ouais, tout à fait, répliqué-je, jouant mon meilleur bluff. Je m'en irai et demain, pendant la réception de son mariage, tu pourras expliquer à Sam qu'on a rompu parce que tu étais trop poule mouillée pour te montrer authentique avec une femme.

Silence. Un silence extrêmement tendu.

Mince. Je suis peut-être allée trop loin ; je l'ai énervé en impliquant Sam là-dedans. Ou c'est peut-être parce que je l'ai traité de poule mouillée. Devrais-je m'excuser ? J'ai juste été honnête. J'ai envie qu'il soit lui-même – dragueur, charmeur et drôle – et pas qu'il se comporte en mari sérieux qui ne me touche jamais. J'ai vraiment envie qu'il me touche. Parfois, j'ai l'impression qu'il y a quelque chose entre nous, une tension miroitante, mais ensuite, tout s'évanouit. Je ne sais pas si c'est moi qui me fais des idées. Tout ce que je sais, c'est que plus je passe de temps avec lui, plus j'ai envie de lui. Je n'ai aucune attente au-delà de cette nuit, mais j'ai envie de cette nuit. J'ai envie de lui.

Je ne peux plus reculer, maintenant. Je l'aurais à l'usure. Il finira forcément par dire quelque chose. Aucun homme ne peut rester sans réagir après avoir été traité de poule mouillée. C'est dans leur ADN – ils doivent défendre leur virilité.

Nous arrivons enfin au parking de l'hôtel et il éteint le moteur, sans faire aucun geste pour sortir. Ça y est. C'est maintenant ou jamais. La tension dans l'air est étouffante.

Je tourne lentement la tête pour croiser son regard.

Il se penche, ses yeux bleus pétillants.

— Défi accepté.

Je déglutis. Je ne sais pas ce que ça veut dire, et je suis trop poule mouillée pour poser la question.

4

Riley

Je suis Jack dans son hôtel, le cœur battant la chamade, des papillons dans l'estomac et toutes mes terminaisons nerveuses me picotant d'impatience. Ça va vraiment arriver. Je suis seule dans une chambre d'hôtel avec Jack, et nous sommes parfaitement sobres, cette fois. Je crois qu'il va tenter quelque chose.

Il a plutôt intérêt.

Eh, je suis une femme moderne. Je peux très bien faire le premier pas. Bien sûr, c'était plus facile la dernière fois, après avoir bu plusieurs verres. J'ai dansé avec lui de manière sexy, à Las Vegas, et ça a clairement porté ses fruits. Je parcours la pièce des yeux à la recherche d'un minibar. Il n'y a qu'un menu de service d'étage. Je devrais peut-être suggérer qu'on boive un verre. Juste pour m'aider à apaiser ma nervosité.

Mon regard se pose sur le lit double et mon estomac fait une petite danse. Du coin de l'œil, je vois Jack accrocher ma robe de demoiselle d'honneur dans le placard, à côté de son smoking. Je croise brièvement son regard alors qu'il soulève ma valise.

— Détends-toi, j'ai dit que je dormirai par terre, dit-il en posant ma valise à côté d'une chaise rembourrée dans le coin opposé de la pièce.

— Je suis détendue, rétorqué-je.

Je me rends soudain compte que j'étais en train de me tordre les mains et les laisse retomber le long de mes flancs. Je ne peux pas laisser ma nervosité prendre le dessus. Je dois me montrer audacieuse. Lui montrer clairement ce que je veux. J'ai des intentions précises en tête. Des intentions lubriques. J'ouvre la bouche pour lui exprimer cela, mais à ma grande surprise, seule une proposition parfaitement polie sort de mes lèvres :

— C'est ta chambre. Tu devrais prendre le lit. Ça ne me dérange pas de dormir par terre.

Aie un peu de cran ! Un peu de courage !

Il secoue la tête et prend un oreiller et une couverture sur l'étagère supérieure du placard, pour les poser au sol à côté du lit géant, symbole de toutes les tentations. Pourquoi n'est-il pas attiré par moi ? Cette tentative de séduction en serait grandement facilitée.

Je le regarde redresser l'oreiller pour l'appuyer contre la table de chevet et s'installer par terre.

— J'ai une vue parfaite vers la télé, remarque-t-il avec un signe de la main vers la télévision fixée sur le mur.

— Ah oui ? demandé-je en m'installant par terre à côté de lui. Je vais peut-être dormir par terre aussi, alors.

Il plisse les yeux.

— Tu veux vraiment dormir par terre ?

— Bien sûr.

— Très bien.

Il se lève, redresse les oreillers contre la tête de lit et s'installe sur le matelas.

Une seconde plus tard, je le rejoins.

— Ry, lâche-t-il dans un long soupir.

Je redresse mon oreiller à mon tour.

— Quoi ?

— Ça ne marchera pas.

Mes espoirs grandissent. Il est donc *bien* attiré par moi. Il ne s'imagine pas partager un lit avec moi sans me toucher.

Je lui adresse ce que j'espère être un sourire séducteur.

— Pourquoi pas ?

— Parce que, répond-il avec raideur.

— Parce que tu as peur d'être tenté par moi ? demandé-je, avant de retenir mon souffle.

— N'importe quel homme est tenté quand il partage un lit avec une femme. C'est une question biologique, rien de plus.

Je prends une brusque inspiration, vexée. Il ne se rend pas compte que je suis contrariée. Il est trop occupé à grommeler dans sa barbe tout en se réinstallant par terre.

— J'ai une meilleure idée, lancé-je en sortant du lit. Lève-toi.

Je fais un geste pour lui indiquer de se lever de sa couverture. Puis je dépose cette dernière sur le lit.

— Tu vois ? Maintenant, on peut tous les deux se mettre à l'aise. Tu dormiras sur la couverture, et moi au-dessous.

Il récupère vivement la couverture et la jette au sol.

— J'essaie de me comporter en gentleman princier. Laisse tomber.

Il a l'air en colère, et ça n'a rien de princier ou de gentleman. Il devrait m'offrir le lit avec galanterie, s'il voulait vraiment agir en gentleman. Ce que je lui explique, vu que toute cette histoire de galanterie est sûrement nouvelle, pour lui.

Il plisse ses yeux bleus. Oui, il est en colère, ça ne fait aucun doute. Pourquoi ? Je me suis montrée très accommodante.

— Je vais prendre une douche, grogne-t-il. Mets-toi au lit et restes-y.

Je jette un coup d'œil au réveil sur la table de chevet.

— Il n'est que vingt heures trente.

— Alors détends-toi sur le lit. Tu peux faire ça pour moi ?

Puis il tourne les talons et se dirige vers la salle de bain.

Bon sang, ce qu'il est susceptible. Et dire que j'étais nerveuse à l'idée de partager une chambre d'hôtel avec lui. D'abord parce que je craignais qu'il se prépare à me faire une farce, et ensuite à la possibilité d'une nuit débridée et passionnée (dont je meure toujours d'envie). Mais il n'y a rien entre nous mis à part cette bonne vieille biologie, qui nous empêche de partager un lit. Rien de personnel. Je n'ai rien d'irrésistible. Ça craint.

Je sais ce qui pourrait arranger la situation. Je vais commander à manger au service d'étage. Je prends le menu sur le bureau. Hum, voilà qui m'a l'air délicieux. Un Moscow Mule. La vodka me donnera le coup de fouet dont j'ai besoin pour me montrer audacieuse. Ah ! Un coup de fouet à une mule pour stimuler sa hardiesse. Et je n'aurais rien contre un petit brownie surmonté de glace à la vanille et de sauce au caramel. J'ai sauté le dessert à la répétition du dîner, parce que ce n'était pas du chocolat. Je ne fais des folies niveau calories que quand c'est du chocolat. Je devrais demander à Jack s'il veut quelque chose.

Mais d'abord, je songe à une autre solution concernant le lit : je remets sa couverture et son oreiller sur le lit et dispose un mur de coussins au centre. Voilà. On peut tous les deux être à l'aise et cette frontière rassurera ceux qui la croient nécessaire. En plus, elle sera facilement détruite s'il nous prend l'envie de nous rapprocher ; ou si la mule nous y pousse. Ah ah.

Je me dirige vers la porte fermée de la salle de bain et écoute l'eau de la douche couler.

— Jack ?

Pas de réponse. Je ne suis pas une voyeuse, alors je réessaie, en élevant la voix.

— Jack, tu veux que je te commande quelque chose au service d'étage ?

— Quoi ? crie-t-il.

J'essaie de tourner la poignée. Il n'a pas verrouillé la porte. J'ouvre et passe la tête dans la pièce.

— Tu veux commander quelque chose au service d'étage ?

— Si je veux quoi ?

Je me rapproche.

— J'ai dit : tu veux quelque chose au service d'étage ?

Je suis juste devant le rideau de douche blanc, qui ne me

révèle rien, malheureusement.

— Je vais prendre un Moscow Mule et un dessert. Un vrai dessert, un brownie.

Il tire violemment sur le rideau, mais ne montre que sa tête. Mince.

— Qu'est-ce que tu fais ici ? demande-t-il.

— Tu ne m'entendais pas, alors je me suis rapprochée. La porte n'était pas verrouillée.

— Je ne t'avais pas dit de t'installer sur le lit et d'y rester ? rétorque-t-il avant de refermer le rideau d'un geste sec.

Quel malpoli. Je fusille le rideau du regard un instant, hésitant sur la conduite à suivre. Bon, la politesse ne marche pas trop, hein ? Il est temps de passer au niveau supérieur, si je veux réussir à atteindre Jack.

Je prends discrètement sa serviette, puis toutes les autres dans la pièce, ainsi que les gants de toilette. Je les serre contre moi et me penche pour ramasser ses vêtements abandonnés au sol. Puis je repasse la porte en silence.

Jack

On ne peut même plus se branler en paix, maintenant ? Sérieusement ! Elle était vraiment obligée de faire irruption dans la pièce pour discuter pendant que j'étais nu sous la douche ? J'essaie de bien agir ! Maintenant, tout est ruiné. Comment je pourrais m'y remettre en sachant qu'elle pourrait se pointer à n'importe quel moment ?

Je refroidis l'eau dans une tentative pour me calmer. C'est comme si elle n'avait aucune idée de comment ça marche, entre un homme et une femme. Comment peut-elle croire qu'on pourrait partager un lit, ou même le sol, sans coucher ensemble ? Je n'arrive pas à croire que c'est à moi de garder la tête froide, en faisant passer notre prochaine annulation de mariage en priorité, comme il se doit. Moi, le type qui aime prendre du bon temps ! Est-ce qu'elle réalise à quel point elle est tentante, dans sa robe modeste ? C'est comme le chant d'une sirène, auquel mon cerveau lubrique est sensible parce que je me souviens à quoi elle ressemblait, à Las Vegas, dans sa robe moulante à paillettes, tout en courbes généreuses. Mon esprit n'arrête pas de me narguer avec ce souvenir, me donnant envie de lui arracher cette robe.

Je réprime un grognement. Qu'est-ce qui peut bien se passer dans sa petite tête brillante ? Est-ce qu'elle se rend compte que j'étais à deux doigts de l'attirer sous la douche avec moi ? Non. Elle n'en a aucune idée. Ce doit être parce qu'elle est si collet monté. Il ne lui est pas venu à l'esprit que je puisse être un pervers. Je ne peux pas me permettre de m'engager sur cette voie.

Je reste sous l'eau froide aussi longtemps que je peux le supporter, puis j'éteins la douche et tends la main vers la serviette. J'étire le bras un peu plus loin. Hum. Je repousse un peu plus le rideau de la douche pour jeter un œil. Je croyais avoir laissé la serviette sur la barre au-dessus des toilettes. Je repousse le rideau de l'autre côté. Il y avait toute une rangée de serviettes sur le mur opposé, mais il est totalement vide, maintenant. Qu'est-ce que c'est que ces histoires ?

Je parcours la pièce des yeux ; il n'y a pas une seule serviette nulle part, pas même le moindre gant de toilette. Mes vêtements ont disparu aussi.

— Ry !

Je n'arrive pas à y croire. Elle m'a volé ma serviette et mes vêtements ? A-t-elle à ce point envie de me voir nu ? Est-ce une tentative de séduction maladroite de sa part ? Parce qu'à cet instant, je me sens tout sauf séduit. Nous sommes censés faire annuler notre mariage ! Pas de coucheries ! Je vous jure, je vais la faire asseoir et lui faire un sermon, après ça. Elle doit comprendre la situation.

Je sors de la douche et laisse l'eau dégouliner un instant sur le tapis de bain, puis j'entrouvre la porte et passe la tête de l'autre côté.

— Ry ! Rends-moi ma serviette.

Silence. Pas même un rire étouffé.

Une sensation de malaise m'envahit. Est-ce qu'elle est partie ?

Je fais un pas dans la chambre. Elle a vraiment fait ça ! Elle a volé les serviettes et elle est partie ! Je vais la retrouver, et quand ce sera fait, je me vengerai. J'ouvre la porte du placard, résigné à m'essuyer avec un T-shirt de ma valise avant de m'habiller. Quand je regarde dans le placard, ma mâchoire se décroche presque de stupéfaction.

Elle m'a aussi volé ma valise.

Et même mon smoking. Sa valise a disparu aussi. Elle est partie. Elle est vraiment partie.

La seule chose qui reste, c'est sa robe de demoiselle d'honneur violette à froufrous. Je la regarde. Elle ne m'a laissé que ce truc hideux. Est-ce qu'elle espérait que je sois assez désespéré pour l'enfiler ? Ah ! Aucune chance. Je vais juste…

Je me triture la tête pour trouver une solution, mais je finis toujours par envisager la même chose : moi, nu, en train de pourchasser cette femme sournoise. À moins qu'elle ait aussi pris les clefs de voiture pour repartir chez ses parents. Merde. Et si elle avait aussi emporté la carte magnétique de l'hôtel ? Je devrais appeler l'un de mes potes à mon secours, et j'en entendrais parler toute ma vie. Je scrute la pièce des yeux. Où ai-je laissé la carte de l'hôtel ?

Je me fige en entendant un coup frappé à la porte.

— Euh, ouais ?

— Service d'étage, annonce une voix grave.

Zut ! Elle m'a dit qu'elle allait appeler le service d'étage. Et maintenant, elle me laisse répondre à la porte tout nu ?

— Laissez tout dans le couloir, lancé-je.

— J'ai besoin d'une signature, répond le type.

Je réfléchis à mes options. Je pourrais laisser le type derrière la porte, mais est-ce qu'il finirait par partir ? Aurait-il des ennuis pour ne pas avoir livré une commande convenablement ? Merde, merde, merde.

TRÈS BIEN ! Je vais faire ce qu'il faut !

J'attrape la robe de demoiselle d'honneur sur son cintre et

l'enroule autour de ma taille. Si ce type s'avise d'esquisser le moindre petit sourire, je lui mets une claque.

J'ouvre à demi la porte et *elle* la pousse pour l'ouvrir en grand. Ce n'est pas un employé du service d'étage. C'est Riley, et elle m'observe avec une expression amusée, l'air très contente d'elle. Elle a pris une grosse voix pour se faire passer pour un homme.

Je manque de m'étrangler avec ma salive, ne sachant comment réagir à ce qui vient de se passer. Elle m'a fait une farce. À moi ! Le roi des farceurs. Personne ne m'a jamais fait un tour pareil. Et j'étais trop embrouillé par cette histoire de partage de lit pour songer moi-même à une farce. C'était peut-être son intention depuis le début : me distraire pour mieux me piéger. Ma femme sournoise et intouchable.

Elle sourit d'un air narquois et je sens ma colère grimper.

— Les froufrous couleur lavande te vont bien.

Grr…

~

Riley

Le cœur battant, je fais entrer le chariot du service d'étage dans notre chambre. J'ai intercepté le type et je l'ai amené moi-même dans le couloir un peu plus tôt. Jack a d'abord eu l'air stupéfait par ma petite blague, et j'espérais qu'il se mette à rire. Il est le roi des farceurs, n'est-ce pas ? Mais maintenant, il a l'air en colère. Est-ce que je me suis un peu trop moquée des froufrous couleur lavande ? C'est juste que je ne m'y attendais pas. Je pensais qu'il prendrait un oreiller ou une couverture sur le lit pour se couvrir. J'ai laissé la robe parce que je déteste ce truc et que je savais qu'il n'y toucherait pas. Sauf qu'il l'a fait ! Bref, je suis allée trop loin dans ma blague pour faire machine arrière maintenant.

J'attrape la tasse en cuivre givrée avec mon Moscow Mule et bois une gorgée pour me donner du courage.

— Je t'ai pris de l'eau pétillante.

Il me fusille du regard.

— Où sont mes vêtements ?

— Au bout du couloir, près de la machine à glaçons. Les serviettes sont dans ta valise aussi. Tu voyages vraiment léger.

— Tu as aussi fourré mon smoking là-dedans ? m'interroge-t-il, la mâchoire serrée. C'est une location, tu sais.

— C'était juste une petite blague, dis-je doucement. Je croyais que tu aimais les blagues.

— Où est mon smoking ? articule-t-il d'une voix sèche.

— Je l'ai mis dans la poche de ma valise.

Je bois une autre gorgée de ma boisson, l'air désinvolte, sauf que ma main tremble un peu. Je croyais qu'on en serait à la partie la plus drôle, à cet instant, qu'on rirait tous les deux et qu'on se rapprocherait. Je croyais que c'était ce qu'il fallait faire, avec Jack.

Mon regard se pose sur une goutte d'eau en train de couler le long de son torse musclé, et ma bouche devient sèche.

Il vient se placer juste devant moi et je relève vivement la tête. Il me regarde d'un air furieux.

— Et où est ta valise ? demande-t-il d'une voix trop douce.

Un frisson brûlant me parcourt. Je ne saurais dire si c'est une réaction à mon désir habituel pour lui, ou à la chaleur incroyable, un peu dangereuse, qui émane de lui par vagues successives. Je n'arrive pas à soutenir son regard et je détourne les yeux, reposant mon verre sur le chariot.

Je me force à prendre un ton égal et lui explique la solution que j'ai trouvée, qui lui donnera ce qu'il veut et m'accordera l'espace dont j'ai besoin pour me ressaisir.

— Elle est avec ta valise, près de la machine à glaçons. Va la chercher pendant que je dispose le dessert sur le bureau. Je veux bien partager.

Il me prend par le bras et des picotements me parcourent à ce contact. Je suppose que ça veut tout dire. Mon désir est bien plus fort que mon bon sens, en sa présence.

— Oh non, grogne-t-il. Je ne te fais pas du tout confiance. Tu vas m'enfermer dehors pendant que j'erre dans les couloirs à la recherche de ma valise, avec ma serviette à froufrous couleur lavande.

Je laisse échapper un rire. Je n'y avais même pas pensé.

— Je te donnerais bien la clef, mais je ne sais pas où tu l'as mise.

Une flamme se met à crépiter dans ses yeux bleus. C'est à la fois sexy et intimidant. Mais surtout sexy.

— Je ne suis pas sournoise à ce point, Jack. Vraiment. C'était juste une petite farce. Je te jure que je ne t'enfermerai pas dehors.

— Dis la femme qui a volé toutes les serviettes et tous les vêtements de cette pièce, mis à part cette monstruosité hideuse et pleine de froufrous. Tu as même pris les gants !

Je pouffe de rire à cette idée. Il est si large.

— Un gant aurait-il vraiment suffi ?

— Non !

— OK, calme-toi, lancé-je en levant les mains. Mince, pour quelqu'un qui fait toujours des farces, je m'attendais à ce que ça te plaise plus.

— Ça me plaira plus quand j'aurai des vêtements. Viens par ici, maintenant.

Il me fait venir devant lui et, avant que j'aie pu comprendre ce qu'il compte faire, il passe un bras autour de ma taille.

— Tu es ma couverture. Tu as la clef sur toi ?

— Oui, elle est sur moi, acquiescé-je en refrénant un rire.

— Où ?

— Je l'ai fourrée dans mon soutien-gorge.

Il grommelle une phrase inintelligible et nous fait avancer de concert, moi devant.

— Ouvre la porte.

— J'ai un peu l'impression d'être prise en otage, remarqué-je alors que nous sortons dans le couloir.

Par chance, il est désert. Nous devons avoir l'air ridicule. Jack encore plus que moi. *Ne ris pas.*

Il penche la tête près de mon oreille et demande d'une voix doucereuse :

— Tu es mal à l'aise ?

Je réfléchis à cette question alors qu'il nous fait traverser le couloir jusqu'au panneau « Glaçons ».

— Eh bien, ton gros froufrou me rentre dans les fesses.

— Je suis vraiment désolé d'apprendre que mon froufrou te dérange.

— Tu pourrais le déplacer sur le côté ?

— Non.

— Pourquoi ?

— Arrête de parler et marche plus vite, grommelle-t-il.

Je crois alors deviner pourquoi il n'a pas envie de déplacer le froufrou. Il aime peut-être me sentir collée à lui. Peut-être qu'il aime vraiment beaucoup ça.

— Tu es excité ? demandé-je.

— Non.

— Alors est-ce que tu pourrais…

— Non.

— Tu es *vraiment* excité, m'exclamé-je, ne pouvant refréner le sourire dans ma voix.

C'est une excellente nouvelle !

— N'importe quel mec réagirait à la sensation de fesses rondes en train de se frotter contre lui. C'est comme ça, c'est tout.

C'est une bonne chose, qu'elles soient rondes ? Ou est-ce qu'il est en train de sous-entendre que j'ai un gros cul ?

— Tu es en train de m'insulter ? demandé-je.

Il s'arrête, un bras toujours passé autour de ma taille et la respiration forte dans mon oreille.

— Je ne vais pas te dire quand, ni comment, mais j'aurais ma vengeance.

Je frissonne. Je ferais mieux de dormir tout habillée, et de garder sur moi la carte magnétique de l'hôtel *et* les clefs de la voiture. Ou bien peut-être tenter ma chance avec les demoiselles d'honneur.

Il se remet à marcher vers la machine à glaçons et je

change d'avis. Aussi fou que ça puisse paraître, j'aime sentir Jack enroulé autour de moi, même si ce n'est que pour une mission de récupération de valise.

— Prends-la, ordonne-t-il.

Oh ! OooK. Je tends la main derrière moi et il s'écarte.

— Ma valise, aboie-t-il.

Oh. J'étais distraite par l'afflux de désir qui a submergé mon organisme. C'est comme si mon cerveau avait bugué.

Je pointe le doigt vers nos valises, posées dans l'alcôve près de la machine à glaçons.

— Tu vois ? Elles sont saines et sauves. Je vais prendre la mienne et toi la tienne.

— Prends les deux.

— Pourquoi ?

— C'est toi qui les as amenées ici, c'est à toi de les ramener.

— Tu vas me faire marcher comme ça jusqu'à la chambre en traînant deux valises ?

— Non, mais je serais juste derrière toi au cas où tu déciderais de t'enfuir.

Je le regarde par-dessus mon épaule.

— Tu ne me fais pas confiance ?

— Tu me prends pour un idiot ? rétorque-t-il avec un rictus.

Je soupire et prends les deux valises, avant de les faire rouler vers notre chambre. Il est juste dans mon dos.

— Et si je te laissais le lit et qu'on décidait qu'on est quittes ? proposé-je en gage de réconciliation.

— Et si tu surveillais tes arrières pendant le reste du week-end ?

Un jeune couple ivre traverse le couloir en titubant dans notre direction.

— Vous revenez de la piscine ? demande le type aux cheveux roux.

Il pose sûrement la question parce qu'il a vu le torse nu de Jack derrière moi. Il est plus grand que moi.

La brune fortement maquillée lève les yeux au ciel.

— Ils ont des valises, remarque-t-elle.

— Continue de marcher, m'ordonne Jack.

J'obéis, mais quand je regarde derrière moi, je les vois en train d'étudier Jack du regard.

— C'est sûrement un jeu de travestissement coquin, dit le type.

— On ne juge pas ! lance la fille. Ne faites pas attention à nous !

Leur rire résonne dans le couloir. Je réprime un sourire alors que j'ouvre notre porte et traîne les valises dans la chambre.

— Tu vois Jack, c'était juste pour rire.

Il ne répond rien. Au lieu de ça, il se dirige vers le lit, repousse le mur de coussins vers la tête de lit et balance sa valise sur le matelas, avant de l'ouvrir.

— Retourne-toi.

Je me dirige vers le chariot du service d'étage et bois une longue gorgée de mon verre. C'est malheureux, mais le fait est que j'ai aimé marcher pressée contre Jack. Beaucoup trop. Je suis brûlante et, aussi ridicule que ça puisse paraître à cet instant, j'espère encore qu'il va se calmer et qu'on pourra avoir un moment d'intimité. Une vraie connexion. Je suis détraquée, ou quoi ?

— Éloigne-toi un peu plus, s'il te plaît, m'ordonne Jack.

Je pose mon verre et me dirige vers le côté opposé de la chambre, près de l'air conditionné. Je l'allume à fond et me penche vers lui pour me rafraîchir un peu. La grille de ventilation est à environ trente centimètres du sol. La sensation de la brise fraîche est merveilleuse. Le dos de ma robe est un peu humide après que Jack a pressé son corps mouillé contre moi. Je tire sur la jupe et la tords autant que je peux pour la faire sécher sans me retourner. Oups. Ça ne va pas suffire. Je lisse la robe. Je me changerai et l'accrocherai dans le placard pour qu'elle sèche cette nuit.

— Je peux me retourner, maintenant ? demandé-je.

— Pas encore, espèce de farceuse sournoise.

— Oh, allez. C'était pour rire. Tu as récupéré tes affaires

sans problème et… aaaah !

Des glaçons dégringolent dans le dos de ma robe. Je me retourne et me retrouve face à un Jack au large sourire, qui tient mon Moscow Mule à la main.

— Ce n'est que le début, annonce-t-il d'une voix traînante.

Je déglutis. Je risque de ne pas dormir de la nuit.

Il me rend mon verre et j'attrape aussitôt un glaçon dedans, mais il me prend fermement le poignet.

— Si tu fais ça, tu vas te retrouver couverte de cette boisson de la tête aux pieds.

Ma respiration se coince un instant dans ma gorge, parce qu'il est tout près de moi et qu'il me touche.

— Est-ce que je peux récupérer mon verre, s'il te plaît ? Je promets de ne pas te lancer de glaçons en représailles.

Il porte le verre à mes lèvres et je bois, les yeux rivés aux siens par-dessus la tasse. Je termine la boisson, ne laissant que quelques glaçons qui s'entrechoquent au fond du verre, me mettant au défi de les faire tomber dans son T-shirt. Ou mieux encore, dans son short. Je suis peut-être une farceuse sournoise, finalement.

Il emporte la tasse avec lui et se dirige vers le chariot du service d'étage. Il l'écarte du passage et le place à côté du bureau. Je le rejoins et soulève le dôme en argent qui recouvre mon brownie et ma glace en train de fondre. J'adore la glace fondue. J'en mange une cuillerée avec de la sauce au caramel et avale cette bouchée de pur délice.

Je sens son regard posé sur moi et croise son regard. Il n'a plus l'air aussi énervé. Plutôt très intéressé par ce que je fais. Oh, zut. Je me montre impolie. Je prends la deuxième cuillère et la lui tends.

— Tu en veux ?

Il prend une cuillerée et l'avale, ses yeux bleus saisissants toujours rivés sur moi. Je baisse les yeux sur ses lèvres, espérant, souhaitant… oh, il a de la sauce au caramel au coin des lèvres.

— Tu as… commencé-je, avant de l'essuyer et de lécher mon doigt.

Il s'écarte brusquement.

— Je dors par terre et je ne veux plus entendre un seul mot à ce sujet.

Un élan d'affection me submerge.

— Oh, Jack. Au fond, sous cette attitude désinvolte, tu as vraiment le sens de l'honneur.

Il jette sa couverture et son oreiller par terre.

— Tu peux remercier mon père pour ça. Il n'arrêtait pas de nous rabâcher ce qui faisait d'un homme un homme, en particulier l'honneur et l'intégrité. C'est un effet secondaire de son éducation royale.

— Je ne veux pas te jeter du lit, dis-je en faisant un pas vers lui.

Il s'avance vers moi et l'espoir enfle dans ma poitrine. Mais il se contente de m'ébouriffer les cheveux, comme si j'étais la petite sœur de Sam. Je me renfrogne et lisse mes cheveux.

— Je me jette du lit tout seul, dit-il. On va annuler ce mariage.

Mes épaules s'affaissent et je baisse les yeux au sol, vaincue. Ce n'est pas comme si j'avais à ce point envie de rester mariée. Mais je ne me serais jamais attendue à ce que Jack me résiste à ce point. J'avais vraiment envie de me rapprocher de lui et de profiter de la compagnie de l'homme dont j'ai entendu tant d'histoires hilarantes. C'est un vrai boute-en-train, sauf avec moi. Je resterai toujours la petite sœur de Sam.

Il me donne une tape sous le menton pour me faire lever les yeux vers lui.

— Eh, c'était une bonne blague. Tu as mérité le lit. Peu de gens arrivent à me piéger comme ça. Respect.

Il me tend son poing, et je cogne le mien dedans, parce qu'il se montre beau joueur au sujet de ma farce.

Il s'installe sur le sol et allume la télé, ignorant ma présence.

Je pousse un soupir. J'ai gagné son *respect*. C'est bon. Il est temps que j'accepte la dure réalité…

Je suis un répulsif à mauvais garçons.

5

Riley

Le lendemain matin, je me réveille au son de la douche. J'ai dormi à poings fermés. J'espère que Jack n'est pas trop courbaturé. Je lui ai assuré que je ne lui en voudrais pas s'il allait dormir avec l'un des témoins, mais il m'a répondu qu'il était très bien là où il était.

Hier soir, on a parlé un petit moment dans le noir. Je lui ai demandé ce qu'il faisait avec Sam quand ils traînaient ensemble. Jack est agacé par la façon dont Sam a plus ou moins laissé tomber ses potes pour passer tout son temps avec Alison, mais avant ça, ils jouaient aux jeux vidéo, ils allaient dans des bars et jouaient au basket dans le parc. Une bromance classique, quoi. Ah ah.

Quoi qu'il en soit, nous avons décidé d'une trêve en ce qui concerne les petites combines dans la salle de bain, et il y est en ce moment, en train de prendre une autre douche. Il aime vraiment être propre.

La porte de la salle de bain s'ouvre dans un tourbillon de vapeur et Jack apparaît, une serviette autour de la taille et une trousse de toilette noire à la main. Ma bouche devient sèche et tout mon corps se réchauffe. Je n'ai jamais vu un homme aussi beau. C'est la pure vérité. Et cela vient d'une femme qui possède un dossier secret de stars de cinémas sexy sur son ordinateur portable, que j'admire chaque fois que m'en prend l'envie. Pour être franche, il est trop bien pour moi. Je suis juste la bonne copine et il a l'air de sortir tout droit d'un film de super-héros, sans le costume ridicule. De larges épaules arrondies, un torse large, des abdos qui s'effilent en V au niveau de sa taille fine. Même ses jambes sont musclées et sexy. Je l'aurais admiré encore plus, hier soir, s'il ne m'avait pas lancé des regards noirs aussi intimidants.

Il sourit, les dents d'un blanc éclatant au milieu de sa barbe noire bien taillée.

— Bonjour, rayon de soleil. J'ai trouvé une alternative à ton ignoble robe de demoiselle d'honneur. Pour toi, cette fois.

Je suis si contente qu'il ne m'en veuille pas pour ma farce. Je le regarde se diriger vers le placard, où est suspendu son smoking, à côté de ma robe à froufrous couleur lavande.

— Ta robe est sèche et encore en bon état, d'ailleurs.

— Et zut, dis-je.

Il rit. Un instant plus tard, il lève devant lui son nœud papillon noir et sa ceinture.

— Un deux-pièces. Le nœud papillon en haut, la ceinture en bas.

Il les espace comme s'il m'imaginait dedans.

— Ou peut-être l'inverse ? suggère-t-il en échangeant leur place. Tu dois bien admettre qu'un bikini serait bien plus flatteur que des froufrous violets.

J'éclate de rire.

— Je ne suis pas sûre de pouvoir couvrir grand-chose avec un nœud papillon.

Il passe le nœud papillon autour de mon cou et son odeur masculine submerge mes sens.

— Et voilà. À toi de choisir ce que couvrira la ceinture.

Nos regards se croisent et une tension miroitante se déploie entre nous. Soudain, j'ai une conscience aiguë de tout ce qui le compose : ses cheveux sombres, mouillés et coiffés en arrière après sa douche, le bleu intense de ses yeux, son odeur de propre, la chaleur de son corps si près du mien. Mon corps bourdonne, chaque terminaison nerveuse éveillée et en alerte. C'est réel. Ce n'est pas que dans ma tête. Il n'y a pas que du respect, entre nous.

Il penche lentement la tête, les paupières à demi-closes alors que ses yeux se posent sur mes lèvres. Mon pouls accélère, mon souffle se coince dans ma gorge et tout mon corps vibre d'impatience. Ça va enfin arriver. Je lève la tête et ferme les yeux.

Et puis… rien.

Je rouvre les yeux et vois qu'il me tourne le dos. Il a traversé la moitié de la pièce et se dirige vers sa valise.

— La salle de bain est tout à toi, marmonne-t-il.

Je pousse un soupir, retire son nœud papillon et le pose sur la commode. Qui aurait cru qu'il aurait un tel sens de l'honneur ? Je ne le persuaderai plus jamais de m'embrasser. Nous ne passerons plus de temps seul à seule, après ça. Il y aura le mariage, mon dîner d'anniversaire avec mes parents, et ensuite tout sera terminé. Je me répète que ça vaut mieux comme ça. Je me fais trop d'illusions avec cette relation. Il n'est pas prêt pour quelque chose de sérieux. En tout cas, pas avec moi. Je dois l'accepter. Tempérer mes attentes.

— Tu as bien dormi, par terre ? demandé-je en m'obligeant à prendre un ton désinvolte.

— Ouais, sans problème.

Il sort une tenue de sa valise et la jette sur le lit. Encore un T-shirt et un short. Je suppose que les témoins n'ont pas besoin de passer des heures à se préparer, contrairement aux demoiselles d'honneur. Le mariage est prévu à treize heures, et je dois être présente dans la suite nuptiale de l'étage supérieur d'ici dix heures, dans une heure.

Je fais un pas vers lui pour vérifier s'il n'a pas de cernes sous les yeux. Il a vraiment l'air en forme.

— Tu campais souvent, quand tu étais enfant ? Tu es habitué à dormir à la dure ?

Il émet un petit rire.

— Du camping ? Non. Mais j'ai grandi avec cinq frères. Il

n'y avait pas beaucoup de place, surtout quand des amis venaient dormir à la maison. Je peux dormir à peu près n'importe où. Le seul problème, c'est que j'ai le sommeil léger, alors le moindre bruit inhabituel me réveille. Par chance, tu ne ronfles pas.

Je me surprends à admirer ses yeux bleus et pétillants pendant beaucoup trop longtemps et m'oblige à détourner la tête. Je suis encore plus attirée par lui quand il se comporte comme l'homme jovial qu'il est en temps normal. Je recule d'un pas. Je ne me jetterai pas sur lui. Il s'enfuirait sûrement de la chambre.

— OK, tant mieux. Bon, je vais devoir rejoindre la suite nuptiale bientôt. Je suppose qu'on se reverra au mariage, dis-je en me dirigeant vers la salle de bain.

— À bientôt, très chère épouse.

Je manque de trébucher.

— Ah ! Ouais.

Je referme doucement la porte derrière moi et m'appuie contre elle. Encore une semaine avec Jack.

Je secoue la tête avec dépit. Tout l'intérêt de passer du temps avec Jack, c'était de m'amuser un peu. Et je me suis amusée. J'ai apprécié ces moments passés avec lui, même si tout est resté parfaitement platonique. Je ne devrais pas en vouloir plus. Il ne veut pas d'une relation. Mes parents désapprouvent. Combien de fois devrais-je me remémorer de protéger mon cœur ? Je ne peux me permettre de tomber amoureuse de lui.

Quand je ressors de la salle de bain, il est parti. Il y a un gobelet de café à emporter et un petit sac blanc sur le bureau. Je me dirige vers lui et trouve une note griffonnée sur le papier à lettres de l'hôtel : *le petit déjeuner des super-héroïnes comptables*. Au moins, il ne m'a pas appelée la Calculatrice d'entreprise.

Je jette un œil dans le sac : un croissant au chocolat, mon petit déjeuner préféré quand je suis en déplacement. Je soulève le couvercle du gobelet à emporter. Un latte, encore un bon point. Il a dû demander à Sam ce que je préférais.

Mon cœur se serre à ce geste attentionné. Je m'attendais à ce que Jack me fasse des farces, à ce qu'on rie beaucoup et à ce qu'on fasse la fête, mais je ne me serais jamais attendue à de la douceur.

~

Le mariage était merveilleux. Dieu merci. Après toutes ces préparations, deux cents personnes faisant partie de la famille et des amis proches de Sam et Alison ont été témoins de ce magnifique événement à l'église catholique de St Mary. C'est celle où nous allions quand nous étions enfants. Alison la préférait à l'église où elle allait en Pennsylvanie, alors ils ont décidé d'organiser le mariage ici, dans le New Jersey.

Nous sommes désormais à la réception, où j'ai déjà bu deux verres de champagne et mangé plusieurs hors-d'œuvre. Je suis assise à la table d'honneur à côté de Jack, et je regarde les mariés évoluer sur la piste, leur première danse en tant que mari et femme. Ils se déplacent et j'aperçois l'expression de leur visage alors qu'ils se regardent dans les yeux. Ils ont l'air subjugués. Ma gorge se serre et je cligne des yeux pour repousser mes larmes. J'ai réussi à ne pas pleurer pendant la cérémonie, et je ne vais pas le faire maintenant, même s'ils sont tellement amoureux que cela me rend à la fois heureuse et triste. Heureuse pour eux et triste pour moi, parce que *jamais* aucun homme ne m'a regardée comme ça, comme si j'étais toute sa vie. Et je sais que ce n'était pas ce que je ressentais pour Charlie, même si quand nous parlions de notre avenir, nous nous imaginions aisément mariés avec une maison et des enfants. Tout le bataclan.

Seigneur, j'ai envie de ça. Qu'est-ce qui me prend de batifoler avec Jack ? Je n'ai pas besoin *d'amusement* dans ma vie. J'ai besoin d'un homme qui soit subjugué par moi, et qui me subjuguera aussi. Qui sera tellement submergé de passion qu'il sera incapable de me résister. Jack me résiste. Même si, à certains moments…

Je lui lance un regard en coin. Il est sur son téléphone. Je jette un œil à l'écran et vois qu'il est en train de répéter le discours de témoin qu'il a préparé. Ça commence par : « j'ai secouru Sam d'une bagarre de bar, et il m'a invité à jouer à *Grand Theft Auto*. OK, il n'y avait pas de bagarre de bar. »

Il me jette un coup d'œil.

— Ne lis pas.

— Sympa, comme ouverture.

— Je me suis dit que ce serait plus intéressant qu'un simple « Sam a emménagé de l'autre côté du couloir. »

— Ça lui plaira.

Quelque temps plus tard, les mariés se rassoient. L'organisatrice de mariage amène un micro à Jack et annonce qu'il est temps d'écouter le discours du témoin. Il se lève et fait tinter sa fourchette sur son verre pour demander le silence.

Tout le monde se tait dans la pièce. Je jette un regard à Sam, qui sourit d'avance.

Jack lui sourit et se tourne vers le reste de la pièce.

— Donc, laissez-moi vous raconter comment j'ai rencontré Sam… je l'ai secouru d'une bagarre de bar et il m'a invité à jouer à *Grand Theft Auto*.

Quelques personnes rient, d'autres prennent l'air surpris.

— OK, il n'y avait pas de bagarre de bar, avoue Jack avec un geste vers Sam. Regardez un peu cet homme. Personne ne se frotterait jamais à lui.

Sam exhibe ses biceps, qui ne sont pas si impressionnants que ça. Il est dégingandé et ressemble plus à un intello ringard. Alison se met à rire.

— Sam et moi nous sommes aussitôt entendus, continue Jack. Vous vous demandez peut-être : qu'est-ce qu'on a en commun ? Il a un gros diplôme et travaille dans une entreprise de technologie réputée en tant que développeur principal de sites internet. En gros, c'est un passionné de code. Selon ses propres mots.

Il sourit et reprend :

— Je travaille dans le bâtiment. Tout se résume à une chose : Sam adore mes farces, même quand il en est la victime. Il a un excellent sens de l'humour, il est très bon aux jeux vidéo, il est doué pour gérer les rencontres au bar…

Il agite la main dans un geste qui signifie « bof bof » et tout le monde éclate de rire. Jack sourit.

— … et c'est un irréductible fan des Yankees, termine-t-il, avant de se pencher plus près du micro. Je viens de vous décrire une bromance parfaite. Qui dure depuis huit ans. Le couple parfait.

Tout le monde est hilare.

Jack attend que les rires se calment et regarde Alison.

— Mais c'est alors qu'il a rencontré Alison. Il est fou de toi, Alison. Dès le premier jour, c'était terminé. Bam. Il était fichu.

Il se tourne à nouveau vers la foule et continue :

— Par chance pour nous tous, elle ressentait la même chose. Portons un toast.

Il lève son verre de champagne et se tourne vers le couple heureux.

— Je vous souhaite le meilleur alors que vous débutez votre vie ensemble, même si vous nous abandonnez pour aller habiter en banlieue avec un tas de mini Sam et mini Alison.

— Brooklyn pour toujours ! s'exclame Alison en portant la main en coupe devant sa bouche.

Elle possède un restaurant là-bas, après tout.

Jack sourit, les yeux chaleureux.

— Félicitations, Sam et Alison.

Tout le monde les félicite et boit à ça.

Jack se rassoit à côté de moi et pousse un soupir. Je lui étreins le bras. Ce n'est jamais facile de parler en public, même quand on est extraverti.

Sam se lève et fait tinter son verre pour attirer l'attention de tout le monde. L'organisatrice de mariage se précipite vers lui pour lui donner le micro.

— Je voulais juste te remercier, Jack, pour ce discours de bromance dégoulinant de mièvrerie. Maintenant, c'est à mon tour de prononcer mon propre discours mièvre.

Il marque une pause et me regarde, un petit sourire sur le visage. Je me raidis. Oh non ! Il va parler de notre couple. Il se tourne à nouveau vers Jack.

— Je sais que je n'étais pas très heureux quand j'ai appris la nouvelle, pour toi et Riley, et je compte toujours te tuer si tu lui brises le cœur, mais tant que tu la traites bien, je suis heureux pour vous deux. Ma petite sœur et mon frère honoraire.

La voix de Sam s'étrangle dans sa gorge et Jack se dirige aussitôt vers lui pour le serrer dans ses bras.

Oh mon Dieu. Je vais vraiment pleurer, cette fois. Sam sera tellement ébranlé, quand il apprendra que Jack et moi avons rompu. En voudra-t-il à Jack ? Vais-je provoquer une fracture permanente entre eux ?

Jack revient à son siège, la mâchoire serrée. Il s'assoit à côté de moi et me murmure à l'oreille :

— Il va me tuer quand il apprendra qu'on s'est séparés.

— Je ferai en sorte qu'il sache que c'était une décision mutuelle, lui dis-je à voix basse. Laisse-moi m'en charger.

— Je suis le seul à blâmer pour tout ça, dit-il, les yeux fixés sur la table.

— Non ! répliqué-je avec fougue. Blâme plutôt la tequila.

Il me lance un regard qui semble dire « Tu es sérieuse ? »

Je me sens vraiment mal. C'est moi qui voulais me rapprocher de Jack ; je savais que Sam ne l'accepterait pas, en temps normal. J'ai tiré avantage de la frénésie de Las Vegas, et tout ça pour quoi ? Une fausse relation temporaire, dans laquelle il ne me touche jamais. Et maintenant, alors même qu'on a tenté de protéger Sam, je crois qu'il finira blessé quand même. J'aurais dû rester à ma place. Jack et moi n'avons jamais été faits pour être ensemble. Nous sommes trop différents, et nous ne voulons pas les mêmes choses.

Je rumine ma culpabilité et mon remords pendant les toasts, le dîner et ma danse obligatoire avec le témoin qui m'a été associé. Puis je rejoins mon siège et me remets à ruminer.

Jack se laisse tomber sur sa chaise à côté de moi.

— Une dernière farce pour la route.

— Tu ne peux pas leur faire une farce le jour de leur mariage, répliqué-je en tournant la tête vers lui.

— Regarde-moi bien.

Il se dirige vers Sam, qui est debout avec Alison et discute avec des membres de notre famille. Il serre la main de Sam comme pour le féliciter ; puis il se tourne vers Alison pour faire la même chose. Ils discutent pendant quelques minutes, puis il revient vers moi au moment où une balade lente commence.

Sa grande main calleuse se pose sur mon épaule et l'étreint. Ma peau se réchauffe aussitôt.

— Viens, allons danser. Tous les couples affluent sur la piste de danse. Tout le monde va s'attendre à ce qu'on fasse pareil.

Je me lève. Ce n'est pas l'invitation à danser la plus romantique qu'on puisse entendre, mais il s'est montré si beau joueur jusqu'ici que je ne peux vraiment pas me plaindre. Je prends sa main et il me guide jusqu'à la piste de danse.

Il passe un bras autour de ma taille et m'attire tout près de lui, son autre main dans la mienne. Une chaleur émane de sa chemise blanche. Il a laissé sa veste de smoking accrochée au dossier de sa chaise. Je pose ma main libre sur son épaule, ayant soudain très chaud et ayant une conscience aiguë de toutes mes terminaisons nerveuses. Je ne m'attendais pas à une valse formelle, mais je ne croyais pas non plus qu'il me serrerait tout contre lui comme ça. Il nous fait osciller lentement, et nous pourrions tout aussi bien n'être que plantés là, les bras passés l'un autour de l'autre. Je hume le parfum épicé de son eau de Cologne et son odeur masculine ; le désir se déploie alors lentement dans mon ventre.

D'autres couples nous rejoignent, y compris mes parents. Je ne peux pas éprouver du désir maintenant. C'est une mauvaise idée.

— C'est quoi, ta farce ? demandé-je dans un effort pour faire la conversation.

Il penche la tête et je réprime un frisson.

— Tu le découvriras en même temps que les autres, me murmure-t-il à l'oreille.

— C'est une blague de bon goût ?

Il sourit.

— À ton avis ?

— J'ai un mauvais pressentiment.

Il m'adresse un sourire sexy.

— Qu'est-ce qu'il faudrait pour que tu te sentes d'humeur espiègle ?

Son sourire me donne assez d'assurance pour flirter à mon tour et je réponds :

— Que je sois aussi vilaine que toi.

— Ah oui ?

Je hoche la tête et mes joues se réchauffent. Il hausse les sourcils d'un air sceptique. J'aimerais être un peu plus douée que ça pour flirter. Je ne suis pas du tout dans mon élément.

Il se penche vers mon oreille.

— Alors tu as envie d'être vilaine, hein ? gronde-t-il. Qu'est-ce qui pourrait te faire basculer ?

Je regarde autour de nous. Au moins, mes parents ne sont pas dans le coin. En fait, je ne les vois plus. Ils sont peut-être partis s'occuper de trucs de mariage. Malgré tout, il y a beaucoup de couples autour de nous. Il veut vraiment qu'on échange des mots coquins ici, sur la piste de danse ? Est-ce que je sais faire ça, au moins ? Je devrais chercher quelques bonnes réparties sur Google.

— Tu n'as plus rien à dire ? me taquine-t-il.

— Je peux te répondre plus tard ? murmuré-je.

— Le bas de ta robe est très duveteux, dit-il tout contre mon oreille. Il serait très facile à soulever, si un type avait envie de mettre sa tête entre tes jambes.

Mes genoux chancellent.

— Quoi ? *Chut !*

Il émet un petit rire.

— Je ne peux pas répéter plus fort et obéir à ton « chut » en même temps.

L'adrénaline parcourt mes veines. C'est tout à fait le genre d'expérience marrante que j'espérais avec lui, et techniquement, ce qu'il vient de décrire ne constitue pas une relation sexuelle. Je me trompe ? Non.

— Où ? Quand ? lâché-je.

— Il y a une salle vide au bout du couloir.

Il s'écarte assez pour m'observer de près, arborant une expression parfaitement neutre.

— Ça te dit ?

Le doute m'envahit. Il n'a pas l'air aussi excité que moi à cette perspective. Est-ce la vengeance qu'il m'a promise pour ma farce ? Je vais arriver là-bas et quelqu'un va me sauter dessus pour me faire hurler de peur ? Ou peut-être qu'il compte m'enfermer dans la pièce. Il est capable de tout. Un jour, il a vissé la table et les chaises de la cuisine au plafond, avant d'inviter Sam à dîner. D'après mon frère, Jack a dû réparer le plafond, après ça. Tout ça pour dire « je t'ai bien eu ! »

— Jack ?

— Oui ?

Je déglutis, embarrassée mais ayant besoin de savoir.

— Est-ce que tu, euh… commencé-je, les yeux fixés sur son torse.

Il me lève le menton pour m'obliger à croiser son regard.

— Quoi ?

Une chaleur m'envahit, le désir et l'embarras se disputant en moi. Je me demande lequel des deux l'emportera.

— Je me demandais juste si tu… tu sais, si tu m'envisageais vraiment comme ça. Parce qu'hier soir et ce matin…

Je me racle la gorge, les joues brûlantes.

— Merci pour le petit déjeuner, d'ailleurs.

Il me lâche le menton.

— De rien, et qu'est-ce que tu essaies de dire ?

Je ne peux m'empêcher de remarquer qu'il a l'air complètement perdu, et pas du tout excité.

Je suis en train de tout gâcher. À moins qu'il se moque de moi. Oui, c'est l'explication la plus logique. Il essaie clairement de m'attirer dans un piège. Sans ça, il aurait tenté quelque chose à l'hôtel, quand il en a eu amplement l'opportunité, non ? Il n'a même pas essayé de m'embrasser. C'est moi qui ai initié notre seul vrai baiser.

Je secoue la tête.

— Rien. Laisse tomber.

Il est hors de question que je sorte d'ici et que j'attende dans la pièce au bout du couloir, me rendant vulnérable à la farce qu'il me réserve là-bas. Il se moque de moi, et je n'ai pas l'intention de me laisser avoir.

Il pose les mains sur mes hanches et me retient d'une poigne ferme et forte alors qu'il m'étudie du regard. Mon corps se réchauffe, ce traître, et se radoucit sous ses doigts bien que je fasse de gros efforts pour rester insensible. Je soutiens son regard, cette fois, déterminée à la jouer détendue.

Il me sourit, une lueur amusée dansant dans ses yeux.

— Je suis intrigué, maintenant. Tu es rouge comme une pivoine.

La jouer détendue, tu parles.

— J'ai juste très chaud à cause de tous ces gens qui se pressent sur la piste de danse.

Il regarde autour de nous et je réalise soudain que, pendant que j'étais plongée dans mes pensées et que je me demandais s'il était en train d'essayer de me faire une farce ou pas, il nous a guidés vers le bord de la piste de danse, où nous disposons largement d'assez d'espace autour de nous. Et même une intimité relative, en fait.

Il m'adresse un sourire narquois.

— Ce bon vieux Charlie ne t'a pas habituée aux paroles coquines ?

Est-ce que « je suis fatigué, chérie, tu seras au-dessus » compte ?

Alors que je suis à deux doigts de céder au fol espoir qu'il pourrait mettre un peu de piquant dans ma vie sexuelle ennuyeuse, une autre chanson commence, plus rapide. La piste de danse se vide presque complètement, mais Jack n'hésite pas une seconde : il me prend la main, m'attire au centre de la piste de danse et me fait tournoyer. Puis il me retourne et plaque mon dos contre lui. Je suis à bout de souffle, pressée contre son torse dur et musclé et à nouveau envoûtée à la possibilité de l'explorer un peu plus. Il n'y a plus personne à part lui et moi, tout le reste de la pièce s'estompe.

Soudain, nous sommes entourés par les demoiselles d'honneur qui dansent autour de nous. Sam se joint aussi à nous, accompagné d'Alison. Nous sommes happés par la danse. Jack a l'air heureux d'avoir été rejoint par tout le monde, et j'ai la réponse à mes questions. Il se moquait de moi, tout à l'heure, quand il a tenté de m'attirer dans une pièce en me promettant des choses coquines. Je ne mordrai plus à l'hameçon.

Plusieurs danses plus tard, le DJ demande à tout le monde de reculer pour que les mariés puissent jeter le bouquet et la jarretière au prochain couple qui aurait la chance de se marier. Une chaise est apportée pour la mariée. Elle s'assoit et croise les jambes.

Sam s'agenouille à côté d'elle et relève sa robe pour dévoiler la jarretière. Sauf qu'elle n'est pas là.

Alison se relève d'un bond et fait signe à Sam de s'asseoir. Elle s'agenouille et relève son bas de pantalon, révélant une jarretière bleue.

Tout le monde rit alors qu'elle la retire et la lève dans un geste triomphant. Elle se retourne et la jette sur la tête de Jack, qui se tient à l'écart. Il l'esquive et frappe dedans avec sa main pour la projeter vers un célibataire debout sur la piste de danse.

C'était une bonne farce. Je m'écarte un peu plus pour n'avoir aucune chance d'attraper le bouquet.

Ça ne risquait pas.

Alison le lance et il lui revient en pleine figure, attaché par un élastique.

Je tourne la tête vers Jack et nous éclatons tous deux de rire.

— C'est toi qui as fait ça, hein ? demandé-je en le rejoignant. La fausse jarretière et l'élastique.

— Ouais, mais laissons croire à tout le monde que cette farce astucieuse était leur idée. C'est mon cadeau de mariage.

Il passe un bras autour de mes épaules et ajoute :

— On l'a fait, Ry. Il va partir heureux pour sa lune de miel, sans être en colère après moi. Je crois qu'on a tiré le meilleur parti d'une situation difficile.

Je m'appuie contre lui, savourant la sensation rare provoquée par le fait d'être proche de lui.

— Plus qu'un événement à surmonter. Mon dîner d'anniversaire avec mes parents. Tu peux encore passer ton tour.

— Je te l'ai dit, je suis là. Je ne te laisserai pas en plan, à devoir essayer d'expliquer mon absence.

Il prend un air songeur, puis reprend :

— Quand tout ça sera terminé, je serai devenu un pro s'agissant de tous ces trucs sérieux de petit ami.

L'espoir enfle dans ma poitrine, jusqu'à ce qu'il ajoute :

— Même si ça ne me servira à rien. Je suis directement passé de célibataire endurci à marié.

Je ris doucement.

— Ouais, et tu seras bientôt redevenu un célibataire endurci.

Il pousse un soupir de soulagement.

— C'est ça. Enfin, tout reviendra à la normale.

Pourquoi cette perspective me semble-t-elle aussi terrible ? Je devrais être heureuse de reprendre ma vie normale, où tout a du sens, où je n'ai pas à faire semblant. Je connais ma place, et elle n'est pas avec Jack.

6

Riley

On est mercredi, le jour de mon anniversaire, et je dois retrouver quelques amies du boulot dans un bar pour fêter ça. En fait, ce sont mes seules amies. Ceux que j'avais à la fac ont trouvé du boulot loin d'ici ou ont fui en banlieue pour fonder une famille. Je travaille tellement que je n'ai pas eu le temps de garder le contact avec tout le monde. Quoi qu'il en soit, je ne m'attends pas à ce que Jack se souvienne que je l'ai invité à se joindre à nous ce soir. Je n'ai plus eu de nouvelles de lui depuis la réception de mariage de Sam. Quatre jours. Aucun message, aucun appel. Je m'attendais à quoi ? À ce que le célibataire papillonnant se transforme soudain en mari aimant, tout ça parce qu'il s'est dit que ce serait marrant de se marier à Vegas ? Je ne sais même pas pourquoi il est prêt à affronter mes parents, puisqu'on va bientôt mettre fin à tout ça, de toute façon. Je pense que la vraie raison, c'est que sous sa façade de séducteur, sous les murs qu'il a érigés pour se protéger, il a bon cœur. Et c'est sûrement pour ça que je pense aussi souvent à lui.

Je dois arrêter de penser aussi souvent à lui.

Je dois arrêter d'avoir autant *envie* de lui.

Je dois aller de l'avant. J'ai officiellement vingt-six ans, je serai bientôt à nouveau célibataire et il y a une certaine liberté à cela. Je dois me concentrer sur le positif. Je ne suis pas déçue ou blessée par Jack, parce que cela voudrait dire que j'avais des attentes, alors que ce que nous avions n'a jamais été une vraie relation. Nous ne faisions que jouer le rôle du petit ami et de la petite amie. Cet homme ne voulait même pas m'embrasser pour de vrai ! Et ce n'est pas comme s'il était timide !

Mes amies, Cindy et Beth, arrivent à mon box de travail et sourient.

— Prête, la star du jour ? demande Cindy.

Comme moi, elles sont toutes deux célibataires et dans la vingtaine. Les cheveux brun clair de Cindy sont coupés au carré, ce qui souligne ses traits fins. Beth est du genre rétro, mais cool. Ses cheveux brun foncé longs jusqu'aux épaules sont recourbés au bout et elle porte très souvent des cols roulés sous ses vestes à grosses perles. Ce sont toutes deux des comptables bosseuses comme moi.

Ce genre de sortie en milieu de semaine est rare, pour nous.

— Prête, souris-je.

Je sors mon sac à main du tiroir de mon bureau et les suis dehors.

Alors que nous sommes dans le couloir et nous dirigeons vers l'ascenseur, Cindy lance :

— C'est tellement pratique que la soirée fille du Wynn ait lieu le jour de ton anniversaire. Ça veut dire boissons pas chères et hommes à gogo.

— Pff, j'en ai tellement assez des hommes, répond Beth. Il y a une limite au nombre de messages « tu es partante ? » qu'on peut recevoir avant de perdre tout espoir. Ce serait si difficile de m'emmener en rencard ?

— La plupart des hommes sont terrifiés par l'engagement et ne peuvent même pas s'investir dans un rencard, remarqué-je en appuyant sur le bouton pour appeler l'ascenseur. La plupart du temps, ils ne viennent même pas.

— Tu t'es fait poser un lapin récemment ? me demande Beth.

— Non, je parlais juste en général.

Ce n'est pas comme si je m'attendais à ce que Jack se souvienne que je l'ai invité à boire un verre pour mon anniversaire. Je ne lui ai même pas dit où on allait se retrouver. L'absence de communication depuis quatre jours, c'est un signe clair : il n'est pas intéressé par moi.

D'autres personnes montent dans l'ascenseur et nous nous taisons. Quand nous arrivons au rez-de-chaussée, je suis la foule dans le lobby. Mes amies et moi tournons vers la sortie latérale pour nous diriger vers le Wynn.

— Joyeux anniversaire, lance une voix masculine, si près de moi que je sursaute et titube sur le côté.

Je retrouve l'équilibre et lève la tête vers des yeux plus bleus que bleus, qui pétillent d'amusement.

— Jack ! Comment tu m'as trouvée ?

— Tu m'avais dit où tu travaillais, même si je le savais déjà après toutes les fois où Sam s'est vanté de toi.

Il sourit, et je fonds.

— On dirait que je t'ai attrapée juste à temps. Je t'ai envoyé un message pour te demander l'adresse du bar, mais tu m'as mis un vent.

— Je ne t'ai pas mis un vent, protesté-je.

Je m'arrête et sors mon téléphone de mon sac à main. La batterie est à plat. Sûrement parce que j'ai regardé ma série préférée sur une application pendant ma pause déjeuner, histoire de me remonter le moral et d'oublier que Jack ne faisait plus partie de ma vie. Quelle ironie.

Cindy me donne un coup de coude dans les côtes.

— Euh, Riley, tu peux nous présenter ce mystérieux étranger ?

Je remets mon téléphone dans mon sac à main et me tourne vers Jack, qui a l'air délicieux dans sa chemise bleu marine à manches courtes, son jean et ses mocassins noirs. Il est venu pour mon anniversaire, pour moi. Il ne m'a pas oubliée. Toute la tension se déverse de mon corps et à la place s'allume une étincelle de pur bonheur. Je ne peux m'empêcher d'arborer un sourire idiot. Je suis tellement heureuse qu'il soit présent pour mon anniversaire.

Soudain, je réalise que mes amies sont en train de dévisager Jack, elles aussi.

Il sourit, cette expression qui indique à quel point il est à l'aise avec les femmes.

— Je suis Jack Rourke. Le petit ami de Riley.

— Quoi ? s'exclament Beth et Cindy à l'unisson.

— Tu ne nous l'avais pas dit, me lance Beth, les yeux écarquillés.

— Quand est-ce que c'est arrivé ? renchérit Cindy.

— On est restés discrets pour… certaines raisons, explique Jack. Ça vous dérange si je me joins à vous pour fêter l'anniversaire ?

Il étire les lèvres en un sourire charmeur.

— Pas du tout, répond Cindy, l'air extatique.

— Avec plaisir, ajoute Beth dans un souffle.

Mes amies me lancent des regards entendus et je hausse les épaules avec impuissance. Je n'avais pas envie de tout expliquer au bureau. Ça ne me semblait pas très professionnel de dire que je m'étais laissée aller à Las Vegas. En plus, je sais que c'est temporaire. Mais je suis quand même heureuse qu'il soit là.

Nous passons la porte. Cindy et Beth ouvrent la marche et échangeant des murmures. Sûrement au sujet de Jack et de la raison pour laquelle je n'ai pas parlé de lui. Je ne pensais vraiment pas qu'il viendrait.

Le bar n'est pas loin, à seulement quelques pâtés de maisons d'ici. Je ralentis pour expliquer la situation à Jack.

— Je n'ai pas parlé à mes collègues de toute la folie de Las Vegas. Ça ne me semblait pas professionnel, c'est tout.

— Pas de problème.

— Je ne savais pas si tu allais venir. Je n'ai plus eu de nouvelles de toi.

— J'étais occupé.

La phrase la plus classique pour envoyer balader quelqu'un.

— Ouais, je comprends. Moi aussi.

— Non, vraiment. Tu te souviens de ce que j'ai dit à tes parents, au sujet de mon projet de devenir directeur de projets ? Eh bien, j'ai eu un rendez-vous avec Dylan, mon frère aîné, dimanche, et il m'a fallu un peu de temps pour le convaincre que j'étais sérieux, mais au bout d'un moment, on a fini par négocier une échéance où rendre ça possible. Je commence au poste de chef d'équipe lundi. C'était son poste avant qu'il devienne directeur. Je vais pouvoir commencer à me faire une idée de l'ampleur d'un projet avec une vue d'ensemble, et pas seulement du rôle que je jouerais dedans. J'ai vraiment été occupé. Il y a beaucoup plus à faire, maintenant qu'on s'est lancés dans le développement immobilier. Les projets sont à très grande échelle, et impliquent les acteurs de la communauté, notre branche philanthropique et les chantiers en eux-mêmes, avec tout ce que ça implique pour les équipes, les permis et les inspections.

— C'est super. Je suis contente pour toi.

— Tu n'as pas l'air contente pour moi.

Je sais que je donne l'impression de chercher à être déçue, mais est-ce que ça l'aurait tué de m'envoyer un seul petit message en quatre jours ? C'est alors que je me souviens que Jack ne me doit rien et qu'il a vraiment tenté de faire au mieux. Et puis, il m'a envoyé un message, aujourd'hui.

— Désolée, dis-je. J'essaie encore de me faire à l'idée d'avoir vingt-six ans.

— Oooh, tu es si vieille, plaisante-t-il en me donnant un petit coup de coude dans le bras. Attends d'avoir trente ans et de commencer à avoir les tempes qui grisonnent en une nuit, sans parler des rides et de la peau qui tombe.

J'éclate de rire.

— Tu as trente ans, toi !

Il ouvre grand la bouche dans une expression hilarante.

— Vraiment ? C'est horrible, quand est-ce que c'est arrivé ?

Je secoue la tête en souriant.

— Attends, dit-il en s'arrêtant sur le trottoir. J'ai un cadeau d'anniversaire pour toi.

Mon cœur cogne dans ma poitrine alors que je le regarde fouiller dans sa poche. Est-ce un bijou ?

— Tu n'étais pas obligé.

Mes amies continuent de marcher vers le bar et je les laisse partir. On les rattrapera.

— Bien sûr que si.

Il incline la tête et ajoute dans mon oreille d'une voix basse et grondante :

— C'est l'anniversaire de ma femme, après tout.

Un frisson d'excitation me traverse.

Il recule et sort une vis de sa poche, qu'il me tend.

— Arrête de te dévisser la tête. Oh, attends, ce n'est pas ça.

Il sort un élastique.

— Non.

Il le remet dans sa poche et ressort les mains vides.

— C'est moi, dit-il avec un sourire de travers puéril.

Je souris.

— Eh bien, c'est pas mal non plus.

Il se penche tout près de moi et mon souffle se coince dans ma gorge.

— Ah oui ?

— Oui. Tu sais que je t'aime bien, dis-je, et mes joues deviennent brûlantes.

— Qu'est-ce qui te fait rougir ? demande-t-il en baissant la voix. Il est clair qu'on s'aime bien tous les deux, sinon on ne se serait jamais mariés à Las Vegas.

Je fais un geste léger de la main alors qu'un poids se soulève de mes épaules.

— Je ne sais pas pourquoi je rougis. Je suis rouillée s'agissant du flirt, ou quoi qu'on soit en train de faire.

Il referme la main sur ma nuque et m'embrasse sur la joue.

— Mon vrai cadeau, c'est que je t'ai réservé une brique sur le trottoir qui mènera à notre nouveau parc de jeux. Ton nom sera gravé dessus, tu laisseras donc une petite trace dans notre premier projet de développement, pour la postérité.

Je le dévisage, stupéfaite.

— C'est un merveilleux cadeau ! Merci !

Cindy et Beth se retournent. J'ai dû parler trop fort.

— Qu'est-ce qu'il t'a offert ? lance Beth.

Nous les rattrapons.

— C'est quoi, le cadeau ? demande Cindy quand nous arrivons à leur hauteur.

— Comment vous vous êtes rencontrés ? nous interroge Beth d'une voix plus aiguë que d'habitude.

Jack se tourne vers moi. Je ne peux m'empêcher d'arborer un sourire rayonnant.

— Il m'a réservé une brique à mon nom pour un projet qu'il construit.

C'est vraiment cool, comme cadeau.

— Comment tu as fait pour rencontrer un employé du bâtiment ? demande Beth tout en reluquant Jack.

Il serait difficile de ne pas remarquer ses biceps saillants qui dépassent de sous ses manches, ainsi que ses avant-bras couverts de muscles. Sans parler qu'il est sublime… des pieds à la tête.

— C'est le meilleur ami de Sam, expliqué-je.

Beth émet un hoquet.

— Le type sexy que Sam t'a demandé de ne jamais…

Elle se plaque une main sur la bouche.

Jack affiche un large sourire et se tourne vers moi.

— Le type sexy ? répète-t-il. C'est comme ça que tu m'as décrit à tes amies ?

— Elle confond avec Rick, rétorqué-je calmement, avant de tout gâcher en me mettant à rougir.

Rick est le colocataire de Sam. Jack aboie un rire et répond :

— Rick est sympa, mais même avec beaucoup d'imagination, personne ne le considérerait comme le plus sexy de notre groupe.

Il se tourne vers Cindy et Beth et demande :

— Qu'est-ce qu'elle a dit d'autre sur moi ?

Elles me regardent et je secoue la tête. Je leur ai décrit Jack comme un homme délicieux, le sexe personnifié ainsi que, euh, le genre de type qu'on a envie de lécher. Elles savent aussi que Sam m'a ordonné de rester loin de lui à cause de sa réputation.

Beth sourit.

— J'ai besoin de boire quelques verres avant de me lancer là-dedans.

— Je m'en occupe, répond Jack avec un clin d'œil.

Beth rougit, se tourne vers Cindy, et elles pouffent de rire avant de s'empresser de rejoindre le bar.

Une pointe de jalousie pour mon mari temporaire fait se hérisser mes poils.

— Je comprends mieux pourquoi tu ne restes jamais longtemps avec une femme, remarqué-je en conservant un ton léger. Tu n'as aucune raison de le faire, alors qu'elles tombent toutes à tes pieds.

Il passe un bras autour de mes épaules et murmure :

— Ça, c'était avant qu'on se marie.

Je m'intime de ne pas m'imaginer des trucs. C'est un dragueur, c'est naturel, chez lui.

— Ouais, à ce propos. Je me disais qu'on pourrait le faire annuler lundi matin.

— Je pensais la même chose. On fera le dîner d'anniversaire avec les parents vendredi et on mettra fin à tout ça dès que les bureaux seront ouverts. Je te laisserai décider à quel moment annoncer à tes parents que c'est fini.

— Je leur dirai peu de temps après.

— Ils seront sûrement soulagés.

Oui, mais pas moi.

Argh. Cette situation est si chaotique.

— Tu n'es pas obligé de venir vendredi. Je leur dirai qu'on a rompu et je gérerai les retombées.

— Je ne te laisserai pas en plan. Je prends la responsabilité de mes actes, même quand ils partent en vrille. Surtout quand ils partent en vrille.

Il étire un coin des lèvres et continue :

— Même si rien n'est autant parti en vrille jusqu'alors. En général, ça reste bon enfant.

— Je m'excuse à l'avance pour le caractère tout sauf amusant du dîner de vendredi.

— Au moins, on a ce soir.

— Allez ! s'exclame Beth, qui tient la porte ouverte et nous fait signe de nous dépêcher. Jack m'a promis un verre.

— C'est la soirée filles, ajoute Cindy. Tu es notre homme !

Je vais devoir partager Jack, ce soir, et je ne peux m'empêcher de le regretter.

~

Jack

Je ne savais pas que je serais le seul homme présent ce soir. Je m'attendais à un large groupe de collègues de travail de Riley. Mais ce n'est pas un problème. Ses amies ont l'air fascinées par moi. C'est comme si elles n'avaient encore jamais vu d'ouvrier du bâtiment de près. Elles m'ont déjà demandé de fléchir les bras et de leur montrer mes mains calleuses. Je suis comme une espèce rare, comparé aux types auxquels elles sont habituées, qui restent collés à leur ordinateur toute la journée. J'ai déjà rencontré tout un tas de femmes dans les bars de Williamsburg, des passionnées de technologie (qui étaient le plus souvent des collègues de Sam) aux coiffeuses. Je me fiche de ce qu'elles font dans la vie. Je cherche une alchimie, parce que ça veut dire qu'on pourrait passer un bon moment et que c'est tout ce que j'ai toujours voulu.

Je jette un coup d'œil à la star de la soirée. Elle boude, mais essaie de ne pas le montrer. C'est adorable. Elle n'aime pas la façon dont ses amies font toutes ces histoires autour de moi. Nous sommes installés à une table haute de la salle de bar et ses amies sont assises en face de nous. Après avoir bu leur premier verre, elles se sont mises à me reluquer sans se cacher. Je leur ai offert le premier verre, ce qui a sûrement participé aussi à leur comportement. À la fin de la soirée, je leur ferai une surprise et paierai toute la note. Je ne sais pas pourquoi, mais j'adore surprendre les gens. C'est sûrement pour ça que j'ai commencé à faire des farces, et à apprendre ce que les autres ne savent pas avant de le leur annoncer à brûle-pourpoint. Je suis un peu tordu.

J'étreins l'épaule de Riley pour lui accorder mon attention à elle aussi. Une rougeur recouvre ses joues, comme chaque fois que je la touche. Ça, c'est de l'alchimie. Je suis soulagé qu'on ait du monde pour faire tampon entre nous, ce soir. Cela rend plus facile de lui résister. Elle porte un chemisier couleur crème avec des motifs de chaînes dorées, qui est noué lâchement autour de son cou avec un nœud. J'ai tellement envie d'attraper ce nœud et de tirer, pour ouvrir lentement son chemisier modeste. Oui, je suis en train de la déshabiller dans ma tête. C'est autorisé, quand on est en situation de mariage temporaire, tant que cela ne reste qu'un exercice mental. Je n'ai pas oublié que nous devons faire annuler ce mariage.

Beth vide son deuxième martini et me lorgne depuis l'autre côté de la table.

— Est-ce que tu as des frères, des collègues ou des amis célibataires qui te ressemblent ? Qui sont super sexy, j'entends.

C'est une question très spécifique. Je réprime un sourire.

— Pourquoi ne pas directement l'inviter à sortir sous mes yeux ? se hérisse Riley.

— Ce n'est pas ce que j'ai fait, se défend Beth en me jetant un regard gêné.

Elle se penche sur la table et murmure à Riley :

— Du calme, chérie. Il est fou de toi, c'est clair et net. Il n'a pas arrêté de te toucher de toute la soirée.

Riley se penche à son tour.

— C'est faux, réplique-t-elle d'un ton farouche.

Je n'ai pas fait ça pendant *toute* la soirée. Juste une heure, environ.

Beth lève les yeux au ciel.

— Il tire sur tes cheveux, te donne des coups de coude, t'étreint l'épaule. Réveille-toi, Riley. Vous n'avez peut-être pas encore mis de nom sur ce qu'il y a entre vous, mais il craque pour toi, c'est clair.

Elle se tourne vers Cindy et ajoute :

— Il n'a pas dit qu'il était son petit ami, tout à l'heure ?

Cindy hoche la tête d'un air solennel.

Je bois une gorgée de ma bière et observe la scène. Riley se tait aussitôt et boit une gorgée de vin, les joues rouge vif.

J'ai toujours été intrigué par Riley, mais je gardais mes distances pour obéir à Sam. Maintenant que j'ai eu l'occasion de mieux la connaître, je suis encore plus intrigué. Les femmes sérieuses ont quelque chose de si tentant, surtout maintenant que j'ai vu une facette plus légère et marrante d'elle, en privé. Elle m'a même fait une farce. Je me demande si c'est moi qui fais ressortir ce côté drôle chez elle. Elle est un peu tendue avec ses amies. Bien sûr, c'est peut-être juste parce qu'elles me dévorent des yeux depuis que je suis arrivé. Comme maintenant. La subtilité n'est pas leur fort.

J'adresse mon sourire le plus charmeur à ses amies. C'est agréable d'avoir un fan-club.

— Pour répondre à ta question, Beth, tu n'en trouveras d'autre comme moi nulle part, mais j'ai des frères célibataires.

— Oooh, disent Beth et Cindy à l'unisson.

— Leurs noms, s'il te plaît, demande Beth en sortant un stylo et un petit bloc-notes de son sac à main.

— Connor, Brendan et le Fauve… euh, Garrett. On l'appelle le Fauve parce qu'il est très musclé.

— Je vais prendre le Fauve, dit-elle en reposant son stylo.

— Le Fauve me plaît beaucoup aussi, renchérit Cindy avec enthousiasme.

Riley vide son verre de vin.

Beth se mord la lèvre inférieure et jette un regard à Cindy, avant de reporter son attention sur moi.

— Est-ce qu'il aime les filles ordinaires ?

Je bombe le torse. Elles me trouvent super sexy et se disent qu'elles auront du mal à rivaliser avec ça. Ces comptables sont vraiment adorables. Si sincères.

— Venez par ici, dis-je en me penchant sur la table. Je vais vous confier un secret.

Elles se penchent toutes les deux, et Riley aussi.

— Vous n'êtes pas des filles ordinaires. Vous avez tout ce qu'il faut : vous êtes intelligentes et jolies, et n'importe quel homme aurait de la chance de sortir avec vous.

— Oooh, s'extasient Cindy et Beth en chœur.

Riley émet un son contrarié.

— Toi aussi, lui assuré-je en me tournant vers elle.

Elle se renfrogne.

Bon sang, ce que c'est dur de contenter trois femmes en même temps. Je frotte le bas du dos de Riley. Elle ne repousse pas ma main.

— Malheureusement, ajouté-je en me tournant vers ses amies, le Fauve n'a que vingt-trois ans et n'est pas prêt à se caser. Brendan est encore pire que je l'étais, à savoir complètement insouciant. C'était avant que je rencontre Ry.

Je m'interromps à leur « ooh » enthousiaste et jette un coup d'œil à Riley. Son regard s'est réchauffé et j'y décèle peut-être même une note d'espoir, qui me réchauffe le cœur à moi aussi. Je reporte mon attention sur ses amies.

— Et Con, eh bien, il est plutôt du genre réservé et silencieux.

Beth griffonne son numéro et me le tend.

— Dis à Brendan de m'appeler s'il veut boire un verre.

Cindy pousse un soupir.

— C'est celui que j'aurais choisi aussi. Je rencontre déjà assez de types réservés au boulot et pendant les conférences. Quel ennui. Si j'avais envie de m'écouter parler, je rentrerais chez moi et je discuterais avec mon chat.

— Ce serait bien si Jack avait un frère jumeau, hein ? murmure Beth à Cindy.

Elles pouffent de rire.

Je tourne la tête vers Riley, qui a les yeux fixés sur son verre vide et essaie encore de bouder parce que ses amies craquent sur moi. Qui aurait cru que je serais si populaire parmi les comptables ? Je dois rendre cette soirée plus distrayante pour la star de la soirée.

— Eh, les filles, ça vous dit d'aller en boîte ? Cole n'est pas loin d'ici. C'est une ancienne banque et le bar est situé dans l'ancien coffre-fort.

Les femmes échangent des regards et une rapide conversation silencieuse a lieu entre elles trois. Je ne saurais dire quelle sera leur décision à propos de la sortie en boîte tant qu'elles n'auront pas repris la parole.

Cindy pose quelques billets sur la table et répond :

— En fait, je dois aller étudier. Je dois encore passer la quatrième partie de mon examen de comptable.

— C'est moi qui paie, dis-je en lui rendant son argent.

Cindy sourit et me lance un regard doux.

— Merci beaucoup, Jack.

— Merci, Jack, renchérit Beth en tapant son poing dans le mien. Tu déchires.

Elle jette un œil à Riley et ajoute :

— Mais je vais rentrer me coucher, moi aussi.

Les deux femmes prennent Riley dans leurs bras et lui murmurent quelques mots.

— Mesdames, lancé-je en leur tendant la main.

Elles la serrent toutes les deux avec fermeté et en souriant. Après leur départ, je me tourne vers Riley.

— On dirait qu'il n'y a plus que nous deux. Ça te dit d'aller en boîte ?

Son regard s'illumine et elle hoche la tête. La Riley amusante a envie de sortir jouer un peu.

— Allons-y.

Je fais un signe au serveur et paie la note. Puis nous nous dirigeons vers la deuxième partie de la fête d'anniversaire.

Je la guide hors du bar, une main posée au creux de son dos, et je lui ouvre la porte pour sortir.

— Puisqu'il n'y a plus que nous deux, dis-je une fois dehors, je connais un meilleur endroit où aller à Chelsea. Il y a un bar sur le toit et une superbe vue sur la ville. Il y a aussi de la musique et on peut danser.

— Ça m'a l'air génial, répond-elle avec un grand sourire.

C'est le premier que je vois depuis que je l'ai rejointe par surprise dans le lobby. Elle est contente de m'avoir pour elle toute seule.

Je lui rends son sourire. C'est vraiment sympa d'être adoré comme ça.

7

Riley

Je n'étais pas en colère contre mes amies. Juste un tout petit peu agacée. Je sais qu'elles ont juste voulu être amicales avec Jack. OK, j'étais énervée par la manière dont elles le reluquaient et s'extasiaient sur lui, mais maintenant que je suis seule avec Jack sur le bar sur le toit, je me sens bien plus détendue. Il y a une brise légère, en cette chaude soirée de juin, une lumière tamisée et une musique techno qui pulse dans l'air. Je m'attendais à ce que le bar soit désert, un mercredi, mais apparemment, en cette soirée agréable, les gens préfèrent être ici que sur la piste de danse au-dessous. La vue sur la ville est magnifique et illumine la nuit. Nous l'avons admirée un moment à notre arrivée, appréciant la vue imprenable sur l'Empire State Building et même l'Hudson River.

Maintenant, j'ai à la main une margarita fraise à vingt dollars et je suis assise sur une causeuse bleue rembourrée, à côté de Jack. Il y a de la verdure autour de nous, qui nous accorde un peu d'intimité. Il a pris une bière. Ce n'est que sa deuxième de la soirée, parce qu'il ne veut pas arriver au boulot avec la gueule de bois demain. Comme il me l'a expliqué, ce serait très dangereux, vu qu'il travaille avec des objets électriques. Je ne vais jamais travailler avec la gueule de bois, moi non plus, mais si ça m'arrivait, tout ce que je risque de faire, c'est une erreur de calcul, et je m'en rendrais compte en passant tout en revue. Ah ah. La vie dangereuse de comptable.

Je déboutonne le haut de mon chemisier et relâche un peu le nœud à mon cou, parce que je me sens détendue. Jack pose les yeux sur la peau que je viens de dévoiler. Croit-il que j'essaie de le séduire ? Est-ce que ça fonctionnerait ?

— Il fait un peu chaud, expliqué-je.

— Je ne me plains pas, répond-il avec un sourire. Tu as l'air plus détendu. Ça te plaît, ici ?

— C'est super.

— Tu veux danser ?

Une foule assez grande est en train de se déhancher en rythme un peu plus loin.

— Ouais, dès que j'aurais fini mon verre, dis-je en le soulevant et en buvant une petite gorgée.

— Tes amies sont sympas.

— Elles ont tout ce qu'il faut, hein ?

Je suis encore un peu vexée par cette remarque. Il ne m'a incluse là-dedans qu'après coup. Je déteste être jalouse. Je ne le suis jamais. Évidemment, je n'ai jamais eu de petit ami que les autres femmes admiraient à ce point. Oui, il est sublime et sexy, de ses cheveux brun foncé ébouriffés à ses yeux plus bleus que bleus, en passant par sa barbe sexy et ses muscles spectaculaires, mais il n'est pas seulement sexy. Il est aussi gentil, attentionné et…

Il m'a réservé une brique.

Oh Seigneur. Je craque complètement pour lui. Voilà que je me pâme pour une brique.

— Tu es si mignonne quand tu boudes, remarque-t-il en tirant sur une mèche de mes cheveux.

— Je ne boude pas.

— C'est ça.

Je bois une gorgée de margarita pour me donner du courage, puis une deuxième, avant de me lancer :

— Tu es attiré par moi ?

Ma voix a pris le ton d'un murmure étranglé.

— Quoi ? demande-t-il en plaçant une main derrière son oreille.

— Laisse tomber, lâché-je en engloutissant ma margarita.

Il pose sa bière sur la table basse devant nous.

— Dis-moi, insiste-t-il.

Il me fait signe de me rapprocher et penche un peu la tête comme s'il m'écoutait avec attention.

J'observe son profil, la ligne de sa mâchoire carrée, et j'éprouve l'envie irrésistible de la suivre du doigt.

Il se replace face à moi.

— Tu es devenue timide ? C'est un peu tard pour ça. J'ai vu ta culotte de grand-mère.

— Quoi !

Il balaie cette remarque de la main.

— Quand tu étais près de la ventilation de l'hôtel, à attendre que je fasse tomber de la glace dans ta robe, la brise provenant de l'air conditionné m'en a montré un aperçu.

Mes joues s'enflamment aussitôt.

— Je ne porte pas de culottes de grand-mère.

— OK, OK. J'ai vu ta culotte blanche et sage. Maintenant répète-moi ce que tu as dit tout à l'heure.

Comment pourrais-je lui demander s'il est attiré par moi maintenant que je sais qu'il pense que je porte des culottes de grand-mère ? Ce sont juste des culottes en coton normales. Il est sûrement habitué à des strings ou des culottes de bikini. Je porte ma culotte noire, aujourd'hui, comme je le fais toujours avec un pantalon noir. Les culottes en coton noires sont-elles plus sexy ?

Non. Ça reste des culottes de grand-mère. Il n'est pas attiré par moi, c'est clair. Il a eu un tas d'opportunité d'initier quelque chose, et il n'a rien fait du tout. Un homme tenté par moi m'aurait au moins embrassée, non ? On pourrait toujours faire annuler le mariage même après une séance de pelotages sexy. J'ai juste besoin de quelque chose. Il m'est de plus en plus difficile de lui résister, mais je n'ai pas envie de me jeter sur lui et qu'il me repousse. C'est horrible. J'aimerais tellement être plus douée pour draguer. Je ne sais que dire les choses franchement, et maintenant, je me retrouve en territoire très embarrassant et délicat. Celui des culottes de grand-mère.

Je sens son regard posé sur moi. Je dois changer de sujet, et vite, sauf que je n'arrête pas de me dire que Jack a eu un aperçu de ma culotte et qu'il l'a trouvée sage. Pas sexy. Sage. Argh ! Je me sens si gênée. *Oublie ça ! Oublie ! Ça n'arrivera jamais.*

— Est-ce qu'on peut parler d'autre chose ? demandé-je en me frottant le cou.

Il étire les lèvres.

— Tu as cette rougeur révélatrice. Tu m'avais posé une question coquine ?

— Non ! protesté-je beaucoup trop fort.

Et voilà, c'est une margarita à vingt dollars qui disparaît en une seule longue gorgée. Je pose le verre vide sur la table à côté de sa bière encore presque pleine.

— Eh, ça ne me dérange pas. J'ai déjà tout entendu.

Il boit un peu de sa bière d'un geste arrogant. Évidemment qu'il l'est ! Il a été avec un tas de femmes aux culottes étriquées. Elles n'en portent sûrement même pas, à bien y réfléchir. Je serre les dents.

— Quoi ? demande-t-il.

— Rien.

— Tu es en colère, remarque-t-il en reposant sa bière. Comment peux-tu être en colère alors que je ne sais même pas ce que tu m'as demandé ?

— Ce n'était pas important.

Je ne suis pas en colère. Il ne savait pas… ah !

— Jack ! m'exclamé-je quand il m'attire sur ses genoux.

Il enroule ses bras autour de moi en une étreinte chaude, et je fonds. Je n'ai jamais fondu pour un homme jusqu'alors, et c'est la deuxième fois que ça arrive ce soir.

— Je ne te laisserai pas partir tant que tu ne m'auras pas dit quelle était cette question si importante qu'elle t'a complètement ébranlée.

— Ce ne sont pas des culottes de grand-mère, insisté-je contre son torse.

Arrête de parler de tes culottes !

— OK, ce sont des culottes sages et adaptées à toi, Riley.

Je lève la tête et il sourit.

— Tu te moques de moi.

— C'est ma spécialité.

Je ne sais pas si c'est la margarita qui fait soudain son effet, ou si c'est juste le fait de plonger le regard dans ses yeux bleu intense, mais la vérité s'échappe de mes lèvres avant que j'aie pu la retenir.

— Je voulais juste savoir si tu étais attiré par moi, tu sais, *dans ce sens-là*. Tu vois, quand tu n'es pas noyé dans la tequila.

— Ry, dit-il d'une voix douce.

Je lève le menton et me prépare. Je sais que je ne suis pas son type. Il pourrait avoir n'importe qui.

— Sois honnête avec moi. Je peux l'encaisser.

Son expression s'adoucit.

— Pourquoi tu me demandes ça ? m'interroge-t-il d'une voix rauque.

Je déglutis et regarde droit devant moi.

— Parce que j'ai l'impression que c'est à sens unique, mais parfois non, et maintenant je me sens stupide parce que je suis sur tes genoux, dis-je en agitant les bras en tous sens, jusqu'à lui donner une tape accidentelle dans le bras. Désolée !

— Ce n'est rien. Continue.

Je me tords les mains.

— On ne s'est embrassé qu'une fois où ça ressemblait *un tant soit peu* à un vrai baiser et, eh bien, j'en voudrais plus. Je pense qu'on peut s'embrasser sans risquer de perdre la possibilité d'annuler le mariage.

Je risque un regard vers lui et ajoute :

— Si tu étais attiré par moi.

Il me dépose sur le canapé à côté de lui et je croise les

mains sur mes genoux, les yeux fixés sur elles. Je suppose que ça veut dire…

— Tu es folle ? demande-t-il en me faisant lever le menton. Tu as tout ce qu'il faut… un cerveau, un corps à tomber et un bon sens de l'humour. Ce dernier point est très important, pour un farceur comme moi.

Une chaleur m'envahit et toutes mes terminaisons nerveuses se mettent à me picoter. *Un corps à tomber ?* C'est la première fois qu'on me dit ça. Il a dit à mes amies qu'elles étaient jolies, pas à tomber. La plupart des mecs me disent juste que je suis mignonne. *Et maintenant ? Est-ce que je dois passer à l'action ? Fais quelque chose !*

— Euh, OK, très bien, marmonné-je, avant d'ajouter un peu plus fort : merci beaucoup.

Je reste assise là, un petit sourire aux lèvres, étourdie par l'alcool et la prise de conscience que l'homme le plus sublime que j'aie vu de ma vie me trouve à tomber. Il a vraiment dit ça !

— Parle-moi de tes petits amis précédents, lance-t-il d'un ton abrupt.

J'entrouvre les lèvres, surprise. Je suppose que c'est bon signe, qu'il veuille savoir ça, même si je dois avouer que je n'ai pas envie d'entendre parler de ses précédentes petites amies. J'aimerais le trouver moins attirant, parce que je sais que je risque d'avoir le cœur brisé, mais je ne peux pas m'en empêcher. Je craque vraiment pour lui.

— Charlie, m'encourage-t-il.

— Oui. J'ai été avec lui pendant deux ans. Ça s'est terminé de manière amicale. Il a trouvé du boulot à Chicago, alors on a rompu. Je suis surtout sortie avec des collègues comptables que j'avais rencontrés à la fac. J'ai eu quelques relations sérieuses, mais aucune n'a duré, comme tu le sais.

Je suis prête à trouver quelqu'un de différent. Je garde ça pour moi, espérant qu'il comprendra sans que j'aie à le dire, vu que je suis avec lui. En quelque sorte.

— Je n'ai jamais eu de relation sérieuse de ma vie.

— Je sais. Parle-moi de ta famille. C'est cool, cette histoire de sang royal.

— Qui aurait cru que la raisonnable Riley Walsh rêvait d'être une princesse ? sourit-il.

— Ouais, ouais. Dis-moi. Qu'est-ce que ça fait d'être membre de la royauté ?

Il me confie des histoires à propos de sa famille, qui sont très intéressantes, parce qu'il a grandi ici et a eu une vie normale, mais qu'il y a toute cette autre facette de sa famille qui vit dans un palais sur l'île de Villroy, aux abords de la côte du sud-ouest de la France. Son père aurait dû être roi, mais il a abdiqué pour épouser la mère roturière de Jack, la « femme la plus incroyable du monde ». Ce sont les mots de son père, que Jack et ses frères n'arrêtent pas de répéter. Il est très proche de sa famille, ça se voit. J'adore ça. Je suis proche de ma famille, moi aussi. Dommage que mes parents désapprouvent ma relation avec lui.

Nous parlons un long moment, assis côte à côte sur le canapé confortable tout en admirant la vue sur Manhattan. Jack termine sa bière, se lève et me tend la main.

— Dansons.

Je prends sa main et il me guide jusqu'à la piste de danse, se frayant un passage vers le centre parmi la foule. C'est drôle de danser avec Jack. Il est sûr de lui et a le sens du rythme, mais il ne me touche pas du tout. En fait, il a plutôt l'air de garder encore plus ses distances. J'ai l'impression d'être dans des montagnes russes. D'abord je suis la femme à tomber qu'il a attirée sur ses genoux, et maintenant je danse presque toute seule.

Après deux verres de vin et une margarita, je suis assez détendue pour tenter une danse plus sexy, dans l'espoir de l'attirer plus près de moi. Je fais courir mes mains le long de mes flancs et ondule mon corps. C'est alors qu'il se passe quelque chose de surprenant…

Un autre homme vient danser juste derrière moi, séduit par ma danse sexy.

J'écarquille les yeux. Ça ne m'était jamais arrivé, sur une

piste de danse. Enfin, il y a bien eu ce moment avec Jack à Las Vegas, mais c'est le seul, et je le connaissais. Je ne sais pas trop quoi faire dans ces circonstances bizarres, mais c'est alors que Jack me facilite les choses en me prenant la main pour m'attirer vers lui jusqu'à ce que je me retrouve plaquée contre son corps.

Il passe un bras autour de ma taille et lance d'un ton sec par-dessus mon épaule :

— Elle est avec moi.

Un élan de joie se déploie secrètement dans ma poitrine.

— Je suis avec lui, annoncé-je.

Jack laisse retomber son bras, mais ne s'écarte pas.

— Il est parti.

— Jaloux ? demandé-je avec un sourire.

Je lève les bras et me remets à danser tout contre son corps sexy.

— Tout comme tu l'étais tout à l'heure quand tes amies me reluquaient.

— Je n'étais pas jalouse.

Il pose les mains au bas de mon dos, glisse une jambe entre les miennes, et ma danse se transforme soudain en lent frottement. Une vague de désir fait chanceler mes genoux.

— Tu me voulais pour toi toute seule, dit-il d'une voix rocailleuse, les paupières à demi baissées.

Aucun de nous n'ajoute rien de plus. Ses yeux ardents plongent dans les miens, sa main me brûle à travers le fin tissu de mon chemisier et nos corps évoluent selon un rythme sensuel qui promet tellement plus.

Nous restons jusqu'à la fermeture et nous faisons mettre dehors à minuit.

— Je te raccompagne chez toi, annonce-t-il en me prenant la main.

— Super ! dis-je d'un ton enjoué.

Je ne peux pas m'empêcher de penser que cela signifie quelque chose. La nuit va continuer. J'ai l'impression que notre moment sur la piste de danse n'était que la première manche des préliminaires. Je vais l'inviter à boire un café, ou peut-être juste à entrer. Il saura ce que ça veut dire. Ma colocataire devrait être endormie dans le salon. Mon autre colocataire travaille de nuit, ce qui veut dire que j'ai la chambre pour moi toute seule. Je n'ai qu'un lit simple, par contre. Peu importe. On fera avec. Il est large, mais tant qu'il ne roule pas sur le côté…

— À quoi tu penses, comme ça ? demande-t-il.

Soudain, je réalise qu'on est sur le trottoir, dehors, et je n'ai que très peu de souvenirs de ce qui s'est passé entre ce moment et celui où on a quitté la piste de danse. Je ne trouve aucun moyen d'expliquer mes pensées logistiques lubriques. Mes joues se réchauffent.

— Encore des pensées coquines ? demande-t-il avec un sourire insolent.

— Non. Je réfléchissais, c'est tout. Mon appartement n'est pas loin du boulot.

— On va prendre un taxi, et ensuite je prendrai le métro à Grand Central.

Je me creuse la tête pour trouver une manière subtile de suggérer qu'il reste un peu plus longtemps. Mais il doit rejoindre son boulot à Brooklyn demain matin. Je pourrais juste lui proposer de rester un peu. Malheureusement, les effets de l'alcool se sont dissipés et je ne me sens plus aussi audacieuse. Il y avait quelque chose de si intime au fait d'être proche de lui, sur le bar du toit, loin du bruit et de l'agitation de la ville.

Quelques instants plus tard, nous sommes dans un taxi et en chemin vers mon immeuble. Jack me prend la main et je reprends espoir. Ce n'est pas comme s'il était *obligé* de faire ça, alors qu'il n'y a que nous deux.

— Tu as passé un bon anniversaire ? demande-t-il à voix basse.

— Oui. Merci d'être venu. Et pour ton incroyable cadeau ! C'est vraiment cool, la brique gravée.

Il m'adresse un sourire étincelant, ses dents d'un blanc frappant en contraste avec sa barbe sombre.

— De rien. Je suis content d'avoir bien choisi.

— C'est le cas, lui assuré-je en posant la tête sur son épaule.

Il garde le silence, je suppose donc que cela ne le dérange pas que je m'appuie sur lui. Je ferme les yeux, détendue et ensommeillée.

Je me redresse en sursaut quand il me donne un coup de coude.

— Je crois qu'on est arrivés, dit-il.

Je prends mon sac à main pour payer le chauffeur.

— Je m'en suis déjà occupé, dit-il. Allons-y.

Mon cœur se serre. C'était si gentil de sa part, de tout payer pour moi ce soir, pour mon anniversaire. Comme si c'était un rencard. Je gagne bien ma vie, alors cela ne me pose aucun problème de payer ma part. Si j'ai deux colocataires, c'est parce que les locations sont ridiculement élevées, à Manhattan.

— Merci, Jack, dis-je dès qu'il m'a rejoint sur le trottoir. C'était le meilleur anniversaire de ma vie.

— Waouh, sacré compliment. Le meilleur de ta *vie*. C'était à cause des verres ou de la danse ?

— C'était toi, dis-je avec un sourire. Monte avec moi. Je suis au troisième étage.

Je nous fais entrer avec ma carte magnétique et ouvre la marche dans l'escalier. Il me suit en silence. Une fois à mon étage, je me dirige vers le fond du couloir et m'arrête.

— C'est ici. Tu veux entrer ?

— Merci, mais non. Il est tard.

Il me donne une petite tape sous le menton. Je déteste quand il fait ça, comme si j'étais la petite sœur de Sam.

— Bonne nuit.

Je me penche, me mets sur la pointe des pieds pour lui faciliter les choses et réponds :

— Cette soirée était incroyable, grâce à toi.

— Bien, répond-il, avant de m'embrasser sur la joue.

J'étrécis les yeux, en rogne.

— Tu m'embrasses comme si j'étais la petite sœur de ton ami.

— Je t'embrasse comme la femme avec qui je vais annuler mon mariage lundi matin, rectifie-t-il en prenant un ton sérieux. Pas de coucheries.

— Un baiser n'est pas une coucherie.

— Un baiser mène à une coucherie.

— Pas toujours. Ça peut aussi n'être qu'un baiser. Un sympathique baiser d'anniversaire.

Il secoue la tête.

— Avec toi et moi, ça entraînerait plus. Fais-moi confiance.

— Tu es bien sûr de toi, rétorqué-je en plaquant une main sur ma hanche.

Mords à l'hameçon, s'il te plaît.

Il fait un pas en arrière en levant les mains comme pour m'empêcher d'approcher.

— Je n'ai pas envie de tester cette théorie. Mieux vaut ne pas se laisser tenter au départ. Je suis quelqu'un d'impulsif. Comment tu crois qu'on s'est retrouvé dans ce pétrin ?

— C'est peut-être moi qui me suis montrée impulsive, répliqué-je en levant le menton.

— Non, c'était ma faute.

Je tente un angle d'approche différent, parce que ce besoin de me rapprocher de lui n'a fait que grandir depuis la première fois qu'on a dansé ensemble, à Las Vegas. Et après tout, il a dit que j'avais un corps à tomber. Il est *tenté* par moi. Il devrait au moins avoir envie de m'embrasser.

— Laisse-moi te poser une question. Pendant la réception de mariage de Sam, tu as proposé de m'emmener dans une pièce privée pour mettre ta tête sous ma robe. Pourquoi proposer ça, pour me refuser un simple baiser pour me dire bonne nuit ?

Ses yeux me fixent avec une intensité brûlante.

— C'était une farce, répond-il d'une voix rauque. Je voulais voir comment tu réagirais, parce que j'étais certain que tu rougirais comme une tomate et que tu te tortillerais sur place. C'était très amusant.

Je me lèche les lèvres et il me regarde faire.

— Alors tu te fichais de moi.

— Oui, acquiesce-t-il d'une voix râpeuse.

— Et si j'avais accepté ?

Je l'entends avaler sa salive.

— Dans ce cas, j'aurais dû aller au bout. Ça s'appelle avoir de l'intégrité. Toujours tenir ses promesses. Mais tu n'as pas accepté, alors…

Il tousse et ajoute :

— Encore une fois, bonne nuit.

— J'accepte ta proposition ici et maintenant, en guise de cadeau d'anniversaire.

Il me regarde bouche bée, avant de répondre précipitamment :

— Impossible. Tu ne portes aucune robe de demoiselle d'honneur à froufrous sous laquelle mettre ma tête, il est plus de minuit alors techniquement ce n'est plus ton anniversaire, et mon offre a expiré il y a quatre jours.

Je claque ma langue et sors ma clef de mon sac à main.

— Poule mouillée.

Je sens soudain une tension envahir l'air, et je croise son regard brillant. Mon souffle se coince dans ma gorge.

Puis, à ma grande stupéfaction, il me plaque contre le mur avec son corps et se met à m'embrasser, me coupant le souffle. Sa bouche est exigeante, passionnée, urgente. Un désir brut afflue en moi en une vague brûlante et dévorante, faisant chanceler mes genoux. Il s'écarte brusquement et je reste plantée là, appuyée contre le mur et hébétée. Mon corps bourdonne sous l'effet des sensations qu'il a provoquées en moi.

Il ramasse ma clef par terre, qui s'est échappée d'entre mes doigts mous. Puis il déverrouille la porte, l'ouvre et me prend la main pour me rendre la clef, avant de me pousser à l'intérieur.

— Bonne nuit, Ry, dit-il d'une voix rocailleuse.

— Bonne nuit, répété-je en entrant, les jambes tremblantes.

Je m'affaisse contre la porte fermée un instant et porte les doigts à mes lèvres, qui me picotent encore. J'en veux plus.

Je me retourne et ouvre la porte.

— Jack ?

Le couloir est vide. Je rentre, déçue, mais déterminée. Je le verrai vendredi pour mon dîner d'anniversaire avec mes parents. Je trouverai un moyen de me faire inviter chez lui. Et ce n'est pas le geste d'une femme désespérément excitée. C'est mon privilège en tant qu'épouse.

Et ma dernière chance.

8

Jack

C'est mon dernier jour en tant qu'homme marié, sûrement pour un bon moment, et bizarrement, je me sens assez nostalgique. C'était plutôt agréable d'avoir une femme, même si nous ne nous sommes embrassés qu'une ou deux fois, et rien de plus. Je ne sais pas. C'est peut-être le fait de voir mes frères aînés aussi heureux avec leurs femmes qui me fait me dire que l'engagement n'est peut-être pas la corde au cou que j'imaginais jusqu'alors. Mon frère aîné, Dylan, est marié et aura bientôt un bébé, et il est si heureux qu'il ne peut pas s'empêcher de siffloter tout le temps. Sean est fou de sa femme aussi. Ce n'est qu'une question de temps avant qu'on soit tous invités à son mariage. Et puis, il y a Sam. Je sais que j'ai toujours dit qu'il était mené à la baguette – et c'est la vérité – mais pour tout dire, il n'a jamais été aussi heureux. Il veut passer tout son temps avec Alison. Je trouvais ça pathétique, mais aujourd'hui, et même si ça me met mal à l'aise, je dois avouer que Riley me manque, quand nous sommes séparés.

Je lui ai envoyé un message, hier. Je n'envoie jamais de message à une femme après avoir été avec elle. C'est un signal trop fort. Mais après lui avoir offert ce baiser pour lui dire bonne nuit, j'ai eu le sentiment de devoir ajouter quelque chose. Je me suis quasiment enfui après l'avoir embrassée. Alors je lui ai écrit : *Eh, je suis impatient d'être à la deuxième partie de ton anniversaire.* Ces mots m'ont paru assez désinvoltes, et il ne m'a fallu qu'une heure pour les trouver. Bon sang, je suis dans la mouise. Ce n'est pas comme si j'attendais avec impatience de dîner avec ses parents. J'ai juste envie de la revoir.

Je la rejoins à la station de métro près du restaurant d'Alison, à Brooklyn. Elle porte un chemisier rose, une jupe noire ajustée et de hauts talons noirs, des boucles d'oreilles en perles et un collier de perles assorti, la lanière de sa mallette passée à son épaule. Ma femme professionnelle et sexy. Ma femme temporaire, me rappelé-je. Ce n'est pas comme si quelqu'un comme elle, avec son diplôme et son boulot d'entreprise, pouvait avoir vraiment envie d'épouser un type comme moi. Elle est du style perles et veston, alors que moi… pas. Je ne le serai jamais. Je suis le type qui rentre chez lui couvert de sueur et de saleté après une journée de dur travail. À un moment donné, elle finira par avoir envie d'un type qui travaille en entreprise et a un gros salaire. Je n'ai que ce soir, et rien de plus.

— Salut, lancé-je, décidant de me contenter d'un léger baiser sur la joue.

Elle tourne la tête et m'embrasse sur les lèvres. Une décharge me transperce, comme la dernière fois qu'on s'est embrassés et… comme toutes les fois. Notre alchimie est indéniable.

Elle sourit, un sourire secret et sexy qui laisse entendre qu'elle se souvient très bien de notre dernier baiser. Se l'est-elle repassé en boucle dans sa tête autant de fois que moi ?

— Bonjour.

— Le dîner est à dix-neuf heures, c'est ça ? demandé-je en lui prenant sa mallette. Tu veux qu'on aille d'abord boire un verre quelque part ?

— En fait, mes parents m'ont envoyé un message pour

m'annoncer qu'ils étaient en avance. La réunion de ma mère a été annulée alors elle est venue ici directement. Mon père travaille à la maison alors son emploi du temps est flexible. Il est consultant pour des entreprises de technologie.

— Ta famille aime les chiffres. Toi et ta mère les analysez, et Sam et ton père voient tous ces zéros et ces un défiler sous leurs yeux.

— Ouais, rit-elle, papa dit toujours qu'avec les ordinateurs, tout se résume à des zéros et des uns. Du code binaire.

— Sam dit la même chose, et maintenant je sais d'où il tient ça. Alors allons-y, je suppose.

Nous nous dirigeons vers le restaurant et je réfléchis à un moyen de lui proposer de rester un peu après le dîner. Juste pour boire un verre. Je ne ferai rien de stupide, comme l'inviter chez moi. Je veux juste passer un peu plus de temps avec elle avant que toute notre histoire s'évanouisse lundi, par une simple signature sur de la paperasse.

— Ça fait vraiment plaisir de te voir, dis-je.

— À moi aussi, répond-elle avec un sourire chaleureux.

— Peut-être qu'après…

Je m'interromps quand deux mains douces me recouvrent les yeux par-derrière.

— Devine qui c'est ? demande une voix féminine.

Je retire ses mains de mes yeux et me retourne. C'est une petite blonde, et je ne me souviens pas de son nom. On a eu une aventure l'été dernier. Je me souviens de son débardeur qui révélait son piercing au nombril. Comme celui qu'elle porte à cet instant.

— Eh, comment tu vas ?

Elle me regarde de sous ses cils.

— Dis-moi que tu n'as pas oublié mon nom, tout comme tu as oublié de m'appeler. Vilain garçon.

Je dis souvent que je les appellerai et ne le fais jamais, en me disant que cela leur fera comprendre que c'est terminé sans avoir à passer par des adieux compliqués. Je sens les yeux de Riley creuser un trou dans ma tête.

— Désolée, je n'ai pas la mémoire des noms. Voici ma petite amie, Riley.

— Tu es sérieux ? s'étonne la blonde. Tu as une petite amie ? Une vraie petite amie.

— On doit y aller, dis-je en prenant la main de Riley pour m'éloigner.

— Il n'est plus sur le marché, lance Riley d'une voix enjouée par-dessus son épaule. Fais passer le mot !

Ma poitrine se réchauffe. C'est assez agréable. Elle vient de me revendiquer.

— Ça devrait te mettre pas mal de bâtons dans les roues, remarque-t-elle en riant.

Elle ne faisait peut-être que plaisanter.

— Tout comme ma bague de mariage.

En voyant son regard noir, j'ajoute :

— Je plaisante ! Jamais je ne tromperais ma femme.

— Je suis sûre que ta future femme appréciera, qui qu'elle soit.

Je lui jette un regard et tente de déchiffrer l'expression de son visage. Elle a parlé d'un ton léger, mais elle arbore la même expression que ce soir où nous sommes sortis avec ses amies, presque une moue boudeuse. Est-elle jalouse de cette fille dont je ne me souviens plus du nom ? Riley a-t-elle envie de moi pour de vrai ? Pas pour une aventure, mais en tant que véritable petit ami. Dans ce cas-là, on devrait reporter notre rupture. Personne n'a dit qu'on ne pouvait pas sortir ensemble après l'annulation du mariage, n'est-ce pas ? Mais c'est Riley, la petite sœur de Sam, ce qui veut dire que je devrais être sérieux avec elle, ou oublier tout de suite. Je ne pourrais pas déconner et prendre les choses à la légère, cette fois.

— Comment ça se passe à ton nouveau poste de chef d'équipe ? demande-t-elle.

— Super bien. J'adore donner des ordres à tout le monde.

Elle sourit.

— Tu peux encore plaisanter avec tout le monde, maintenant que tu es le patron ?

— Bien sûr que oui, sauf que maintenant ils sont *obligés* de rire, dis-je avec un clin d'œil. Il serait mal vu de ne pas faire le lèche-cul avec le patron.

Elle éclate de rire.

— Comment va ton boulot ? lui demandé-je à mon tour.

Elle hausse les sourcils.

— Tu as vraiment envie de savoir ?

— Ouais.

Elle me raconte donc sa fin de trimestre et tous les rapports qu'ils vont devoir effectuer. Cette année est meilleure, pour elle, parce que la fête du quatre juillet tombe un mercredi, elle aura donc deux jours de libres au milieu de la semaine et a pris un jour de congé le vendredi. Après ça, le travail va s'accumuler. Je réfléchis aussitôt à ce que nous pourrions faire le quatre juillet, parce que je ne travaillerai pas non plus. C'est alors que je me souviens que je suis censé aller au barbecue de mes parents, et que je ne peux pas l'amener là-bas. Je n'ai jamais amené de femme à la maison de toute ma vie, et ce serait un bien trop grand pas. Et puis, d'ici là, on ne sera plus ensemble.

Mes épaules s'affaissent. Je n'ai pas envie d'une relation sérieuse, mais je n'ai pas non plus envie que ça se termine. Je ne sais pas quoi faire. Je me répète ce problème en boucle, ainsi que toutes les complications et risques potentiels, pendant que Riley me parle de ses clients exigeants. Je m'efforce de dire « hum hum » aux moments les plus appropriés.

Nous arrivons au restaurant et elle me sourit.

— Tu es très doué pour écouter.

Une pointe de culpabilité m'empêche de lui rendre son sourire.

— Merci.

Je lui ouvre la porte et nous entrons.

Ses parents sont installés à une table du fond et ont déjà un verre devant eux. Son père se lève et nous appelle d'une voix forte.

— Par ici !

La salle n'est pas si grande et il n'avait pas besoin de

parler si fort. Riley rougit, coince ses cheveux derrière ses oreilles et se dirige vers eux. Elle étreint ses parents et je leur serre la main. Son père me sourit. Il semble de très bonne humeur. Sa mère se montre plus réservée et m'adresse un sourire crispé.

— Asseyez-vous, nous dit-elle. Ça fait plaisir de vous voir.

— Merci, dit Riley en s'asseyant.

Je m'installe à côté d'elle, face à ses parents.

— Ravi de vous voir aussi.

— J'ai une bonne nouvelle, aujourd'hui, annonce son père. J'ai un nouveau client. Un chanteur.

— Félicitations ! dit Riley.

Son père nous raconte cette belle prise. De toute évidence, ce n'est pas Riley et moi qui l'avons mis de si bonne humeur. La conversation se déroule sans heurts entre eux trois et je me contente de rester en arrière, espérant ne pas avoir à répondre à des questions compliquées sur notre relation.

Nous sommes à moins de la moitié du dîner quand sa mère m'adresse la parole :

— Jack, j'ai entendu dire que vos parents vivaient près d'ici et je me demandais si nous pourrions les rencontrer.

Mon cœur se met à battre la chamade. Oh non ! Impossible. Je n'avais pas envisagé ce scénario.

— Pourquoi ? lâche Riley.

Sa mère pousse un soupir.

— Si c'est du sérieux entre toi et Jack, alors j'aimerais connaître les siens.

Riley se redresse sur sa chaise.

— Les siens sont membres de la royauté, maman.

— Oui, c'est ce que j'ai entendu dire, répond sa mère d'un ton sec. J'ai très envie de les rencontrer. La famille en dit beaucoup sur une personne.

Riley se mordille la lèvre inférieure et me jette un bref regard, l'air presque coupable.

A-t-elle parlé de ma famille à ses parents ? A-t-elle révélé notre secret à propos du mariage à Vegas à ses parents, avant de leur faire jurer de n'en parler à personne ? Est-ce que c'est pour ça qu'elle veut rencontrer « les miens » ? Quelque chose cloche, dans cette histoire.

De la sueur me coule le long du dos. Ma famille ne doit jamais savoir. Ce mariage est censé disparaître, comme s'il n'avait jamais eu lieu.

— Ils pourraient peut-être nous retrouver quelque part après le dîner, propose son père en souriant vaillamment.

— Ils ne sont pas à la maison, m'empressé-je de répondre. Ils sortent en rencard tous les vendredis soirs.

Mes parents n'ont plus de soirée rencard, depuis que tous leurs enfants sont adultes et ont quitté la maison. Ils sortent n'importe quand. Mais ça me semble être une bonne excuse. Je ne sais pas du tout s'ils sont chez eux ou pas.

Riley plisse le front, comme chaque fois qu'elle se plonge dans ses réflexions. Elle essaie de trouver un moyen d'esquiver la visite parentale, elle aussi.

— Eh bien, dans ce cas nous serions heureux de les inviter à la fête bienvenue à la maison de Sam et Alison, chez nous, essaie à nouveau son père. Ce sera une bonne occasion pour nous tous d'apprendre à mieux nous connaître.

Je me force à ne pas regarder Riley. Je n'étais pas au courant pour la fête bienvenue, je ne sais même pas à quelle date elle aura lieu, mais je sais que je ne peux pas y aller. Et mes parents encore moins. Je m'apprête à dire qu'ils seront absents quand Riley intervient enfin.

— La famille de Jack organise un grand dîner en famille, le dimanche, ils ne pourront donc pas être présents à la fête bienvenue. Et Jack non plus. Moi, par contre, je serai présente.

Ça m'a l'air d'une excuse plausible.

— Pourquoi pas le quatre juillet, alors ? propose encore son père. Je pourrais faire un barbecue. Tout le monde est le bienvenu. La piscine sera ouverte.

— Je me suis déjà engagé pour un autre barbecue, le quatre, dis-je.

C'est la vérité, cette fois, et j'en suis bien content. Je n'aime pas mentir à ses parents.

— Je serai avec lui, ajoute Riley en s'invitant chez moi.

C'est alors que je réalise qu'elle dit juste ça comme ça. Je ne peux pas la présenter à mes parents, de toute façon. Ça impliquerait trop de choses. Notre relation prend fin lundi. Le quatre sera deux jours plus tard.

Serait-ce si grave de prolonger ça deux jours de plus ?

Sa mère pince les lèvres.

— Eh bien, Jack, quand vous serez disponible, n'hésite pas à dire à tes parents que nous aimerions les rencontrer.

— Oui, madame.

Riley m'étreint la main sous la table.

— Parle-nous plus de toi, reprend sa mère. Tout ce que Sam nous a dit, c'est que tu aimais passer du bon temps et que tu faisais toujours des blagues. Mais qui es-tu avec notre fille ?

Riley se raidit.

— Maman, ne le mets pas mal à l'aise.

Sa mère se raidit aussi.

— Tu n'as pas envie d'avoir un clown pour petit ami. J'aimerais savoir s'il y a plus que ça, chez lui. J'essaie vraiment de me montrer tolérante, Riley.

— Ce n'est pas un clown ! proteste Riley.

Je n'ai pas envie qu'ils se disputent pour moi. La situation est en train de dégénérer.

— Je suis le genre de type qui aime prendre du bon temps, lâché-je. Je me suis laissé emporter à Las Vegas et, je ne sais comment, il y a eu un effet boule de neige après lequel je me suis retrouvé dans cette relation sérieuse, qui avait plus pour but d'apaiser Sam qu'autre chose. Riley et moi nous sommes déjà mis d'accord pour nous séparer très bientôt, nous ne voulions pas contrarier Sam, c'est tout. Je devais respecter le code d'honneur entre potes, mais maintenant qu'il est parti en lune de miel…

Ma voix s'étrangle soudain et je me racle la gorge pour finir d'une voix plus basse :

— Je serai très bientôt sorti du tableau.

Ils me dévisagent tous les trois, l'air stupéfaits. Sa mère se tourne vers son père et demande :

— Le code d'honneur entre potes ?

— Je t'expliquerai plus tard, répond-il.

Je me tourne vers Riley. Je lis une expression blessée dans ses yeux.

— Ça ne veut pas dire que je n'aime pas passer du temps avec toi. J'aime ça. Je t'apprécie. Beaucoup.

Une chaleur me remonte dans le cou.

— Et j'ai du respect pour toi, bien sûr, ajouté-je à l'attention de ses parents, parce que j'ai failli lâcher que je la trouvais sexy et drôle.

Avec moi, en tout cas.

Je ferme la bouche et fixe mon regard sur un point invisible sur le mur, derrière l'épaule de son père. Est-ce que je devrais partir ?

— Alors c'est terminé, dit sa mère.

Je plonge mon regard dans celui de Riley. Je n'ai pas envie que ce soit terminé.

— Pas tout à fait, dis-je, faisant frénétiquement machine arrière. C'était le plan, mais…

Je m'interromps, espérant que Riley comprenne le message. *Juste un peu plus longtemps.*

Riley sourit.

— Jack et moi allons en discuter et déterminer où nous en sommes.

Ses parents échangent un regard confus.

Je laisse échapper un soupir. Elle nous a accordé un répit. J'essaie de ne pas trop songer à ce que ça pourrait vouloir dire pour l'avenir. Tout ce dont je me soucie, c'est de pouvoir être avec la femme la plus incroyable, intelligente et sexy que j'aie jamais rencontrée. Et je ne plaisanterais jamais avec ça.

Après ma confession improvisée, le dîner ne dure plus bien longtemps. Dès qu'on a fini de manger, ses parents annoncent qu'ils doivent rentrer chez eux. Ils ont l'air perplexe et pas vraiment heureux de la tournure des événements. Moi non plus. Parce que j'ai envie de passer plus de temps avec Riley, même si ça veut dire qu'on doit rester mariés un peu plus longtemps, sans sexe. C'est tordu, hein ?

— Tu veux venir chez moi ? lui proposé-je en lui prenant la main. Il faut qu'on parle.

C'est elle qui a dit qu'on discuterait et déterminerait où nous en sommes. Je ne sais pas si ça veut dire que je compte m'engager dans ce mariage ou pas. Rien que cette idée me donne des sueurs froides.

— D'accord.

— Je crois que j'ai un peu sauté les étapes, en confessant tout ça à tes parents.

— Ce n'est rien. Ils t'ont mis sur le gril en insistant pour rencontrer tes parents. Tu étais en sueur. Je savais que tu allais craquer.

Je laisse échapper un soupir.

— C'était si évident ?

Elle sourit, et l'expression est si vive et douce que je ne peux m'empêcher de lui rendre son sourire.

— Tu ne supporterais jamais de subir un interrogatoire.

— Pourtant, j'ai réussi à me retenir de confesser un tas de farces. Je suppose que ma famille est mon tendon d'Achille. Dès qu'ils les ont mêlés à cette histoire, j'ai dû limiter la casse.

— C'est sympa. Il est clair que tu tiens beaucoup à eux.

— Oui, marmonné-je.

J'ai envie de lui demander si cela l'intéresserait de repousser un peu l'annulation du mariage. Le truc, c'est qu'on s'entend bien, même si on est très différents. C'est alors que je réalise que je parle comme si j'avais envie d'être marié, alors que ce n'est pas le cas. Et je suis sûr qu'elle ne se voit pas non plus rester avec moi sur le long terme. Je ne sais pas trop quelle est la prochaine étape. Mais je n'ai pas envie que ce soit fini. J'aime être avec elle, j'aime apprendre à la connaître un peu mieux chaque jour. J'aime voir son sourire éclatant, ses joues écarlates et ses tenues raisonnables boutonnées jusqu'en haut. Je l'aime bien, point. C'est tellement bizarre, parce que d'habitude, tout commence et se termine avec le sexe, pour moi, mais avec Riley, nous n'avons fait que nous embrasser. Je ne sais pas pourquoi ça m'attire autant, mais c'est le cas. Peut-être que le fait de me retenir de coucher avec elle m'a donné l'occasion de mieux apprendre à connaître une femme que je l'avais jamais fait. Ou c'est peut-être parce qu'elle est intouchable depuis si longtemps. À moins que ce soit juste elle. Tout ce dont je suis sûr, c'est que pour une raison inconnue, j'ai envie d'être avec elle, et personne d'autre. Eh, je suis peut-être capable d'être un petit ami sérieux, pour finir. En fait, je suis même son mari.

— Tu crois que tes parents me détestent ? lui demandé-je.

Je ne sais pas pourquoi je m'en soucie, mais c'est le cas.

— Non. Je crois qu'ils sont juste perdus, et ma mère est très critique sur les hommes qui plaisantent beaucoup. Ce n'est pas son truc. Moi, je trouve ça drôle.

Je pince les lèvres. C'est la première fois que ça importe vraiment et c'est déjà mal parti.

— Ne t'inquiète pas pour eux, ajoute-t-elle en m'étreignant la main.

Quelques minutes plus tard, nous arrivons à mon immeuble. Je la laisse entrer et ouvre la marche jusqu'au deuxième étage. J'ouvre la porte et lui fais signe de passer devant. Un peu tardivement, je jette un œil dans le salon en espérant que ce ne soit pas trop le chaos. Pas de boîtes de pizza vides. Juste quelques vêtements éparpillés. J'attrape un sweat et mes baskets pour les jeter dans le placard de ma chambre.

À mon retour dans le salon, je la trouve assise sur mon canapé en cuir marron. La pièce est assez spartiate. Il n'y a qu'un canapé, un fauteuil assorti, une table basse en bois et une télévision accrochée au mur.

Je frotte mes mains moites et demande :

— Tu veux quelque chose à boire ?

— D'accord, répond-elle en se levant.

— Je vais chercher ça.

Je suis certain que la cuisine est dans le désordre le plus complet, avec un évier rempli de vaisselle sale.

— Eau, bière ou lait ?

— De l'eau, ça m'ira très bien, répond-elle en souriant.

— Deux verres d'eau, alors, j'apporte ça tout de suite.

Bon sang, je parle comme un vrai ringard.

Je m'enfuis à la cuisine. Tout ça, c'est à cause de cette discussion qu'on est censés avoir. Je ne sais pas comment lui demander plus de temps sans lui laisser croire que j'ai envie de rester marié. Même si elle n'accepterait jamais un vrai mariage avec moi. Tout ça n'a rien de réel. Ce n'est rien de plus qu'un souvenir de Las Vegas.

Sauf que cela me semble être tellement plus qu'un souvenir. Elle est spéciale, différente et intrigante. Sexy d'une manière coincée, douce, mais pas trop, et elle a un bon sens de l'humour. Elle aime même les farces. Le sens de l'humour est une qualité primordiale, pour moi. J'aime m'amuser. Je ne prends rien au sérieux, même pas moi-même.

Je me rends compte que je suis planté devant l'évier de la cuisine, perdu dans mes pensées, depuis bien trop longtemps et me secoue mentalement. Je prends deux bouteilles d'eau dans le frigo et reviens dans le salon.

— J'étais sur le point de venir vérifier si tu avais besoin d'aide, sourit-elle.

— La cuisine est complètement en désordre, dis-je en lui tendant sa bouteille.

— Tu as eu du mal à trouver les bouteilles d'eau fraîche à cause de ça ? demande-t-elle d'une voix taquine.

Je me laisse tomber à côté d'elle et pose ma bouteille sur la table basse.

— Il faut qu'on parle de notre relation.

Je manque de laisser échapper un grognement. Je n'arrive pas à croire que je viens de dire ça.

— OK, répond-elle en posant sa bouteille. Parle.

De la sueur apparaît sur mon front. Une petite part de moi espérait qu'elle plongerait directement dans le vif du sujet et que je n'aurais qu'à acquiescer ou contester ce qu'elle dirait. Par où commencer ? L'annulation ? Le mariage ? Notre relation ? Est-ce qu'on en a vraiment une ? Comment est-ce que je suis censé appeler ce qu'il y a entre nous ?

— Il y a une alchimie, lâché-je.

Elle se rapproche et presse sa cuisse contre la mienne. Je baisse les yeux sur le bord de sa jupe, qui est remonté.

— Oui. J'avoue que je n'arrête pas de me rejouer en boucle ce baiser que tu m'as donné pour me dire bonne nuit.

— OK, donc c'est à la fois une bonne et une mauvaise chose.

Elle me regarde de sous ses cils.

— En quoi c'est une mauvaise chose ? m'interroge-t-elle, la voix réduite à un ronronnement.

Un élan de désir me submerge. J'ai envie de la sentir sous moi, j'ai envie d'entendre mon nom quitter ses lèvres. Je dois mobiliser toute la volonté dont je suis capable pour me détourner de la tentation et poser les coudes sur mes genoux. C'est une torture. Pourquoi ai-je envie de prolonger ce mariage alors que je ne pourrais jamais le consommer ? Je devrais juste mettre fin à tout ça lundi matin, comme on s'est mis d'accord pour le faire.

Mais nous sommes vendredi soir. Il nous reste encore tout le week-end, hein ? Le problème, c'est que l'annulation ne sera possible que si on ne couche pas ensemble. Comment est-ce qu'ils pourraient le savoir, au bureau des affaires juridiques ? Je n'arrive pas à croire que je n'ai pas pensé à ça dès le début. On ne peut pas prouver si on a couché ensemble ou pas.

Je reporte mon regard sur elle.

— Est-ce qu'on doit signer un document légal qui affirme qu'on n'a pas consommé notre mariage pour obtenir l'annulation ?

Elle se mord la lèvre et détourne les yeux. Un frisson de malaise me parcourt.

— Ry ?

— Il y a un petit détail que je n'ai pas mentionné jusqu'ici parce que je ne savais pas trop comment tu prendrais ça, mais maintenant qu'on n'est plus qu'à quelques jours de signer l'annulation, je suppose que je devrais le faire.

— Tu supposes ?

— Ça me semble approprié, acquiesce-t-elle en entortillant une mèche de cheveux entre ses doigts.

— Quoi ? demandé-je, pendu à ses lèvres.

— Pour dissoudre le mariage, il faut dire qu'il n'a pas été consommé. Mon amie m'a raconté tous les…

Elle tousse et reprend :

— … détails intimes. Elle l'a fait deux fois, une avec la cour de justice de New York et une autre avec l'Église catholique.

— Je ne ferai pas ça deux fois. La cour suffira.

— Je suis d'accord.

Elle plisse le front, comme chaque fois qu'elle réfléchit.

— Je viens de réaliser que mon amie s'était mariée à New York et qu'elle l'a fait annuler ici. Je me demande si d'autres règles s'appliquent quand on s'est marié à Las Vegas, mais qu'on réside à New York. Je devrais peut-être chercher sur Google.

Elle essaie de gagner du temps.

— Concentre-toi ! Qu'est-ce que tu n'as pas mentionné plus tôt ?

Elle hoche la tête.

— Pour dissoudre le mariage, il faut dire qu'il n'a pas été consommé. Je crois qu'il existe quelques autres façons de faire ; si l'un des mariés est mineur, si l'union s'est faite sous la contrainte ou ce genre de choses. Mais pour nous, il faut dire que c'est parce que…

Elle s'interrompt et grimace.

— Crache le morceau, ordonné-je.

— Parce que tu es impuissant.

Je bondis du canapé et mets autant de distance que possible entre moi et ce mot. Hors de question !

— Non. Je refuse, dis-je en me mettant à faire les cent pas dans la pièce. Je ne signerai rien qui dit que je suis…

Je fais un geste large et termine :

— … ça.

Si je prononce le mot, je risque de le devenir vraiment.

— Ça restera dans les dossiers légaux pour toujours ? Bien sûr que oui ! Tu aurais pu en parler plus tôt ! Seigneur.

Je me remets à faire les cent pas alors que je songe à toutes les implications. Bordel de merde. Je ne veux *pas* que cette étiquette me poursuive. Impuissant ! Ce serait le pire des coups portés à ma virilité.

Je n'arrive pas à le croire ! Je me suis torturé pendant des semaines, j'ai fait tous ces efforts pour ne pas la toucher pour qu'on puisse bénéficier de cette annulation de mariage et pour épargner à ma famille de souffrir de mon erreur stupide, et maintenant je découvre *ça*.

Je m'arrête et me passe une main dans les cheveux. Je ne peux plus dissoudre le mariage !

Je me dirige vers la porte de mon appartement et me précipite au bas de l'immeuble.

— Jack ! s'écrie Riley. Où est-ce que tu vas ?

Je m'arrête. Où est-ce que je vais ? J'avais la sensation de devoir bouger. Comme si j'allais exploser, sinon.

— Je ne sais pas ! m'exclamé-je en levant les mains au ciel.

Elle me fait signe de revenir.

Je retourne à l'étage et la dépasse pour entrer dans l'appartement, l'impression d'être un idiot.

— J'étais sur pilote automatique, je n'avais pas les idées claires, marmonné-je.

Elle se tient au milieu du salon et me regarde d'un air curieux.

— OK, lancé-je en levant une main au ciel, écoute. On ne peut pas faire annuler le mariage. C'est inenvisageable.

— Ça veut dire qu'on peut coucher ensemble, maintenant ?

Je me fige et sa question reste suspendue dans l'air. C'est ce que ça veut dire ? Mais nous resterons mariés. Est-ce que je peux accepter ça ? Mon cœur cogne dans ma poitrine et l'adrénaline afflue dans mes veines. C'est un grand pas, mais… si elle l'envisage, je devrais peut-être le faire aussi.

— C'est vrai qu'on s'entend bien, dis-je doucement. Ça ne dérange pas Sam qu'on soit ensemble, tant que c'est du sérieux. Et il n'y a pas plus sérieux que le mariage.

Elle se rapproche de moi, ondulant des hanches dans sa jupe serrée. Ma bouche devient sèche. J'ai tellement envie d'elle.

Arrête de penser avec ta queue !

Je détourne les yeux.

— Je ne sais pas comment réagiront tes parents, ou les miens, mais si… je ne sais pas.

Je pousse un brusque soupir.

— Je n'aurais jamais cru me retrouver marié aussi vite.

L'espace d'une seconde, j'envisage quelques ébats suivis d'un divorce rapide, mais je ne pourrais plus jamais être avec elle après ça, et cette idée me semble insupportable. Est-ce que je vais vraiment faire ça ? De la sueur me coule le long du dos, du torse et du front. *Un peu de cran !*

Je me tourne vers elle et prends une grande inspiration.

— Tu veux qu'on reste mariés ?

Elle m'adresse un petit sourire, s'avance vers moi et me prend les deux mains.

— Jack, je n'ai jamais vu quelqu'un saisi d'une aussi grande sueur froide que celle que tu viens d'avoir. Tout ça pour un mariage dont tu n'as jamais voulu.

— Eh bien, peut-être…

— Jack, continue-t-elle.

Elle prend une grande inspiration et hésite, les yeux rivés aux miens.

Je me prépare au pire. Elle s'apprête à me quitter. Je savais qu'une femme comme elle ne voudrait jamais se marier à quelqu'un comme moi. C'est sans espoir. Je ne peux pas changer qui je suis, et elle ne peut pas changer qui elle est. Nous sommes deux personnes très différentes.

— Vas-y, dis-le.

— Nous n'avons jamais été mariés.

9

Jack

Ma mâchoire se décroche presque à cette bombe.

— Quoi ? Et les bagues ? Et ton voile de mariée ?

Elle retire ses mains des miennes.

— On avait l'intention de le faire. On a acheté les bagues et le voile, on est allés à la chapelle, mais tu m'as fait ressortir avant qu'on ait prononcé les vœux. Tu as dit qu'il était temps pour notre lune de miel. J'étais enthousiaste à cette idée. Bref, notre mariage n'a jamais été officialisé.

— J'y crois pas, putain !

Elle lève les mains dans un geste apaisant.

— Jack, tu m'as confié tant de choses, ce soir-là, à propos de tes farces, que je me suis dit que ce serait drôle de t'en jouer une. Je n'aurais jamais cru que ça durerait aussi longtemps. Avant que j'aie pu t'avouer que c'était une blague, Sam était à ma porte, et puis tu lui as dit que c'était du sérieux entre nous, alors je me suis dit, OK, juste une semaine. On ira au mariage de Sam pour qu'il n'en sache jamais rien et soit heureux, et c'est tout. Rien de dramatique.

— Rien de dramatique ? répété-je, incrédule. Qui d'autre était au courant ?

Une sensation d'humiliation m'envahit et mon visage devient brûlant. Moi qui prenais les choses au sérieux pour la première fois de ma vie, alors que tout le monde se moquait de moi dans mon dos.

— Personne d'autre n'était au courant du mariage à part nous, je te le jure. C'était juste une petite blague que je t'ai faite, parce que je pensais qu'elle te plairait.

Devant mon silence de plomb, elle ajoute :

— Et si tu avais bu moins de tequila, tu te serais souvenu qu'on ne s'était jamais mariés.

Je plonge mes mains dans mes cheveux.

— C'est la pire farce que j'aie jamais vue !

Elle grimace.

— Je voulais juste être avec toi pendant quelque temps, parce que tu avais l'air si drôle. Mais Sam a toujours été contre. Pour moi, c'était le seul moyen de m'accorder un peu de temps avec toi, et puis il y a eu un effet boule de neige, comme tu l'as si bien dit tout à l'heure, explique-t-elle en se tordant les mains. Si tu y réfléchis rien qu'une minute, tu verras que c'était le meilleur dénouement possible. On n'a pas besoin d'annuler le mariage ou de divorcer. Et Jack, maintenant que j'ai appris à mieux te connaître, je t'apprécie encore plus. Et j'espère vraiment que tu trouveras cette blague aussi bonne que celles que tu fais aux autres.

Je la fusille du regard. Tout ça n'a *rien* d'une blague marrante.

— Tu m'as tapé dans le poing pour ma farce, la dernière fois. Tu te souviens ? Quand je t'ai volé ta serviette et tes vêtements ? Tu as dit que tu respectais ma blague. Alors peut-être…

— C'est complètement différent !

Elle rive ses yeux aux miens et retire ses hauts talons.

— J'espère vraiment que tu ne trouves pas ça drôle que quand ça arrive aux autres.

Elle tend la main dans son dos et défait sa jupe, avant de la laisser tomber au sol. Elle porte une culotte en dentelle noire. Pas de culotte de grand-mère. Celle-là est délicate, un simple petit triangle à l'avant et de fines lanières sur les côtés, qu'on pourrait arracher sans mal.

Mon sexe, ce traître, devient dur comme la pierre. Je prends conscience de trois choses en même temps : je suis encore en colère ; je respecte effectivement cette farce, même si elle ne me plaît pas ; et nous pouvons coucher ensemble. Cette dernière info est la seule dont je me soucie.

Je l'attrape et la jette sur mon épaule. Elle laisse échapper un couinement étouffé, puis se tait quand je caresse ses fesses douces. Ce soir, elle est à moi, et je ne me refrénerai pas. Elle n'est pas une fleur délicate. Elle vient de me le prouver sans l'ombre d'un doute. Elle est sournoise, calculatrice et prête à tout pour ce moment où elle pourra dire « je t'ai bien eu ». Tout ça pour le fun. Comme moi.

J'ai peut-être rencontré mon âme sœur.

Et je suis trop excité pour m'alarmer à l'idée de ce que ça pourrait vouloir dire.

~

Riley

Je ne crois pas avoir compris à quel point Jack était fort, jusqu'à ce moment où il m'a jetée sur son épaule comme si je ne pesais rien du tout. Le sol me semble très loin et le sang afflue dans ma tête. Sa grande main me caresse le derrière, ce qui me fait palpiter. J'ai perdu l'usage de la parole.

Il referme la porte derrière nous d'un coup de pied et me repose sur mes pieds. L'espace d'un instant, j'ai la tête qui tourne, puis ma vision s'éclaircit et je le vois : ses yeux bleus sont rivés aux miens et sa mâchoire est serrée. Est-ce du sexe de colère ? Je n'ai jamais connu que du sexe nor…

Tout l'air se vide de mes poumons quand il me plaque contre le mur et plaque sa bouche sur la mienne, avant d'enfoncer sa langue entre mes lèvres. *Ouiii.* Je savais qu'il pourrait être comme ça, s'il arrêtait enfin de se refréner. J'enroule les bras autour de son cou et lui rends son baiser avec passion.

Il s'écarte de mon corps juste assez pour placer ses mains entre nous et les faire courir partout sur moi pendant qu'on s'embrasse. Il me caresse la gorge, les épaules, les bras, puis remonte le long de mes côtes pour s'arrêter au niveau de mes seins. Il les prend en coupe à deux mains et fait passer ses pouces sur mes tétons durs. Je gémis dans sa bouche. Il resserre les mains sur mon chemisier et l'arrache. J'entends les boutons voler dans tous les sens, stupéfaite. Il se déplace et dépose des baisers le long de mon cou.

J'arrive à peine à reprendre mon souffle. Soudain, mon soutien-gorge a disparu et il se penche pour sucer mon sein alors que son autre main caresse le deuxième, faisant rouler mon téton et tirant dessus. Seigneur. Je laisse retomber la tête en arrière, noyée dans le plaisir. Chaque fois qu'il suce ou tire sur l'un de mes tétons, cela provoque comme une décharge en direction de mon sexe palpitant. Je n'ai jamais été aussi excitée.

— Jack, murmuré-je d'un ton d'urgence.

J'ai besoin de lui. Maintenant.

Sa bouche s'empare de la mienne alors qu'il glisse une main entre mes jambes. Cette fois, c'est à son tour de gémir dans ma bouche quand il sent à quel point j'ai envie de lui. Je caresse les muscles puissants de son dos, relève le bord de son T-shirt et glisse les mains au-dessous, ayant désespérément besoin de sentir ma peau contre la sienne. Il tire sur le côté de ma culotte à deux mains pour me l'arracher. Je sursaute de surprise. Il est littéralement en train de m'arracher mes vêtements.

Je soulève son T-shirt et il rompt le baiser le temps de le retirer, ses yeux ardents rivés aux miens alors qu'il déboutonne et baisse la braguette de son jean. Il le retire, en même temps que son caleçon. Je n'ai qu'un aperçu de lui, épais et dur, avant que sa bouche se plaque sur la mienne, me coupant le souffle. Je tends la main vers lui et caresse son érection massive. Il grogne et enroule son poing dans mes cheveux avant de tirer dessus, exposant ma gorge. Sa bouche laisse une traînée brûlante le long de ma gorge et ses dents frottent contre moi, provoquant des frissons torrides.

Soudain, il m'attrape par les hanches et me soulève contre le mur pour que nous soyons alignés. J'enroule les bras autour de lui alors qu'il s'enfonce lentement. Je rejette la tête en arrière et ferme les yeux. Ses doigts me caressent la gorge.

C'est si bon, si brûlant, si juste. J'ouvre les yeux d'un coup. On a oublié le préservatif.

— Jack !

— Je m'en occupe.

Il me soulève de lui, me fait me retourner, me plie en deux et aplatit mes paumes contre le mur. Puis il me fait écarter les jambes.

— Ce n'est pas ce que je voulais dire…

Je m'interromps quand ses doigts plongent entre mes jambes et retracent mes contours, dessinent des cercles. Mes genoux chancellent.

— Jack, s'il te plaît, murmuré-je d'un ton presque suppliant. J'ai besoin de toi.

— Tu es si sexy, putain, grogne-t-il. Ne bouge pas.

J'entends le froissement d'un préservatif, puis il s'enfonce profondément tout en recouvrant mes mains des siennes pour me clouer sur place. Sa bouche se referme sur le côté de mon cou et aspire fort. Quelque chose lâche en moi et mes membres se font lourds alors même que tout mon corps se ramollit.

Il tire sur mon lobe d'oreille avec ses dents.

— Je vais te baiser si fort, dit-il d'une voix rauque.

— P… prends-moi.

Il s'enfonce brutalement, encore et encore, en un rythme puissant. Je me courbe en arrière contre lui pour le prendre aussi profond que je peux. Je n'ai jamais été prise comme ça jusqu'alors. C'est brutal, primitif, animal. Chaque coup de reins m'apporte plus de plaisir et mes entrailles se crispent de plus en plus. Oh Seigneur.

Il me lâche les mains et l'une de ses mains vient se

refermer sur mon sein. Il me pince le téton alors que son autre main se glisse entre mes jambes. L'intensité grimpe en flèche quand il s'enfonce en moi tout en me caressant rapidement des doigts. Un plaisir chauffé à blanc me submerge, encore et encore, de plus en plus haut. J'ouvre la bouche, mais aucun son n'en sort. Puis j'explose, mon corps tressaillant sous lui et l'orgasme me noyant dans un raz-de-marée de plaisir. Tout mon corps se ramollit et mes membres faiblissent. Mais il me tient, ses grandes mains agrippant mes hanches et me repoussant vers lui alors qu'il me pilonne rapidement. Je suis haletante alors qu'il prend encore et toujours et que le plaisir recommence à grandir. Il presse sa bouche contre mon cou tout en s'enfonçant une dernière fois avant de lâcher prise, son grognement vibrant contre ma peau.

Quelques secondes plus tard, il m'embrasse délicatement dans le cou et se retire.

Je me tourne face à lui, tremblante et ne sachant trop ce qui va se passer maintenant.

Il étire un peu les lèvres et remarque :

— J'ai enfin oublié que tu étais la petite sœur de Sam.

— Et qui je suis, maintenant ?

Il m'adresse un sourire triste et referme la main sur ma mâchoire.

— Tu es juste toi.

Puis il se retourne et se dirige vers la salle de bain.

Je m'affaisse contre le mur. N'est-ce qu'un coup d'un soir ? Je sais qu'il ne s'attarde jamais, raison pour laquelle j'ai pris autant soin de ne pas trop me rapprocher de lui. Mais c'est trop tard, maintenant. Si c'est une aventure d'un soir, je devrais peut-être partir. Ce n'en sera que plus difficile de partir demain matin. Je vais lui poser la question. Si ça lui fait peur, qu'il en soit ainsi. Mieux vaut que ça arrive maintenant, avant que je m'implique plus encore.

Dès qu'il revient, je demande :

— Alors, quel nom tu donnerais à ce qu'il y a entre nous, maintenant qu'on a couché ensemble et qu'on n'est pas mariés ?

Est-ce qu'il y a quelque chose entre nous ?

Il s'arrête devant moi et tend la main pour écarter mes cheveux de devant mon visage.

— Tu es *avec* moi.

— On est amants, alors ? demandé-je en conservant un ton léger. Petits amis ? Ou c'était un bon moment qui ne se répétera pas ?

Il cligne plusieurs fois des yeux et demande :

— Est-ce que, euh, tu as *envie* d'être ma petite amie ?

J'arbore un large sourire, à la fois surprise et heureuse.

— Oui. Je suis ta première petite amie ?

Il me soulève pour me porter jusqu'à son lit.

— Ça dépend. Est-ce que je dois compter les six longues semaines durant lesquelles je suis sorti avec Lisa Bexler avant le bal de promo, dans l'espoir de coucher avec elle ?

— Non.

Il me dépose au centre du lit avec délicatesse et me recouvre de son corps, avant de me donner un long baiser profond.

— Alors tu es ma première. Ça veut dire que tu ne pourras pas aller voir d'autres types. Tu es avec moi.

— Et tu ne peux pas aller voir d'autres femmes.

— Ça va sans dire.

— Je veux te l'entendre dire.

Il m'embrasse tendrement.

— Je te serai fidèle, Ry. Passe la nuit avec moi.

Je souris.

— D'accord. Je suis si honorée d'être ta première petite amie. Tout ce qu'il a fallu, c'était un faux mariage.

Il me donne une tape sur le nez et s'écarte de moi pour s'asseoir dans le lit, avec les oreillers relevés derrière lui.

— Je compte bien me venger pour cette farce. Tu t'es surpassée avec ça.

Je viens m'asseoir à côté de lui et il passe un bras autour de mes épaules, faisant courir ses doigts sur mon épaule.

— Ça en valait la peine, dis-je d'un ton enjoué.

Il tourne la tête pour me regarder dans les yeux.

— Attends. Est-ce que tu viens de me piéger en disant qu'on n'était pas mariés pour que je t'emmène enfin dans mon lit ? Est-ce qu'on est mariés, finalement ?

J'éclate de rire.

— Tu vois ? Quand on est un farceur, les gens ne savent pas quand ils doivent nous prendre au sérieux.

— Ry, je suis très sérieux, là.

Je fais courir ma main dans les cheveux sur sa nuque.

— Je ne suis pas aussi retors, je te le jure. Nous n'avons jamais été mariés. Il y a eu un effet boule de neige, c'est une certitude, mais j'en suis heureuse, parce que j'ai eu l'occasion d'apprendre à te connaître.

Il m'embrasse et se réinstalle contre les oreilles.

— Maintenant que je te connais mieux, je me demande si tu as fait une liste des pour et des contre à mon sujet avant notre non-mariage à Las Vegas.

— Non. Pour la première fois, je ne l'ai pas fait.

Il sourit contre mes lèvres.

— Voyons voir quelles autres premières fois je peux tirer de toi.

Mon cœur accélère dans ma poitrine.

— Ça te plaît, les trucs un peu pervers ?

— Malheureusement, répond-il avec un tendre baiser, la seule chose qui me plaît, c'est toi.

Mon cœur me semble à deux doigts d'exploser. Je le chevauche, prends sa tête entre mes mains et parsème son visage sublime de baisers.

Il sourit, ses yeux bleus pétillants d'amusement, et pose les mains sur mes hanches.

— J'ai l'impression que cette réponse t'a plu.

— Est-ce que tu sais depuis combien de temps je bave sur toi ?

— Combien ?

— Trop longtemps. À tel point que c'en est à la fois ridicule et embarrassant. Depuis qu'on s'est rencontrés.

Il fait remonter ses mains le long de mes côtes, puis les faire redescendre.

— On a beaucoup de temps à rattraper. Alors la question est : est-ce que tu me fais confiance ?

J'hésite. Il m'a dit qu'il se vengerait pour ma farce du mariage *et* celle à l'hôtel, et je ne sais pas quand ça arrivera. Mon imagination s'emballe. Et s'il m'attachait à la tête de lit, toute nue, et me laissait là ? Et s'il me bandait les yeux, me plaçait dans une position bizarre et prenait une photo en secret ?

Est-ce que j'ai une imagination tordue ?

Il défait la fermeture de mon collier de perles, me le retire et le pose sur ma table de chevet.

— Tu veux faire une liste des pour et des contre pour ça ?

— Tu t'apprêtes à prendre ta revanche pour le prétendu mariage et l'incident de la serviette à froufrous couleur lavande ?

— Pire, répond-il en me retournant sur le dos et en me souriant. Je m'apprête à te faire supplier.

Il dépose des baisers le long de ma mâchoire et de mon cou.

— Oh, oui. Fais-moi supplier.

Il étire les lèvres contre mon cou et je ferme les yeux avec un léger soupir.

Jack

Il est tard. Je suis fatigué après la deuxième manche, mais Riley est blottie contre mon flanc et me parle dans le noir. Je suis fasciné. Elle vient de me confesser son fantasme de jeune fille, celui d'un prince sur son cheval blanc, et elle assure n'en avoir jamais parlé à personne jusqu'à maintenant. Sa mère était dure avec elle quand elle était jeune, elle tenait à ce qu'elle excelle à l'école et à ce qu'elle prenne les choses au sérieux. C'est presque comme si Riley avait commencé à gravir les échelons de la vie professionnelle avant même de savoir ce que c'était. Le fait qu'elle me confie tout ça fait se déployer une sensation de chaleur dans ma poitrine, et c'est sûrement en partie parce qu'elle sait que je suis un prince. À moitié roturier, mais tout de même. Je crois qu'elle a envie que je prenne part à son fantasme romantique. Je n'y connais pas grand-chose en romance, mais je commence à la comprendre, et c'est déjà beaucoup.

Je me suis remis de ma stupéfaction après avoir appris que je n'étais pas vraiment marié. Toute colère m'a quittée dès que je l'ai soulevée et que j'ai caressé ses fesses, dans cette culotte noire en dentelles qu'elle a achetée exprès pour moi. En parlant de ça, elle va devoir repartir sans sous-vêtements, demain, et avec l'un de mes T-shirts. J'ai été un peu agressif avec ses vêtements.

— Je remplacerai ton chemisier et ta culotte sexy que j'ai arrachés, lui dis-je.

— Tu devais vraiment beaucoup aimer cette culotte. Tu étais si déchaîné quand tu me l'as arrachée de mon corps.

Je l'embrasse dans les cheveux et réponds :

— Traite-moi de fou, mais j'aimais aussi ta culotte normale et sage. Elle te ressemblait tellement. Ne te méprends pas, la dentelle noire est superbe. Mais il y a quelque chose de très aguicheur dans le fait de t'ôter tous tes attributs raisonnables pour te regarder lâcher prise. Je savais que tu serais comme ça, après t'avoir embrassée pour la première fois pour de vrai. J'ai senti toute la passion en toi.

Elle soupire et me caresse paresseusement le torse.

— Tu veux savoir la triste réalité ? Ce baiser était la première fois où j'ai ressenti de la passion.

Je resserre les bras autour d'elle de manière possessive. Ça veut dire beaucoup. Il n'y a qu'avec moi qu'elle s'est sentie assez à l'aise pour se lâcher, à moins que cela ne soit dû à notre incroyable alchimie. Quoi qu'il en soit, c'est un immense compliment. Est-il possible que l'alchimie et un même sens de l'humour suffisent à annuler toutes nos différences ? Je ne suis pas sûr de réussir un jour à me sentir à l'aise devant ses parents, mais nous deux, c'est vraiment possible. Il y a quelque chose entre nous, quelque chose de spécial et de différent.

— J'aime bien mes nouvelles culottes osées, continue-t-elle. Elles me font me sentir aventureuse. Je voulais peut-être me sentir un peu différente que la moi raisonnable habituelle.

Une voix dans ma tête me murmure que je ne suis peut-être qu'une expérience, pour elle, pour se sentir un peu aventureuse. Elle apprendra à se lâcher et à ressentir la passion dont elle a toujours été capable, puis elle me rejettera pour le genre de type qui l'attire d'habitude. Comme Charlie, avec ses costumes coûteux, ses diplômes importants et son gros salaire. Je ne lui poserai pas la question. En grande partie parce que je n'ai pas envie de m'entendre dire que c'est vrai.

Une sirène d'alarme se déclenche dans ma tête. Je ne devrais pas trop me rapprocher. Je n'en souffrirai que plus quand elle partira.

Je suis déjà trop près. Depuis quand est-ce que j'invite une femme à rester pour la nuit ? Je crois qu'on peut appeler ce moment une séance de câlins. Je ne fais jamais ça non plus.

Je retire ma main de ses épaules d'un geste désinvolte et roule sur le côté pour tendre la main vers la télécommande sur la table de chevet. Je me félicite mentalement pour ce geste subtil, qui me permet de mettre un peu de distance entre nous sans éveiller ses soupçons.

J'allume la télé et zappe jusqu'à la chaîne sportive, avant de reposer la télécommande sur la table de chevet.

— Je veux juste regarder les temps forts du match. Tu es une fan des Yankees ?

Je suppose que oui, vu que Sam est un fan irréductible.

— En fait, je préfère les Mets.

Je la regarde à deux fois.

— Je vais devoir te virer de mon lit, maintenant.

Je l'attrape par la taille et la soulève par-dessus moi, avant de la laisser retomber par terre à côté du lit.

— Je plaisantais ! s'exclame-t-elle d'une voix indignée, les cheveux tout ébouriffés. Les Yankees passaient tout le temps à la télé quand j'étais petite.

— Ne jamais plaisanter à propos des Yankees, l'avertis-je en la pointant du doigt.

Elle sourit et rampe au-dessus de moi.

— Je croyais que tu aimais les gens qui ont le sens de l'humour.

Je lui pince le menton et la regarde avec sévérité.

— Certaines choses sont sacrées.

— Je peux me faire pardonner ? demande-t-elle en déposant un baiser sur mon torse, puis plus bas. Est-ce que je peux faire quoi que ce soit ?

— On verra, parvins-je à répondre alors que sa langue court sur mes abdos. Si tu essaies vraiment...

Je prends une brusque inspiration quand sa bouche se referme sur mon sexe.

Elle est parfaite.

Je compte bien passer tout le week-end ici avec elle.

Oui, oui, oui.

10

Jack

Je me suis peut-être un peu trop rapproché de Riley, jusqu'à m'engager au-delà du territoire des petits amis. Sans que je m'explique comment, ma première relation est passée de toute fraîche à quasiment emménager ensemble. Je regarde par la fenêtre de mon appartement et me demande s'il est trop tard pour tout annuler. Elle est en chemin pour passer un séjour prolongé chez moi, vu qu'elle ne travaille pas le quatre juillet et le restant de la semaine. Le truc, c'est que nos ébats sont fantastiques, ce qui m'a fait me dire que ce serait encore mieux d'en avoir plus, raison pour laquelle nous avons passé le dernier week-end ensemble. Ce n'était pas grand-chose. Juste le week-end. Nous sommes tous deux retournés travailler le lundi. Nous avons eu le temps de souffler. Mais cette nuit, elle m'a manquée, dans mon lit. Je n'arrêtais pas de me rejouer notre week-end ensemble dans ma tête. Nous avons passé la majeure partie de notre temps ici, et sommes allés en ville le dimanche.

Mais j'ai tenu bon.

Bon, d'accord, je lui ai envoyé un message lundi soir pour savoir comment s'était passée sa journée, comme on le fait quand on apprend à connaître quelqu'un. On a fini par s'échanger des messages un bon moment, et j'ai vraiment regretté qu'elle ne soit pas avec moi. C'est alors que j'ai réalisé qu'on était tous les deux en congé le quatre juillet, c'est pourquoi je l'ai invitée à le passer avec moi, ici, à Brooklyn. C'est à ce moment-là qu'elle m'a demandé si j'étais en congé tout le reste de la semaine, comme elle. Ce n'est pas le cas, mais qu'est-ce que j'ai fait ? Je l'ai impulsivement invitée à faire sa valise et à passer ce long week-end avec moi, du mercredi au dimanche. À bien y réfléchir, ce sera super de la trouver dans mon lit à mon retour à la maison.

Je me frotte la tempe. Je suis allé trop loin. Cinq jours d'affilée ensemble ? Et le dimanche, elle m'a proposé de venir chez ses parents dans le New Jersey, pour la fête de bienvenue de Sam et Alison. C'est presque comme si on vivait ensemble, et tout le monde sait que c'est la dernière étape avant de se marier pour de vrai. Je suis en train de me dégonfler. Je n'arrive pas à croire que ça ait pu aller aussi loin aussi vite, alors que je n'ai jamais été dans une relation de toute ma vie.

Pire encore, je dois passer au barbecue en famille de mes parents, aujourd'hui. C'est l'une de ces fêtes américaines que mon père a adoptées quand il est devenu un citoyen américain, et ça compte beaucoup à ses yeux. Je ne peux pas manquer ça. Le problème, c'est que je n'ai jamais amené de femme à la maison. Je suis sûr que mes parents vont en faire toute une histoire et s'imaginer des trucs. Je ne l'amène que parce qu'elle passe un séjour chez moi et que je *dois* y aller. Ce n'est pas comme si je tenais spécifiquement à la leur présenter. Oh bon sang, mes frères vont tellement m'emmerder avec ça. Je le mérite. Ça fait des années que je fais la même chose avec eux.

Je me creuse la tête pour trouver une solution. Je pourrais peut-être faire un passage rapide chez mes parents avant son arrivée, après quoi Riley et moi pourrons passer le restant de la journée ensemble, sans que la famille Rourke soit impliquée d'une quelconque manière. Il est midi et mes parents doivent avoir allumé le barbecue. Je dirai à Riley de passer vers seize heures. Elle m'a dit qu'elle devait faire la lessive avant de partir, de toute façon.

Je sors mon téléphone pour lui envoyer un message quand l'interphone bourdonne. Je me fige, un peu coupable, comme si je venais d'être surpris la main dans le sac.

On sonne à nouveau et je m'avance, le cœur battant. Elle est là. OK, on va vraiment faire ça. Mes épaules se raidissent rien qu'en pensant au supplice que va me faire subir ma famille à sa présence. Tout ça parce que j'ai cédé au désir que je refrène depuis Las Vegas. Sûrement même depuis plus longtemps que ça. Je pense que la tentation n'a fait qu'empirer quand Sam m'a demandé de rester loin d'elle. Elle a grimpé jusqu'à un niveau insensé. Aucun homme n'aurait été capable de résister à ça bien longtemps. Et maintenant, me voilà quasiment prêt à vivre avec elle et à la présenter à ma famille. Comme une vraie relation sérieuse. Tout mon corps se glace, puis devient brûlant. J'ai peut-être attrapé quelque chose. Ce serait bien pratique si je pouvais avoir de la fièvre, là, tout de suite. Je presse une main sur mon front. Ma température est normale.

Je pousse un soupir. Je ne peux pas la laisser attendre sur le trottoir éternellement.

— Monte, dis-je en appuyant sur le bouton de l'interphone.

— Tu ne veux pas d'abord savoir qui c'est ? répond-elle d'une voix taquine.

J'étire les lèvres et une partie de la tension que je ressentais disparaît au son de sa voix. Elle a l'air prête à s'amuser.

— Monte, petite idiote, dis-je en appuyant sur le bouton pour ouvrir la porte.

Quelques instants plus tard, on frappe à ma porte. Je l'ouvre et la fais entrer. Ses cheveux brun foncé sont noués en une queue de cheval basse et elle porte une robe blanche à motifs floraux avec un col en V modeste et des manches longues, qui lui descend jusqu'aux genoux. Une ceinture rouge est sanglée autour de sa taille, soulignant sa taille fine et ses hanches rebondies. Elle a des ballerines blanches aux pieds. Je sais exactement à quoi elle ressemble sous cette robe modeste, et le fait que son corps sexy soit dissimulé réveille une vague de désir en moi, si brutale qu'elle me donne le tournis.

— Ry, dis-je d'une voix rauque.

Puis je l'attire à l'intérieur, claque la porte et la cloue contre elle. Je l'embrasse profondément. Seigneur, ce que ça m'avait manqué. Elle a le goût de menthe et de femme sexy. Je tends la main vers le bord de sa robe, la remonte sur sa cuisse nue et cherche le gros lot. Ma main entre en contact avec une généreuse épaisseur de coton. *Oui ! La culotte de la Riley bien sage.*

— Tu l'as mise, dis-je en rompant le baiser.

— Oui, répond-elle d'une voix essoufflée. C'était un sacré baiser de bienvenue, mais ma valise est restée dans le couloir. Tu peux aller la chercher ?

— Plus tard, marmonné-je, avant de me laisser tomber à genoux devant elle.

Je relève sa robe, froissant le tissu dans mon poing tout en l'embrassant à travers sa culotte humide. Je l'entends prendre une brusque inspiration et l'embrasse une fois de plus, la sentant mouiller plus encore. Oh Seigneur. Je fais glisser sa culotte le long de ses jambes et la retire, puis je lui tends le bord de sa robe.

— Tiens-moi ça.

Puis je l'attrape par les hanches et la goûte. Elle est si délicieuse que cela me donne envie de plus. Quelques instants plus tard, ses genoux chancellent, alors je l'étreins plus fort et presse son dos contre la porte.

Elle scande mon nom et je continue, glissant un doigt en elle, puis un autre. Sa voix faiblit. Une fois près de basculer, elle se tait et son corps se crispe autour de mes doigts alors que sa respiration se fait saccadée. Je la suce délicatement et elle pousse un cri et jouit en ruant des hanches. Je lève les yeux sur elle alors qu'elle est en pleine extase, tête rejetée en arrière, yeux fermés et lèvres entrouvertes. *Magnifique.* Je la laisse profiter de son orgasme jusqu'à ce que tout son corps s'affaisse.

Je me lève alors et récupère le préservatif dans ma poche. Je me suis préparé, cette fois, et je ne peux attendre une seconde de plus. Je sors mon membre, enfile la capote et la soulève contre le mur. Elle rouvre vivement ses yeux sombres à ce mouvement soudain. Elle porte encore cette robe incroyable qui me rend fou.

— Accroche-toi à moi, ordonné-je.

Elle s'empresse d'enrouler les bras autour de mon cou. J'écarte sa robe du passage et m'enfonce dans sa chaleur étroite. Un plaisir des plus exquis me submerge. Je reste immobile et ferme les yeux, m'efforçant de ralentir le rythme.

Elle croise les chevilles autour de ma taille et je refrène l'envie de la pilonner. Je veux être plus délicat avec elle. Elle est spéciale.

Je presse mes lèvres contre son cou et mes dents frottent sur sa peau. Elle frissonne.

— Dis-moi ce que tu veux.

Elle soulève les hanches pour me prendre plus profondément.

— Je veux que tu me baises fort.

Je perds tout contrôle et fais ce qu'elle me demande, m'enfonçant brutalement dans un désir de m'unir à elle autant que je le peux. Ses gémissements rauques m'encouragent à continuer et ses ongles s'enfoncent dans mes épaules. Il n'y a plus que ce besoin intense et primal, qui ne fait que grandir de plus en plus. J'enfonce les dents dans son cou alors qu'un orgasme me transperce en rugissant, puis je m'effondre contre elle. Nous restons ainsi un petit moment, collés l'un à l'autre, pendant que je reprends mon souffle.

Elle caresse les cheveux sur ma nuque et remarque :

— Je crois qu'on va être en retard pour le barbecue.

Je souris contre son cou, si détendu que penser à cela ne me rend même pas anxieux.

— Tu étais trop tentante, dans cette robe.

Elle éclate de rire.

— Je ne crois pas avoir jamais vu un homme aussi excité par ma garde-robe. Et dire que j'ai acheté toute cette lingerie pour rien. Tout ce que j'avais à faire, c'était enfiler ma culotte et ma robe habituelles.

— Qu'est-ce que tu as acheté ? m'enquis-je en levant la tête.

Elle m'embrasse et passe les doigts dans mes cheveux avec un sourire.

— Ils sont dans la valise que tu as laissée dans le couloir, dans ton empressement de m'avoir.

Je souris.

— Tu joues avec le feu, en te baladant ici vêtue de manière aussi modeste et raisonnable. Tu sais que je vais devoir te décoiffer et te faire te détendre un peu.

— Je suis déjà si détendue que je pourrais faire une sieste.

— Excellente idée.

Je la porte jusqu'à ma chambre, encore enveloppée autour de moi.

— Et ma valise ? proteste-t-elle.

Je la soulève et la repose sur ses pieds.

— Je vais la chercher.

Je reboutonne mon jean et remonte ma braguette, laissant mon T-shirt pendre en dehors de mon pantalon. J'ouvre la porte, récupère la valise à roulettes et la pose dans l'appartement.

Je me retourne juste à temps pour la voir remettre sa culotte.

— Tu essaies de m'aguicher à nouveau ? demandé-je d'une voix traînante.

Ses joues deviennent écarlates.

— On ne peut pas être en retard. Qu'est-ce qu'ils penseront si on fait ça ?

— Ils penseront qu'on est en train de coucher ensemble.

— Jack !

Je hausse les sourcils.

— Et ce devait être ce que tu voulais, quand tu as amené cette culotte sage chez moi.

Je bondis vers elle et elle émet un couinement, avant de s'enfuir dans la seule direction possible : celle de la chambre.

Je la pourchasse et l'attrape par-derrière. Elle pousse un cri.

J'enroule les bras autour de sa taille et, poussé par un élan d'affection, lui confie à l'oreille :

— Tu m'as manquée.

Elle se détend contre moi et soupire.

— Toi aussi ; tu es sûr que ça te convient de m'héberger pour ce long week-end ? Je ne suis pas obligée de rester tout le temps.

— Je suis sûr, lui assuré-je en resserrant les bras autour d'elle.

— Alors allons au barbecue, restons juste assez longtemps pour être polis et revenons ici pour nous amuser encore un peu. Je n'arrive pas à croire que tu ne m'as même pas laissé le temps de retirer ma robe avant de me sauter dessus. Je suis sûre qu'elle est toute froissée, maintenant.

Je la tourne face à moi et inspecte la robe. Elle est faite d'un tissu qui n'a pas l'air de froisser. Mais je ne peux m'empêcher de la taquiner.

— Tu as raison. Laisse-moi arranger ça, proposé-je en passant les mains sur sa poitrine généreuse.

— Jack ! s'exclame-t-elle en m'attrapant les poignets.

Je continue quand même de lisser sa robe, donnant de petits coups sur ses tétons.

— Jack, répète-t-elle, dans un gémissement, cette fois.

— Encore quelques plis à lisser et ce sera bon, lui assuré-je d'un ton sérieux tout en lissant le bas de sa robe entre ses jambes.

— Encore, murmure-t-elle.

Cette femme est insatiable. Dieu merci.

~

Riley

. . .

Je commence à croire que c'est vraiment du sérieux entre moi et Jack. Il m'a invitée pour ce week-end prolongé et je suis en chemin vers la maison de ses parents pour le barbecue du quatre juillet de la famille Rourke. C'est une magnifique journée d'été ensoleillée. Nous sommes un peu en retard parce qu'à mon arrivée dans l'appartement de Jack, il n'a eu qu'à jeter un regard à ma robe blanche à motifs floraux avant de me prendre contre le mur. Il n'a même pas pu attendre qu'on arrive dans la chambre ! Je n'ai jamais eu un tel effet sur un homme. C'est très stimulant pour mon ego, et c'est si drôle. Je me sens heureuse et pétillante, comme je ne l'ai plus été depuis que j'ai passé la dernière partie de mon examen de comptable. Argh, je suis vraiment une intello. Ces moments sexy et marrants avec Jack sont mille fois mieux que ça !

Nous arrivons sur le trottoir devant la maison mitoyenne en briques dans laquelle il a grandi, mais au lieu d'entrer, il reste planté là et prend plusieurs profondes inspirations. Il a l'air un peu pâle.

— Tu vas bien ? demandé-je.

Il est peut-être fatigué après m'avoir soulevée tout en s'enfonçant en moi encore et encore. Puis il m'a soulevée à nouveau sous la douche, que j'avais exigé que nous prenions vu qu'on sentait le sexe. Il est à la fois très accommodant et très exigeant. Je rougis. *Arrête de revisiter tes souvenirs coquins !* Je n'ai jamais autant apprécié le sexe. Il est incroyable. Du genre à *délivrer de multiples orgasmes et à vous laisser à bout de souffle*. Je ne peux pas lui reprocher ses expériences passées avec d'autres femmes, si cela a fait de lui un amant aussi excellent.

Il lève les yeux au ciel, l'air tendu. Bizarre. Il était si chaleureux et enjoué, tout à l'heure.

— Jack ?

— Oui ? demande-t-il en se frottant la nuque. Je suppose que j'aurais dû mentionner que tu es la première femme que j'amène à la maison. Ils risquent d'en faire toute une histoire.

Oooh ! J'enroule les bras autour de son cou et l'embrasse.

— Contente-toi de leur dire que je suis une strip-teaseuse que tu as ramassée à Las Vegas.

Il m'étreint et son rire vibre dans ma poitrine.

— Tu me tues, Ry. Comme si qui que ce soit pourrait te prendre pour une strip-teaseuse.

— C'est à cause de ma robe style *La petite maison dans la prairie* ?

Je plaisante, bien sûr. Elle n'est pas démodée à ce point.

Il se penche en arrière et attrape la ceinture rouge qui entoure ma taille.

— Ce n'est pas une robe de *La petite maison dans la prairie*. C'est du Riley tout craché, répond-il, ses yeux bleus rivés aux miens. OK, allons-y.

Il me guide en haut du porche, une main posée au creux de mon dos. La porte n'est pas verrouillée et nous entrons. La maison semble vide. Il me fait traverser la cuisine, puis le salon et nous sortons par la porte de derrière. Je suis la première à pénétrer dans la petite cour clôturée où tout le monde est rassemblé, Jack juste derrière moi.

Toutes les conversations s'arrêtent. Tous les yeux se posent sur nous. Le seul son est la voix de Neil Diamond qui chante « America » à faible volume.

Je regarde nerveusement autour de moi et repère plusieurs types qui doivent être ses frères. La ressemblance est frappante. Plusieurs couples plus âgés et deux femmes font partie du groupe.

— Salut, tout le monde, lancé-je avec un petit geste de la main.

— Désolé d'être en retard, dit Jack d'une voix tendue.

Tout le monde continue de nous dévisager sans un mot.

— Tu ne leur as pas dit que tu allais m'amener ? lui demandé-je à voix basse.

— Non, répond-il dans un murmure. Je n'avais pas envie qu'ils en fassent tout un plat.

— J'ai l'impression que c'en est un quand même, chuchoté-je. Arrange ça !

— Je vous présente Riley, dit-il avec un geste vers moi.

Une brune d'une cinquantaine d'années s'empresse de se lever et de s'avancer vers nous, un grand sourire aux lèvres. Un homme de haute taille et à la posture régalienne la suit. Son père a été élevé pour devenir roi. Ce doit être les parents de Jack.

De près, sa mère a les mêmes yeux plus bleus que bleus que son fils.

— Bonjour, Riley, c'est un plaisir de te rencontrer. Je suis Tara, la mère de Jack.

— Ravie de vous rencontrer aussi.

Elle se tourne vers Jack et fronce les sourcils.

— Tu ne m'avais pas dit que tu amenais quelqu'un.

Jack hausse une épaule et rougit. Oh mon Dieu. Il rougit !

Son père me tend la main.

— Ravi de te rencontrer, Riley. Je suis le père de Jack.

Il parle dans un anglais très propre, sans aucune trace de l'accent de Brooklyn que possède sa femme. Son père a des mèches grises dans ses cheveux brun foncé, il est rasé de près et ses yeux sont d'une étonnante couleur aigue-marine. Jack lui ressemble, avec ses épais cheveux brun foncé, ses pommettes hautes et sa mâchoire carrée.

— Contente de vous rencontrer, dis-je en serrant la main de son père. Merci de m'accueillir chez vous.

Ils tournent tous deux la tête vers Jack et l'étudient du regard. Il tire sur le col de son T-shirt blanc.

— Donc… commence sa mère, avant de s'interrompre.

Elle tourne la tête vers son mari.

— Comment vous êtes-vous rencontrés ? demande ce dernier.

— À Las Vegas, dis-je avec un grand sourire à la place de Jack.

J'ai juste envie qu'il se détende. Ses parents échangent un regard qui semble contenir à la fois de la résignation et un « je le savais ».

Jack aboie un rire, l'air de redevenir enfin lui-même.

— On s'y est croisés, mais je la connaissais avant ça. C'est la sœur de Sam Walsh.

— Oh, Sam ! s'exclame sa mère avec un soulagement évident. C'est un gentil jeune homme.

Elle sourit, une étincelle dans ses yeux bleus.

— Tu es la première femme que Jack ramène à la maison. Je suis si contente que tu sois la sœur de Sam.

Son père hoche la tête.

— Je dois avouer qu'on a toujours pensé que la première femme qu'il ramènerait à la maison serait une étrangère épousée après un week-end débridé à Las Vegas. Alors quand tu as dit que vous vous étiez rencontrés là-bas, ma femme et moi on a pensé, « ça y est ».

Je ris, parce que c'est presque ce qui s'est passé. C'est assez ironique, que ses parents se soient attendus à ça alors que Jack s'est donné tant de mal pour éviter qu'ils apprennent qu'on s'était mariés. Quand il croyait que c'était le cas, en tout cas.

— Je ne prends pas le mariage à la légère, réplique Jack d'un ton renfrogné.

— Tant mieux, répond son père. Le mariage est un sujet sérieux.

Il tourne la tête vers sa femme, qui lui renvoie un regard chaleureux. Pour eux, c'était très sérieux. Son père a fait une croix sur tout un royaume pour l'épouser. L'amour qui les unit est palpable. Mes parents sont loin d'être aussi affectueux l'un envers l'autre, mais ils sont comme ça.

— Venez, lance sa mère. Laissez-moi vous servir quelque chose à manger, et ensuite je te présenterai à tout le monde.

Je la suis vers une longue table couverte d'assiettes de hamburgers et de hot-dogs, ainsi qu'un assortiment de salades froides. Des cookies aux pépites de chocolat, de la tarte aux pommes et des cupcakes surmontés de petits drapeaux américains attirent mon regard au bout de la table. Jack attrape un cookie et mord dedans.

— Qu'est-ce qui te ferait plaisir ? Demande sa mère en prenant une assiette en plastique pour moi.

— Je peux m'en occuper, assuré-je.

— Ce n'est pas un problème, répond-elle. Hamburger, hot-dog ou les deux ?

— Hamburger, s'il vous plaît.

Jack en prend un de chaque.

Une autre femme d'une cinquantaine d'années apparaît à côté de madame Rourke. Sa sœur, peut-être ? La femme a les cheveux de la même couleur et qui lui tombent jusqu'aux épaules, mais avec une frange en plus. Ses yeux brun foncé pétillent derrière des lunettes rondes à monture marron.

— Présente-moi, dit-elle à madame Rourke.

Cette dernière esquisse un sourire pincé.

— Voici ma voisine de longue date…

— Nous sommes de la même famille, maintenant, intervient fièrement la femme. Son fils aîné, Dylan, a épousé ma dernière fille, Ariana, qui est enceinte, d'ailleurs.

Elle pointe du doigt vers sa fille, de l'autre côté de la cour.

Ariana lève une main pour me saluer. Je souris et la salue en retour.

— Oui, acquiesce madame Rourke. Voici Donna, ma voisine, amie et membre de ma belle famille.

— Amie, vraiment ? demande Donna d'un ton plein d'espoir.

Madame Rourke rougit et met une cuillère de salade de pommes de terre dans mon assiette sans me demander si j'en veux.

— Oui, bien sûr, Donna.

Cette dernière me tend la main.

— Je suis madame Bianchi. Ravie de te rencontrer.

Elle m'adresse un sourire encourageant, l'air d'attendre que je me présente.

— Je suis Riley, la petite amie de Jack.

Il m'a appelée comme ça lui-même, après tout.

Jack remue, l'air mal à l'aise, alors que les deux femmes échangent un sourire.

— Quelle bonne nouvelle, dit madame Bianchi. Qu'est-ce que tu fais dans la vie, Riley ? Comme emploi, je veux dire.

— Je suis comptable d'entreprise.

Madame Rourke et madame Bianchi échangent un regard surpris avant de se tourner à nouveau vers moi.

— Une femme qui travaille dans un bureau, dit madame Bianchi d'un ton approbateur.

— Elle est comptable et a un diplôme de master, intervient Jack. Elle est brillante.

Je souris et baisse la tête alors que mes joues rougissent. Jack m'embrasse sur la joue.

Madame Rourke pose une main sur son cœur et sourit à Jack, puis à moi.

Madame Bianchi étreint le bras de madame Rourke, puis reporte son attention sur Jack.

— Tu t'es bien débrouillé, Jack. Franchement, on se demandait comment tu allais finir. Je n'ai pas arrêté de répéter à ta mère que tu finirais par reprendre tes esprits un jour, et par réaliser que tu n'as besoin que d'une femme bien à tes côtés.

— Je suis content que vous approuviez, madame Bianchi, répond Jack d'un air sérieux. Je me sens rassuré, maintenant.

— Tes fils sont si gentils, dit madame Bianchi à madame Rourke.

Cette dernière esquisse un sourire serein, ajoute un cookie aux pépites de chocolat à mon assiette et me la tend.

— C'est comme ça que je les aime. Tu n'es pas d'accord, Riley ?

Je tourne les yeux vers Jack. Il est concentré sur les nombreux plats proposés. Son assiette est posée sur la table, déjà pleine, mais il semble envisager d'ajouter quelque chose.

Je reporte mon attention sur madame Rourke et réponds à voix basse :

— Je ne sais pas pour vos autres fils, mais Jack est irrésistible.

J'émets un couinement quand Jack me plaque soudain contre lui et que ses lèvres s'écrasent sur les miennes en un doux baiser.

— Toi aussi, dit-il d'une voix bourrue.

— Oh mon Dieu, Tara ! s'exclame madame Bianchi. Ils sont amoureux !

Je me fige. Jack se raidit. Nous nous séparons et prenons nos assiettes.

— Chut, tu les mets mal à l'aise, rétorque madame Rourke dans un murmure. Ils risquent de ne jamais revenir.

Jack incline la tête pour me faire signe de m'éloigner avec lui et je le suis, à la fois embarrassée et amusée.

Je lève les yeux vers lui ; il a la mâchoire serrée. Je ne sais pas s'il est en colère parce qu'il a vraiment des sentiments pour moi et qu'il n'aime pas les entendre en parler, ou s'il regrette de m'avoir amenée ici parce que cela a donné l'impression que notre relation était plus sérieuse qu'elle ne l'est en réalité. Difficile de lire dans les pensées du Jack sérieux.

11

Jack

Je mords de bon cœur dans mon hamburger, assis sur les marches de derrière avec Riley et les pensées tourbillonnant dans ma tête. Ce n'est pas parce que j'ai amené une femme à la maison pour la première fois que je suis amoureux d'elle. C'est ridicule. Je veux dire, oui, je l'apprécie. Beaucoup. Et je pense beaucoup trop souvent à elle quand je ne suis pas avec elle, et j'ai envie d'être à ses côtés aussi souvent que possible, mais ça ne veut pas dire que…

Je suis tellement mené à la baguette.

Je ne suis pas comme Sam, qui a lâché ses potes pour passer tout son temps avec Alison.

D'accord, je n'ai plus revu mes amis, Mike et Rick, depuis le mariage de Sam. Mais ça ne veut rien dire. Rick a déménagé de notre immeuble, vu qu'il vivait en colocation avec Sam et qu'Alison va emménager avec lui. Ouais, je ne suis pas passé voir Mike alors qu'il n'habite qu'à quelques pâtés de maisons, et alors ? J'étais occupé. Et Sam est parti en lune de miel, alors je ne pouvais pas traîner avec lui.

Je ne suis *pas* amoureux.

Juste pris dans une profonde passion. Je laisse échapper un

soupir soulagé. Le désir est le seul responsable de ce besoin d'être auprès d'elle. Bien sûr. N'importe quel homme deviendrait fou face à sa taille de guêpe parfaite, cachée sous des vêtements sages et modestes. Elle ressemble à une bibliothécaire coincée de porno. C'est le scénario classique. Je repense à ce qui s'est passé plus tôt dans la journée, quand elle est arrivée chez moi. Bien sûr que j'ai dû la toucher, et dès que je l'ai fait, je ne pouvais plus m'arrêter. Elle est passionnée, enthousiaste, douce et aimante. Et je n'arrête pas de prendre tout ce que je peux, comme un affamé au milieu d'un festin. Ce que j'éprouve n'est qu'une pulsion animale à l'état pur.

Je sursaute en entendant prononcer mon nom et me tourne vers elle.

— Quoi ?

Riley m'adresse un drôle de regard.

— Je t'ai demandé si c'était la voisine avec qui ta mère avait été en conflit pendant des décennies à cause de ta farce ? Elle a eu l'air si touchée quand ta mère a dit qu'elles étaient amies.

Je ne peux m'empêcher de sourire. Qui aurait cru que le fait qu'un gamin de cinq ans cache une cuillère pendant un repas aurait des retombées aussi considérables ? Je suis impatient de voir ce qu'il se passera quand les Bianchi nettoieront leur réserve au sous-sol et trouveront la cuillère. Je n'aurais jamais deviné que ma mère traiterait madame Bianchi de voleuse pour ça, et qu'elle refuserait de lui parler pendant des années. C'est juste une cuillère, bon sang !

— Ouais, c'est elle. Dylan et Ariana se sont mariés, et maintenant les deux mères sont comme cul et chemise.

Nous tournons tous deux la tête vers les femmes debout dans un coin de la cour, près des treillis de roses et occupées à siroter un verre de vin. Ma mère semble être en train de confier quelque chose à une madame Bianchi souriante.

— Je suppose qu'on doit faire très attention aux conséquences étendues d'une farce, répond Riley à voix basse.

— Ouais, j'étais en train de me dire la même chose.

Cette histoire de cuillère est allée trop loin, tout comme notre faux mariage à Las Vegas transformé en une période prolongée à traîner ensemble, à s'envoyer des messages et à sortir. Par un effet boule de neige, nous nous sommes retrouvés dans une relation. Je déglutis, mais je n'ai pas de sueur froide. Je commence à m'habituer à l'idée d'être dans une relation sérieuse. Attendez. Qu'entend-elle par « conséquences étendues » ? Elle parle d'un truc négatif entre nous ? Est-ce qu'on a besoin de parler de notre relation ?

Je regarde le sol, perdu dans mes pensées. Je ne sais même pas comment j'en suis arrivé dans cette situation. Un instant je joue le jeu d'un mariage temporaire et le suivant, je l'amène chez moi pour lui présenter mes parents. Et si elle me larguait ? Ça ferait mal. J'ai vu d'autres mecs devenir déprimés à cause d'une femme, broyer du noir en avalant trop de bière et de chips. Je refuse de m'effondrer pour une femme !

— Salut, je suis Brendan.

Je lève les yeux au moment où mon frère se présente à Riley. Il lui serre la main et lui adresse son sourire le plus charmeur. Mes autres frères se rassemblent autour de nous – Dylan, Sean, Connor et Garrett. Ils ont tous des cheveux brun foncé, une barbe d'épaisseur variée et des yeux bleus, mis à part notre cadet, le Fauve (Garrett) qui a les mêmes yeux turquoise que notre père. Ils se présentent à Riley un peu un, un large sourire aux lèvres. Zut.

Sean secoue la tête et me lance un regard amusé.

— Dooonc, Jackie-boy, dit-il d'une voix traînante. J'ai entendu dire que tu étais amoureux pour la première fois.

Mes frères éclatent de rire, même Dylan, ce crétin. C'est lui qui me fait toujours les discours d'encouragement de grand frère et qui me répète que les relations sérieuses avec les femmes en valent la peine.

Les joues de Riley sont rouge vif quand elle se tourne vers moi, les yeux écarquillés et implorants. Ils la mettent mal à l'aise et elle ne sait pas comment réagir. Son grand frère ne l'a sûrement jamais taquinée comme nous le faisons entre nous, mes frères et moi.

Je leur fais un doigt d'honneur et ils rient encore plus fort. Autant agiter le drapeau blanc et admettre que je suis amoureux.

Oh merde. Je suis amoureux.

Je déglutis et me lève pour qu'ils arrêtent de me surplomber sur les marches.

— Assez. Dylan, tu n'arrêtes pas de me répéter à quel point c'est génial d'être en couple. Sean, tu es le roi de la monogamie en série. Et devine quoi ? Le reste d'entre vous ne sait pas ce que vous ratez. Alors ouais, je suis en couple, et j'attends de vous que vous traitiez la seule et unique femme que j'aie jamais amenée à la maison avec respect.

Ils me dévisagent, bouche bée.

— Bon sang, lâche quelqu'un.

Sûrement Brendan. Lui et moi sommes toujours en train de nous asticoter, vu qu'on est tous les deux des plaisantins.

— Félicitations, dit le Fauve avec sincérité.

Il a toujours eu un côté sensible.

— Je suis vraiment heureux pour vous deux, ajoute-t-il, avant de se tourner vers Riley. Bienvenue, j'espère qu'on ne t'a pas trop mise mal à l'aise.

Elle sourit.

— Merci pour cet accueil chaleureux, Garrett.

Il lui sourit et me jette un regard. C'est mon plus jeune frère, alors il cherche souvent mon approbation. Je lui fais un signe du menton.

— Ouais, bienvenue, grommellent mes frères en chœur.

Dylan pose quelques questions polies à Riley avant de s'éloigner. Mes frères le suivent.

Je m'assois à côté d'elle et m'efforce de me détendre après avoir plus ou moins admis être très attaché à elle. Et je ne suis même pas sûr que ce soit mutuel.

Elle se tourne vers moi tout en s'éventant d'une main.

— Waouh. Je ne crois pas avoir jamais rencontré autant d'hommes sublimes en même temps.

Une pointe de jalousie me transperce. J'étais en train d'avoir ces pensées très profondes au sujet de mes sentiments pour elle, et pendant ce temps-là, elle bave sur mes frères.

— Tu es sérieuse ?

Elle m'attrape par le col et m'attire à elle pour m'embrasser.

— Mais tu es le roi de cette fratrie.

Le roi. Ça me plaît. Je l'aime. Je souris contre ses lèvres.

J'ai attendu d'avoir trente ans pour me caser parce que je n'avais jamais rencontré personne qui me donne *envie* de me caser. Mais c'est le cas avec Riley. Maintenant, je n'ai plus qu'à déterminer comment être un vrai petit ami sérieux, parce que je crois que Riley pourrait être la meilleure chose qui me soit jamais arrivée. Et j'ai envie qu'elle ressente la même chose pour moi.

Riley

Ce soir-là, je sors de la salle de bain de Jack en pyjama – T-shirt rose et short de nuit ample assorti. J'ai une petite culotte en soie rouge plus sexy, mais on a déjà couché ensemble deux fois aujourd'hui alors je me suis dit qu'il valait mieux que je me mette à l'aise pour dormir.

— Qu'est-ce que tu portes ? grogne-t-il, couché dans le lit et les couvertures remontées jusqu'à sa taille.

Des étincelles crépitent sur ma peau. Je connais cette voix. J'ai réussi à l'exciter sans même essayer.

— Mon pyjama.

Je me dirige vers le lit et il abaisse mon short, ainsi que ma culotte sage, avant même que j'aie pu grimper au lit. Mon souffle se coince dans ma gorge et mon cœur se met à battre la chamade. Je ne suis pas habituée à avoir un amant aussi vigoureux. C'est excitant. Je rampe sur lui et il me retourne sur le dos, avant de venir planer au-dessus de moi.

C'est alors que je réalise qu'il est nu.

— Tu es prêt pour moi, hein ? demandé-je d'une voix essoufflée.

— Toujours.

Sa bouche s'écrase sur la mienne et il m'embrasse brutalement. J'enroule les bras autour de lui et m'attendant à ce qu'il me pénètre brusquement alors qu'il s'installe entre mes jambes. Mais il rompt soudain le baiser, me fait me redresser et me retire mon T-shirt, avant de le jeter à l'autre bout de la chambre.

— Tu n'as pas besoin de vêtements au lit. Jamais.

— Et si j'ai froid ?

Ses yeux bleus se mettent à pétiller.

— Dans ce cas, tu devras rester tout contre moi.

Il m'allonge à nouveau sur le matelas et m'embrasse profondément, avant de descendre le long de mon corps, jusqu'à mes doigts de pied. Il est incroyable, m'électrifie partout où il me touche, m'embrasse et me goûte. Je suis illuminée de l'intérieur alors qu'il remonte le long de ma jambe, ses grandes mains écartant mes jambes avant d'atterrir enfin au centre de mon plaisir. Je prends une brusque inspiration alors qu'une décharge me parcourt. Il s'attarde et je rue machinalement des hanches, perdue dans mon plaisir. C'est un amant si généreux, si… oh ! Il vient de me retourner. Il est si fort, si autoritaire.

Il passe un bras autour de ma taille et me soulève.

— Appuie-toi sur les bras, grogne-t-il.

Je place mes bras sous moi, entends le froissement du préservatif, puis il est de retour et s'enfonce profondément. J'émets un hoquet. Je ne peux m'en empêcher. Il est épais et ses coups de hanches sont puissants.

Il me recouvre de son corps et demande d'une voix rocailleuse :

— Tu sais ce que j'aime dans cette position ?

Ses mains caressent mes seins, font rouler mes tétons entre ses doigts calleux.

Je gémis doucement.

— Me toucher.

— Ouais, acquiesce-t-il en s'enfonçant à nouveau profondément. Et te faire trembler sous moi.

— Jack, dis-je, à bout de souffle. Je ne tremble pas.

— Voyons voir ce qu'on peut faire pour arranger ça.

Il glisse les mains entre mes jambes et dessine de légers cercles. Le plaisir grandit, se recourbe sur lui-même et je me mets à haleter.

— Doucement, bébé.

Une plainte s'échappe de mes lèvres. Il presse ses lèvres contre le côté de mon cou et je les sens s'étirer contre ma peau brûlante. Ses dents se frottent contre moi et mon souffle tressaute. Il balance des hanches contre moi en lents à-coups pendant que ses doigts caressent et dessinent des cercles, m'amenant au bord du précipice à un rythme terriblement lent.

Je laisse tomber ma tête en avant et il m'étreint la nuque, me rendant détendue et alanguie.

Il murmure de petits compliments tout en me pénétrant selon un rythme lent et profond et en me caressant paresseusement. Je flotte dans un plaisir intemporel et soudain, je suis à deux doigts de jouir. Je suis tout près, si près que tout mon corps se crispe autour de lui.

— Jack, hoqueté-je.

— C'est si bon, dit-il d'une voix rauque. Pas encore.

Je ne sais pas si c'est à lui-même ou à moi qu'il parle, mais j'en ai besoin. Je rue en arrière contre lui et il grogne. Il s'enfonce d'un coup et s'immobilise, me caressant exactement comme j'en ai besoin.

Oui !

Oui !

— Accroche-toi, grogne-t-il en ralentissant à nouveau.

Nooon !

Je presse à nouveau les hanches contre lui, parce que j'ai besoin de plus, désespérément. Il me mord le cou, provoquant une décharge dans tout mon corps, puis s'enfonce en moi tout en me caressant selon un rythme lent et paresseux. Je tremble, puis j'explose dans un cri rauque.

— Ouiii, siffle-t-il.

Il s'empare de mes hanches et se met à me pilonner fort, vite et profondément.

Oh mon Dieu. Je me sens à nouveau précipitée vers l'orgasme. Son souffle est rauque dans mon oreille, mon cœur cogne dans ma poitrine et mon corps tremble sous l'intensité stupéfiante de ce moment. La pièce s'assombrit, puis je pousse un cri, tout mon corps tressaillant alors qu'il me pilonne de toutes ses forces et lâche enfin prise avec un long grognement bas.

Mes bras cèdent sous moi et ma joue se retrouve pressée contre le matelas. La poigne ferme de Jack autour de mes hanches est la seule chose qui m'empêche de m'effondrer complètement.

Ses doigts courent le long de mon dos, me faisant frissonner. Il palpite en moi et je gémis doucement. Pour finir, il se retire, et je m'écroule.

Un silence a envahi la pièce, si l'on excepte les sons qui s'échappent de nos lèvres alors que nous nous efforçons de reprendre notre souffle. Il est à côté de moi, maintenant. Je ne peux plus bouger. Plus parler. J'ai envie de le serrer contre moi, de le remercier pour ces orgasmes incroyables, mais j'en suis incapable. Siii bon.

Il écarte mes cheveux de devant mon visage et demande :

— Tu es encore en vie ?

— Non.

Il émet un petit rire et me fait rouler sur le flanc, avant de m'attirer contre lui. Je pousse un soupir, satisfaite et assoupie. Il y a quelque chose de si agréable dans le fait d'être avec un homme capable de vous manœuvrer quand vous êtes trop épuisée pour bouger. Aucun de mes petits amis n'était assez fort pour me porter, avant lui. Je caresse le renflement de son biceps d'un geste paresseux tout en le complimentant en silence pour sa beauté et sa force. De longues minutes passent, dans une atmosphère douillette.

Juste au moment où j'ai rassemblé assez d'énergie pour éteindre la lampe sur la table de chevet, j'entends un chien aboyer, si fort que c'est presque comme s'il était dans la chambre avec nous.

— Ouaf ! Ouaf ! Ouaf !

Jack se raidit.

— Nooon. Les voisins du dessus sont revenus de vacances, et leur chien jappeur recommence ses aboiements nocturnes.

— Je crois que c'est un chiot, dis-je.

— Quelle importance ? Je veux juste qu'il la ferme. Tous les soirs, juste au moment où je m'apprête à m'endormir, il se met à aboyer, et il recommence la même chose toutes les heures comme s'il était réglé sur du papier à musique.

— Tu as essayé de parler à tes voisins ?

— Pour dire quoi ? Muselez votre chien, je n'arrive pas à dormir ?

Je me hisse sur un coude.

— Tu t'es déjà dit qu'ils n'appréciaient peut-être pas ces aboiements nocturnes, eux non plus ?

— Dans ce cas ils n'auraient pas dû adopter un chien jappeur.

Je sors du lit, récupère mon pyjama et l'enfile.

— Où tu vas ?

— Voir si je peux arranger ça, dis-je.

Je mets mes ballerines et attrape le gilet blanc que j'ai accroché dans son placard un peu plus tôt.

— On avait le même problème avec notre chiot, quand j'étais petite. Ça nous rendait dingues.

— Attends une seconde. Je viens avec toi.

Il sort du lit et enfile un T-shirt et un jean, sans prendre la peine d'enfiler des chaussettes ou des chaussures.

Quelques minutes plus tard, je frappe à la porte. Un homme d'âge moyen vêtu d'un pyjama en soie bleu marine nous ouvre.

— Salut, je suis Jack, votre voisin du dessous, lance aussitôt Jack.

— Oui, je vous ai déjà vu. Je suis John.

— Qui c'est ? demande une jeune femme blonde en retenant le chien, qui aboie encore plus fort.

— Oooh, quel chiot adorable, dis-je d'un ton chaleureux. Comment il s'appelle ?

— Qui êtes-vous ? demande la femme.

— Je suis Riley, la petite amie de Jack. J'ai eu un chiot comme celui-là, et qui avait les mêmes tendances à aboyer la nuit. Ça vous dérange si j'entre pour vous expliquer ce qui a fonctionné pour nous ?

Le couple échange un regard, les aboiements du chien se font encore plus plaintifs et ils finissent par céder et nous laisser entrer.

Je tends les bras vers le chiot et lui fais un tas de câlins. Il se calme. Il s'avère que c'est un mâle et qu'il s'appelle Roscoe. Un nom de gros dur pour un tout petit bout de chien blanc. Il est à moitié fox-terrier et à moitié autre chose, peut-être chihuahua, ils ne sont pas sûrs. Ils l'ont adopté dans un refuge pour animaux.

Je leur explique le problème que nous avions avec notre chien, quand j'étais plus jeune. Il dormait dans une caisse, la nuit, comme ils voudraient que Roscoe le fasse. Mes parents se levaient pour réconforter le chiot qui aboyait, il se disait donc qu'il devait aboyer encore plus pour qu'on vienne le caresser à nouveau. En résumé, notre chien avait appris qu'il lui suffisait d'aboyer pour qu'on accoure le voir. L'éducateur canin que mes parents ont embauché leur a expliqué qu'ils devaient ignorer ses aboiements jusqu'à ce que le chien apprenne que ça ne les fera pas arriver en courant. Au lieu de ça, ils devaient suivre une routine nocturne apaisante, avec de la musique classique pour le chiot et un jouet en peluche à câliner. Et une machine à bruit blanc pour eux.

Ils semblent pendus à mes lèvres. Jack me regarde avec affection.

Je caresse Roscoe derrière ses petites oreilles pointues.

— Vous pouvez aussi le laisser dormir dans votre lit, mais

vous n'arriverez sûrement plus à lui faire perdre cette habitude.

Le couple semble soulagé d'avoir des pistes pour gérer les aboiements nocturnes et me remercie avec effusion.

— Nous ne dormons pas bien non plus, dit John. Je suis désolé que vous en soyez affecté aussi.

— Laissez-vous une semaine ou deux, et vous commencerez à voir une amélioration, leur assuré-je.

Même Jack a l'air plein d'espoir.

Nous leur disons au revoir et redescendons dans son appartement. Quand nous nous remettons au lit, tout est toujours silencieux au-dessus.

— Je pense que ça s'est bien passé, dis-je en relevant les couvertures et en me recroquevillant sur le flanc, face à lui.

Il enroule un bras autour de moi et nous restons couchés côte à côte.

— Qu'est-ce qu'a fait ta famille ? Est-ce qu'elle a ignoré le chien et joué de la musique classique, ou laissé venir le chien dans leur lit ?

— La situation était vraiment mauvaise, chez nous, parce que notre chien Wilson…

— Ton chien s'appelait Wilson ?

— Oui. C'était un épagneul breton. Bref, mes parents n'auraient jamais laissé un chien monter dans leur lit. Wilson aboyait d'un ton haut perché, la nuit. Ça ressemblait à des ongles sur un tableau noir. Mes parents ont embauché un éducateur canin qui leur a donné tous ces conseils. L'éducateur n'arrêtait pas de les prévenir que s'ils laissaient le chien dormir dans leur lit, ils ne pourraient plus revenir en arrière. Et s'ils n'avaient pas envie de ça, ils devaient attendre que son mauvais comportement passe. Ça a pris une semaine, mais ça a fini par fonctionner.

— Je n'ai jamais eu de chien.

— Oh, ils sont géniaux. Il faut juste les éduquer.

À point nommé, le chien de l'étage du dessus se remet à aboyer. Et il ne s'arrête pas.

Je me blottis contre lui et lui murmure à l'oreille :

— On s'achètera des boules Quiès demain.

Il fait courir ses doigts sur mon épaule, loin d'être aussi tendu que plus tôt concernant les aboiements du chien.

— Si tu as réussi à résoudre ce problème de chien, je vais peut-être bien t'épouser pour de vrai.

J'éclate de rire. Il est toujours en train de plaisanter.

— J'ai vu la sueur sur ton front quand tu as cru devoir rester marié.

— C'était avant qu'on couche ensemble.

— Le sexe n'est pas une raison suffisante pour se marier, rétorqué-je en lui tapotant le bras, avant de rouler sur mon autre flanc et de reculer contre lui. Et ma discussion à tes voisins au sujet de leur chiot non plus.

Il enroule ses bras autour de ma taille pour me blottir contre lui.

— C'est quoi, la bonne raison, alors ?

— L'amour.

Il garde le silence. Vous voyez ? Je savais qu'il plaisantait. Il m'apprécie, il aime le sexe, mais ça ne veut pas dire qu'il veut m'épouser. Cet homme n'a jamais eu de petite amie avant moi ; je ne vais pas placer toutes ces attentes sur ses épaules. Notre mariage était une farce, un truc marrant fait à Las Vegas. C'est tout. Et maintenant, nous sortons ensemble. Je suis déterminée à profiter de l'instant présent et à ne pas tout analyser comme j'en ai l'habitude. Jack est différent des hommes avec qui je sors d'habitude, et ça veut dire que je dois prendre une approche différente. Tout cela doit rester léger et amusant.

Les aboiements cessent soudain.

Il pousse un lourd soupir.

— Tu crois que ça va durer ?

— Oui. Je parie qu'ils l'ont amené dans leur lit, et qu'il va y rester. Il n'y a rien de mal à ça, si les câlins poilus ne vous dérangent pas.

— Comme les miens ? demande-t-il en fourrant son nez contre mon cou pour frotter sa barbe contre moi.

Je ris.

— Tu es un peu poilu, mais tu fais de gros câlins.

— Je suis à deux doigts de me mettre à te léchouiller, avoue-t-il en repoussant mes cheveux en arrière.

J'étreins son bras autour de ma taille.

— Un avantage supplémentaire. Bonne nuit, Jack.

— Bonne nuit, Ry, répond-il en déposant un baiser sur mon épaule.

Je suis presque endormie quand je l'entends grommeler :

— Je peux être sérieux.

Je suis trop fatiguée pour répondre, mais je pense : *qu'est-ce qu'il y aurait de drôle à avoir un Jack sérieux ? Ce ne serait pas lui.*

12

Riley

Jack a un comportement très bizarre depuis qu'il m'a dit qu'il pourrait m'épouser si j'arrivais à résoudre les problèmes d'aboiements de l'étage du dessus, et ça n'a aucun sens. J'étais certaine qu'il plaisantait. Qui se marie à cause d'un chiot silencieux ? Je ne connais pas cette version de Jack, et j'ai l'impression que quelque chose cloche. Il a arrêté de plaisanter et de faire l'idiot. Il n'a même pas tenté de me faire une seule farce, alors que j'attends toujours la vengeance qu'il m'a promise. Je ne sais pas si c'est le vrai Jack, une fois qu'on a dépassé la façade de mec qui aime prendre du bon temps, ou s'il n'est pas lui-même parce qu'il croit que c'est ce que je veux. Comme s'il devait s'accorder à moi, parce que je suis sérieuse et sage (la plupart du temps). Le Jack que je commençais tout juste à apprécier me manque. Même nos ébats me semblent plus sérieux, avec des mouvements lents et de longs regards tendres. C'est presque comme s'il était amoureux de moi. Je ne peux pas me fier à ça. Si Jack doit devenir quelqu'un d'autre pour m'aimer, alors ce n'est pas réel. J'ai l'impression qu'il joue un rôle, celui du petit ami sérieux de Riley. J'ai envie de retrouver le Jack marrant. Il me plaisait vraiment.

Nous sommes dans le train en direction du New Jersey pour la fête de bienvenue de Sam et Alison chez mes parents, et il a à peine ouvert la bouche de tout le trajet.

— À quoi tu penses ? lui demandé-je.

— Rien.

— Tu penses forcément à quelque chose. Tu es si sinistre et sérieux depuis… eh bien, depuis que j'ai aidé à arranger le problème des aboiements nocturnes. Le Jack marrant me manque. On n'est pas obligés d'être sérieux. Gardons notre relation légère et décontractée.

— Comment ça « légère et décontractée » ? grogne-t-il.

Oui, il a grogné. C'est un peu intimidant.

Je ravale ma salive et réponds :

— Tu sais, drôle. Comme tu l'étais avant.

Il tourne la tête vers moi, ses yeux bleus sont directs et très sérieux.

— Je suis sur le point de rencontrer tes parents pour la troisième fois, et les deux premières ne se sont pas très bien passées. Je dois leur montrer que je ne suis pas le clown pour lequel ils me prennent. En plus, je vais revoir Sam pour la première fois depuis que toi et moi sommes vraiment en couple. Je n'aurais pas à mentir en transpirant, cette fois. Je dois montrer à tout le monde que je suis sérieux dans mon travail, tout autant qu'avec toi.

— Pourquoi ?

— Tu dois vraiment poser la question ?

— Euh, oui. Tu n'essaies pas de me ressembler, n'est-ce pas ? L'une des raisons pour lesquelles j'étais attirée par toi, c'est parce que tu étais quelqu'un de spontané et de drôle. J'ai l'impression que tu es devenu une personne différente d'un jour à l'autre.

— Toute cette situation de petit ami est nouvelle, pour moi, répond-il en baissant la voix. Tu sais, le genre de petit ami qui reste, mais j'ai envie d'être digne de ce que tu mérites. La vie ne peut pas toujours être une fête, Riley.

— Tu vois. Tu m'appelais Ry, avant, c'était insouciant et

familier. J'adorais ça. Maintenant, tu te mets à parler comme ma mère.

— Je ne suis pas toujours un boute-en-train.

— Sam dit que c'est ce que tu es.

— Seulement avec mes potes, réplique-t-il en crispant la mâchoire.

— Mais tu étais différent avec moi, avant.

Il me prend la main et l'étreint avec force.

— Je te traitais comme une simple passade. Maintenant, nous sommes dans une autre catégorie.

Je pousse un soupir. Ce n'est pas comme s'il ne me traitait pas bien. J'ai juste le sentiment qu'il n'est pas lui-même avec moi.

Il pince les lèvres en une expression grave et déterminée.

— Je sais que notre mariage n'était pas officiel, mais je me suis engagé envers toi et j'espère qu'un jour, il le deviendra.

Je prends une brusque inspiration.

— Ne dis pas ça. Tu mets une trop grande pression sur notre relation. C'est encore tout frais ; on apprend encore à se connaître. Je ne peux pas te promettre de t'épouser après être sortie avec toi pendant trois semaines.

Il se renfrogne.

— Est-ce que tu as jamais eu envie de te marier avec moi ?

Je choisis mes mots avec soin, ne voulant pas le blesser.

— Pour être honnête, à Las Vegas, je me suis laissée emporter, parce que j'essayais d'être drôle et spontanée comme toi. Je n'ai jamais songé à me marier pour de vrai.

— C'était bidon.

— Mais c'était quand même marrant.

Il étrécit les yeux.

— J'aimerais être plus qu'un divertissement.

— Tu l'es. Tout ce que je dis, c'est qu'on devrait prendre un peu de recul et conserver un peu de légèreté. OK ?

— Très bien.

Il relâche ma main et croise les bras.

Je regarde le paysage défiler par la fenêtre. Je suis si confuse. L'homme que je croyais connaître a disparu.

Nous prenons un taxi jusqu'à chez mes parents en passant par une application et quand nous arrivons, il y a clairement une tension entre nous. Il est en colère parce que je veux que ça reste léger, même si c'est une requête parfaitement raisonnable. Je crois qu'il apprécierait bien plus notre relation s'il acceptait. Une relation n'a pas besoin d'être sérieuse et pesante tout le temps.

J'entends de la musique et des voix à l'arrière de la maison.

— On dirait que tout le monde est autour de la piscine.

Je lui fais signe de me suivre jusqu'au portail de la grande clôture blanche.

— Tu ne peux pas aller avec d'autres hommes tant que tu sors avec moi, lance-t-il de but en blanc.

J'écarquille les yeux.

— Je n'en avais pas l'intention. Je croyais qu'on avait déjà parlé de ça.

Ce n'est pas comme si les hommes faisaient la queue devant ma porte, surtout avec tout le temps que je passe à travailler.

— Tu as dit que tu voulais que ça reste léger. La plupart des gens supposeraient que ça signifie qu'on peut voir d'autres gens.

— Comme si j'aurais envie de quelqu'un d'autre, lâché-je en secouant la tête.

— Bien, répond-il d'un ton sec. Je voulais juste que ce soit clair.

OoK. Voilà que je me retrouve avec un monogame en colère sur les bras. Je n'ai aucune idée de comment gérer cette situation bizarre. Peut-être que le fait de revoir Sam le détendra.

Jack m'ouvre le portail et me laisse passer devant lui.

— Salut, les gars ! lance Sam depuis le coin de la piscine.

Il est étendu sur une chaise longue à côté d'Alison.

— Bon retour à la maison ! m'exclamé-je en me dirigeant vers pour les étreindre.

Je fais signe à mon père, qui est près du barbecue. Ma

mère doit être dans la maison. Mes cousins, mes tantes et mes oncles ont été invités aussi, mais ils ne sont pas encore arrivés.

Jack serre la main de Sam et se penche pour déposer un baiser sur la joue d'Alison.

— Bon retour. C'était comment, à Aruba ?

— Fantastique ! s'exclame Sam.

— On a pris des photos, dit Alison.

— Et vous avez tous les deux un beau bronzage, remarqué-je.

— Vous devriez y aller aussi, dit Sam. Des cocktails sur la plage, des couchers de soleil magnifiques. C'était vraiment merveilleux.

— On ira peut-être un jour en lune de miel, répond Jack en prenant un ton sérieux. Je suis sincèrement engagé dans cette relation.

Sam et Alison le dévisagent, clairement sous le choc. Jack ressemble à un robot qui a mémorisé quoi dire. Ça me fout les jetons.

— Vous vous êtes fiancés ? demande Sam.

— Non, m'empressé-je de répondre.

— Pas encore, précise Jack.

Alison donne un coup de coude à Sam.

— J'espère que vous êtes heureux, lance-t-elle d'un ton enjoué.

Sam fronce les sourcils, confus, et dévisage Jack.

— Qu'est-ce qui ne va pas ?

— Rien du tout, assure Jack.

— Il croit devoir être sérieux pour être avec moi, pour une raison inconnue, expliqué-je.

— Je suis sérieux parce que les relations sont une affaire sérieuse, rétorque Jack d'une voix tendue.

Un silence inconfortable s'ensuit. Vous voyez ? Il n'y a pas que moi. Jack n'est pas lui-même et c'est bizarre.

— Une bière ? propose Sam à Jack.

— Non merci, répond Jack avant de se tourner vers moi. Tu veux quelque chose ?

Ouais, j'aimerais récupérer le vrai Jack.

— Ça ira, merci.

Je m'assois sur la chaise à côté d'Alison.

— Montre-moi tes photos de lune de miel.

Sam se lève et fait signe à Jack de le suivre. Ils s'éloignent un peu vers le jeu de fers à cheval que mon père a fabriqué. J'espère que Sam est en train d'essayer de faire entendre raison à Jack. Quand j'essaie de lui parler, je n'arrive qu'à le mettre en colère.

Je jette plusieurs coups d'œil vers Jack tout en regardant les photos de lune de miel, mais ce dernier demeure sérieux et ne sourit pas. Il ne joue même pas aux fers à cheval, il se contente de rester planté là, l'air lugubre. Sam a l'air inquiet.

Ma mère sort de la maison avec un plateau sur lequel sont posés une bouteille de champagne et des verres, qu'elle pose sur une table près d'Alison.

— Bonjour, me dit-elle. On dirait que Jack et toi êtes arrivés à temps pour le toast en l'honneur de Sam et Alison. Je vais aller chercher deux verres de plus.

Elle m'adresse un sourire pincé. De toute évidence, elle n'est toujours pas ravie de ma relation avec Jack.

— Merci, dis-je.

Je n'ai aucune idée de comment la convaincre que Jack est un type bien. Il est loin de se comporter comme un clown, en ce moment. Je ne saurais dire ce qui ne va pas chez lui. Toute cette histoire a commencé à Las Vegas parce que j'ai essayé d'agir comme lui – en étant spontanée et débridée – mais maintenant qu'on est vraiment ensemble, c'est lui qui agit comme moi. Peut-être qu'on ne sait pas comment être nous-mêmes l'un avec l'autre, c'est tout. Peut-être que nos vraies personnalités ne sont pas vraiment compatibles.

Jack me glisse un regard pour vérifier que je vais bien avant de se tourner à nouveau vers Sam. Il ne sourit pas. Je ne peux m'empêcher de songer qu'il n'est pas heureux, dans cette relation avec moi. Il se sent peut-être piégé. Il s'est fait embarquer par cette farce que j'ai faite. Je suppose que je ne peux m'en prendre qu'à moi-même. Je dois arranger ça.

Quelques minutes plus tard, ma mère appelle tout le monde pour le toast à Alison et Sam. Elle a versé le champagne, qui émet de joyeux pétillements. C'est une occasion festive. Je dois arrêter de m'en faire pour Jack. Mon père approche et Jack lui serre la main. Il lui parle d'un ton sérieux et l'appelle « monsieur ».

— Prenez tous un verre, dit ma mère en soulevant une flûte de champagne sur le plateau.

Une fois que tout le monde a levé son verre, elle prononce son toast.

— Bienvenus à la maison, et encore félicitations à vous, Sam et Alison. Nous sommes si heureux qu'Alison fasse officiellement partie de la famille.

Tout le monde fait tinter son verre et boit à ces paroles.

— J'aimerais mettre les choses au clair, annonce Jack.

Je réprime une grimace. Je sais qu'il a le sentiment de devoir arranger la situation avec mes parents, mais avec eux, moins on fait d'effort, mieux ça se passe.

— C'est inutile, Jack, dis-je à voix basse.

— Non, répond-il. C'est important. Monsieur et madame Walsh, je veux que vous sachiez que je suis sincèrement engagé envers votre fille. Je ne suis pas qu'un type qui fait l'imbécile tout le temps. Je suis déterminé à m'améliorer dans ma carrière et dans ma vie personnelle, jusqu'à la mériter.

Sam et Alison échangent un regard perplexe.

Mon père hoche une fois la tête.

— Euh, merci de nous l'avoir précisé.

— Oui, répond ma mère, un sourire collé aux lèvres. Je vous en prie, profitez tous de la piscine. Je vais aller vérifier la nourriture.

Mon père la rejoint dans la maison après avoir envoyé Sam surveiller les steaks sur le barbecue. Alison rejoint Sam. Ils sont rarement séparés de plus d'un mètre. Je trouverais ça étouffant, à leur place.

Jack se laisse tomber sur une chaise et se passe une main sur le visage.

— Ils ne m'aiment toujours pas.

— Ça n'a pas d'importance, lui assuré-je en m'asseyant à côté de lui.

— Bien sûr que si. La famille, c'est important.

— Tu as l'air si tendu, dis-je à voix basse. J'ai l'impression que tu prends tout ça un peu trop au sérieux.

— Trop au sérieux, répète-t-il.

— Eh bien, oui. J'appréciais l'ancien Jack, celui qui était drôle et qui aimait plaisanter. J'ai l'impression d'avoir déteint sur toi, mais dans le mauvais sens du terme. Tu n'es pas obligé d'être comme moi. Je t'appréciais parce que tu n'étais *pas* comme moi.

— Je suis toujours moi-même.

— Tu es trop sérieux, maintenant, et je commence à me demander si tu es vraiment heureux.

— Tu l'es, toi ?

— Vu la manière dont ça se passe en ce moment ? Non. Est-ce qu'on pourrait se comporter de manière plus légère, s'il te plaît ?

Il se redresse sur la chaise.

— Qu'est-ce que ça veut dire, « de manière plus légère » ?

— Notre relation n'a pas besoin d'être sérieuse et pesante, c'est tout.

Il me fusille du regard.

— Tu m'as piégé pour qu'on se mette ensemble et maintenant tu n'en as plus envie ?

— Ce n'est pas que je n'ai pas envie d'être avec toi.

— C'est l'impression que ça donne.

Je me penche vers lui et tente de lui expliquer :

— Je dis juste qu'on a peut-être commencé à un niveau un peu plus profond que tu n'étais prêt à le vivre, et que je pense qu'on devrait faire un pas en arrière, maintenant. Les relations sont censées être légères et amusantes, au début. C'est ce dont j'ai envie, en tout cas.

Il se lève et plaque les mains sur les hanches.

— J'ai l'impression que c'est *toi* qui n'étais pas prête pour la profondeur de notre relation, et que tu essaies de me coller ça sur le dos. C'est *toi* qui ne veux pas qu'on soit en couple.

Je me lève, la gorge serrée. Il prend tout de travers.

— Je veux juste que tu sois heureux, dis-je d'une voix douce. Tu n'as pas l'air de l'être.

Il plisse les yeux.

— Ta farce de mariage est allée trop loin, Riley. Ce n'était pas du tout drôle. Ça m'a embrouillé la tête et le cœur.

Sa voix s'étrangle et il se racle la gorge.

— C'était une très mauvaise manière de commencer une relation, et ce n'était pas mon idée. Maintenant, je comprends que le seul moyen d'arranger les choses, c'est en mettant fin à tout ça. Dis au revoir à tout le monde pour moi.

Mon estomac se serre.

— Non, Jack, s'il te plaît. Je n'ai pas envie de ça.

Il se retourne et se dirige vers le portail.

Sam l'appelle, mais Jack continue sans ralentir.

Je reste plantée là, figée sur place alors que les regrets s'accumulent en moi. Il a raison. Ma farce est allée trop loin. Je l'ai blessé, je l'ai changé et piégé dans une situation pour laquelle il n'était pas prêt. Il était le type qui aime prendre du bon temps, et je l'ai détruit. Mes épaules s'affaissent et des larmes s'accumulent dans mes yeux. Tout est de ma faute. Je croise les bras sur ma poitrine. Mes joues sont rouges de honte.

— Qu'est-ce qui s'est passé ? demande Sam en apparaissant à mes côtés.

Je secoue la tête, incapable de parler à cause de la boule qui s'est formée dans ma gorge. J'aurais dû me douter que faire une farce qui impliquerait Jack de manière aussi personnelle était une mauvaise idée. Je lui ai fait du mal. Et c'est cette certitude qui fait finalement couler mes larmes.

Je me précipite dans l'intimité de la maison et m'enferme dans une salle de bains à l'étage, alors que les larmes coulent sur mon visage. Je n'ai jamais voulu dire adieu à Jack. Je voulais juste qu'il soit lui-même. Je voulais qu'il soit à nouveau heureux. Mais il ne pourra peut-être jamais l'être avec moi.

13

Jack

Ça fait trois jours que je n'ai plus revu Riley, et je rentre à la maison d'un pas traînant après le boulot. Je croyais que le fait de rompre avec Riley plutôt que de me faire larguer rendrait la situation plus facile, mais il s'avère que ça ne marche pas comme ça, quand votre cœur est impliqué. Je suis encore furieux à cette idée. Elle m'a dupé pour me pousser dans une relation et j'ai pris mes responsabilités, m'efforçant d'être l'homme qu'elle méritait. Et soudain, elle ne veut plus de moi. Gardons une relation décontractée, me dit-elle. Une relation légère. C'est des conneries. C'est sa manière de dire, « ne soyons pas en couple ». Eh bien, devinez quoi ? J'ai déjà connu ça un nombre incalculable de fois, dans ma vie. Toute une série de femmes, auxquelles je n'ai plus repensé une seule fois. Je croyais que Riley était différente. Je tenais à elle, et je croyais qu'elle tenait à moi.

Je prends une douche comme tous les jours après le travail, puis je prends une bière et souhaite pouvoir faire apparaître un peu de malbouffe comme par magie. Tout ce que j'ai, c'est un reste de salade qui me vient *d'elle*. Je ne mange pas de salade, et je suis trop épuisé pour aller faire des courses. Je commanderais bien à emporter, mais je n'ai envie de rien. Je dînerai donc avec de la bière.

Je lève les pieds sur la table basse et allume la télé, zappant de chaîne en chaîne jusqu'à trouver le match des Yankees. Deux manches plus tard, les Yankees sont menés d'un point et j'en suis à ma deuxième bière. Dommage que je n'en ai pas neuf, pour les neuf points. Peut-être qu'après ça, je pourrais m'ôter Riley de la tête.

Quelqu'un frappe à ma porte. Je la fusille du regard. Je n'ai *pas* envie de compagnie. C'est sûrement Sam. Rick a déménagé et personne d'autre que je connais ne peut entrer sans sonner à l'interphone pour qu'on le laisse entrer dans l'immeuble.

D'autres coups sont frappés. En fait, j'ai plus l'impression qu'il donne des coups de pied dans ma porte. C'est un son bas. La voix de Sam me parvient depuis l'autre côté de la porte.

— Je sais que tu es là. J'entends la télé.

Je laisse échapper un soupir. Il s'apprête sûrement à m'engueuler pour avoir largué sa sœur. Voilà pourquoi le code d'honneur entre potes existe.

Et puis merde. Je ne vais pas perdre mon meilleur ami à cause d'elle. Sam et moi étions amis bien avant qu'elle fasse irruption dans ma vie, avec ses faux mariages et ses culottes bien sages. *Ne pense pas à ça.*

Je me lève et me rends compte que je suis un peu plus éméché que je le croyais. Je n'ai pas mangé grand-chose aujourd'hui. Je n'ai pas beaucoup d'appétit, ces derniers temps.

Sam donne un autre coup de pied dans la porte.

— Allez, ouvre. C'est Sam.

— Attends.

Je me dirige vers la porte et l'ouvre. Sam est face à moi, une boîte de pizza et un pack de six de ma bière préférée dans les mains. Ma gorge se serre. Il est là pour me soutenir. Mon frère.

Il secoue la tête.

— Tu as une sale gueule. Je t'ai apporté de quoi subsister.

— Merci, parvins-je à articuler malgré la boule qui s'est formée dans ma gorge.

Il fait comme chez lui, s'installant sur le canapé et ouvrant une bière. Je m'assois à côté de lui et prends une part de pizza aux saucisses et pepperonis. C'est aussi ma préférée. Ma bière *et* ma pizza préférées. J'étais certain qu'il prendrait son parti. La famille passe avant tout, comme on dit. C'est pour ça que je n'ai répondu à aucun de ses messages ou appels.

Sam prend une part de pizza, les yeux fixés sur le match des Yankees. On s'assoit, on mange, on boit et on parle du match. Comme au bon vieux temps. Quand nous terminons la pizza, je commence à me sentir à nouveau humain. J'ai la sensation d'avoir tenté de survivre alors que j'avais un trou béant dans le flanc. Riley m'a arraché un morceau de moi. J'ai l'impression d'être un mort-vivant.

Ce n'est qu'à la fin du match que Sam me lance :

— Alors, la situation s'est dégradée entre toi et Riley.

— Ouais.

— Elle dit que tu n'es pas toi-même et que tu essaies trop d'être sérieux.

Je laisse échapper un soupir.

— C'est elle qui m'a piégé pour que j'accepte cette relation.

— Elle t'a piégé ? répète-t-il en haussant les sourcils.

— Oublie ça, dis-je en me passant une main dans les cheveux.

— Je ne vais pas oublier ça. Tu es malheureux. Elle aussi. Vous devriez être ensemble, c'est clair et net.

J'ouvre une autre bière, mais il me la prend des mains.

— Eh !

— Jack, qu'est-ce qu'il se passe ? Tu as dit à toute ma famille que tu étais sincèrement engagé avec elle, et la prochaine phrase qui sort de ta bouche, c'est un adieu ? Qu'est-ce qui s'est passé ? Tu as paniqué à cause de cette histoire d'engagement ?

— Si j'ai paniqué à cause de l'engagement ? répété-je, incrédule.

— C'est pour ça que je lui ai dit de rester loin de toi au départ. Tu ne t'engages jamais.

— Je l'ai épousée !

— Quoi ? lâche-t-il en écarquillant les yeux.

— Je croyais l'avoir fait, continué-je en agitant les bras, mais elle m'a piégé, et le seul moyen de s'en sortir, c'était de ne jamais consommer le mariage pour pouvoir l'annuler. Mais il y avait un piège aussi, alors j'ai commencé à envisager sérieusement qu'on reste mariés. Avant que j'aie eu le temps de comprendre ce qui se passait, je me suis retrouvé complètement dépassé par les événements, et dans une relation sérieuse !

Il me dévisage comme si j'avais trois têtes.

— Mec, tu es en train de dire que tu n'as pas couché avec ma sœur, mais que tu l'as épousée ?

— Oui ! C'est exactement comme ça que ça a commencé. C'est tordu, hein ?

— Très.

Il lève les yeux au plafond un instant, avant de croiser à nouveau mon regard.

— Alors vous êtes mariés ?

— C'est là qu'elle m'a piégé, dis-je en pointant le doigt vers lui. Oh, c'est une petite sournoise, ta sœur. Elle m'a dit qu'on s'était mariés à Las Vegas et que j'étais trop bourré pour m'en souvenir. Ensuite, elle m'a assuré que ce n'était pas grave et qu'on aurait juste à l'annuler discrètement, tant qu'on ne couchait pas ensemble.

— Ah !

— Ce n'est pas drôle ! Elle m'a piégé pour m'embarquer dans cette relation.

— Elle t'a fait une farce. Je lui avais dit que tu étais le roi des farces, dit-il en me donnant un coup de coude dans les côtes. Elle voulait s'amuser un peu, ce qui ne lui ressemble pas du tout, pour être honnête. Ce devait être l'atmosphère de Las Vegas.

— Quelle chance pour moi.

— Alors quel est le problème ? Tu lui en veux toujours de t'avoir fait croire que vous étiez mariés ?

— Non, dis-je en me frottant la nuque. Rends-moi ma bière.

Il me la tend et j'en bois une longue gorgée. Je n'arrive pas à me résoudre à admettre la vérité. Je suis amoureux d'elle et elle ne ressent pas la même chose. Elle veut que je sois un boute-en-train tout le temps. Eh bien, ce n'est pas le genre de type avec qui on s'engage sérieusement, et pour la première fois de ma vie, j'ai envie de ça. Ça craint. L'amour craint. Raison pour laquelle j'ai pris garde d'éviter ça pendant toutes ces années.

Sam fronce les sourcils, l'air concentré.

— Peut-être que le fait de ne pas coucher ensemble vous a donné le temps d'apprendre à mieux vous connaître. C'est peut-être ce qui a mené à une relation plus profonde. Ce n'est pas vraiment un piège, si on y réfléchit bien. Tu dois admettre que tu ne restes jamais dans le coin assez longtemps pour apprendre à connaître une femme, d'habitude.

— Ce n'est pas une relation profonde. Non. Elle veut que ça reste léger et décontracté. Je ne peux pas faire ça.

Ma gorge se serre et je détourne les yeux.

— Pas avec elle.

— Vous devriez avoir une discussion, tous les deux. Vous êtes tous les deux malheureux.

Je secoue la tête. *Ça ne servira à rien. Rien ne pourra arranger les choses.*

— Ne renonce pas à elle si facilement, dit-il en me donnant une tape sur l'épaule.

— C'est elle qui a renoncé à moi.

Il ouvre la bouche et la referme, l'air de se refréner de me donner d'autres conseils. Tant mieux. Parce que peu importe le nombre de conseils qu'il me donnera, ça ne changera rien au fait que Riley n'éprouve pas de sentiments sérieux pour moi. Je suis seul à me débattre dans le grand bain. Je déteste ça.

— Je dois y aller, dit-il en se levant. Accroche-toi.

— Je vais bien, dis-je en me forçant à prendre un ton égal.

Il incline la tête, puis se retourne pour partir.

— Ne lui répète pas tout ce que je viens de te dire, lancé-je.

— Ne t'en fais pas, répond-il en se tournant à nouveau vers moi.

— Je ne m'en fais pas. Mais, tu sais, si tu la vois, dis-lui que je vais bien. Non, dis-lui que je vais super bien.

Il secoue tristement la tête.

— Je ne lui mentirai pas. À plus tard.

Il s'en va et je garde les yeux rivés sur la porte pendant un long moment, avant d'attraper ma bière pour la finir. Je repose la bouteille vide sur la table et me laisse retomber dans le canapé. Des souvenirs indésirables de Riley défilent dans ma tête. La première fois qu'on s'est rencontrés, il y a toutes ces années, quand elle est venue avec Sam. L'intérêt évident dans ses yeux alors qu'elle m'étudiait des pieds à la tête. Plus tard, quand je l'ai revue juste avant qu'elle commence son nouveau job, l'air si professionnelle et compétente, si éloignée de ma propre vie. Las Vegas. Quand on a dansé, parlé et ri. Nous étions ivres. Une fois sobres, les différences entre nous sont trop frappantes.

Je me passe une main sur le visage. C'est terminé. Je dois arrêter de penser à ce point à elle. Je refuse de m'effondrer pour une femme.

Riley

— Sam ! Qu'est-ce que tu fais ici ?

Nous sommes mercredi soir et il est presque minuit.

— Il y a un problème avec maman et papa ?

— Non. Je peux entrer quelques minutes ?

— Oui, acquiescé-je en lui faisant signe d'entrer. Désolée.

Il entre et dit bonjour à ma colocataire, Greta, qui est

blottie sous les couvertures du canapé et regarde quelque chose sur son ordinateur portable.

— On peut aller s'asseoir dans ma chambre, murmuré-je. Lisa travaille de nuit à l'hôpital.

Mon autre colocataire est infirmière aux Urgences.

Je retourne vers ma chambre et m'assois sur mon lit. Quelque chose me dit qu'il est ici pour parler de Jack. Sam a vu mon visage rouge et gonflé, dimanche, après que j'avais pleuré à cause du départ de Jack. Je dois juste faire de l'esbroufe jusqu'à m'en être remise. Je n'ai pas envie de me remettre à pleurer. C'est ce que je fais depuis des jours, et je suis fatiguée de pleurer pour Jack. Je suis la seule à blâmer pour cette farce malavisée.

Sam me suit, ferme la porte derrière lui et s'assoit sur le lit de Lisa, en face de moi.

— Tu travaillais tard ? demande-t-il avec un geste de la main vers mon ordinateur portable posé sur mon lit avec une pile de papiers.

— Oui, j'étais trop agitée pour dormir, alors je me suis dit que j'allais prendre de l'avance sur mon boulot.

— Comment tu vas ?

— Bien, mens-je tout en réarrangeant mes papiers en une pile soignée pour m'occuper les mains.

— Je viens de parler à Jack.

Mes yeux deviennent brûlants et je cligne rapidement des yeux dans un effort pour repousser les larmes, le cœur battant la chamade.

— Ah oui ? Comment il va ?

— Il est à peu près aussi malheureux que toi, même s'il veut te faire croire qu'il va bien.

Ma poitrine se contracte. Je m'en veux terriblement de l'avoir blessé. Je n'aurais jamais dû me servir de cette farce pour me rapprocher de lui. Je n'ai pas pris en compte ses sentiments. C'était égoïste et c'était mal.

— C'est ma faute, dis-je d'un ton étranglé. Je l'ai blessé. J'ai fait quelque chose dont j'ai honte…

Je me tords les mains et ajoute :

— Je le regrette tellement.

— Allez, ça ne peut pas être aussi grave que ça.

— Si, assuré-je en levant le menton. Je suis une personne terrible et sans cœur.

Je balaie mes larmes et croise son regard, m'attendant à ce qu'il me juge. Au lieu de ça, il arbore une expression pleine de compassion. Je détourne les yeux et essuie mes larmes d'un geste furieux.

Il me tend un mouchoir et s'assoit à côté de moi.

— Tu n'es pas une personne terrible et sans cœur.

— Si. Je lui ai fait une farce, mais c'était mal. Ce n'était pas qu'une blague inoffensive.

Je me mouche le nez et froisse le mouchoir dans ma main.

— Je l'ai quasiment attiré dans une relation dont il n'a jamais voulu et pour laquelle il n'était pas prêt. C'est pour ça qu'il se comportait de manière aussi bizarre, aussi sérieuse, comme s'il croyait devoir correspondre au rôle que je l'ai forcé à endosser.

— OK, d'abord, personne ne peut forcer Jack à faire quoi que ce soit qu'il n'a pas envie de faire. Fais-moi confiance, c'est lui qui dirige la situation, il n'obéit pas aux ordres.

Je secoue la tête. Mes yeux me picotent. Sam ne comprend pas. J'ai embrouillé la tête et le cœur de Jack. Il n'est pas dans son élément, pas habitué aux relations. Je l'ai brisé. J'étrangle un sanglot et me couvre le visage à deux mains, embarrassée à l'idée de m'effondrer en face de Sam. Je ne suis pas du genre à pleurer comme ça, d'habitude.

— Je sais que je t'ai toujours répété que Jack était un type marrant et que je t'ai raconté toutes ses farces insensées, parce que c'est hilarant, dit Sam d'une voix basse et apaisante. C'est toujours un vrai boute-en-train.

Je lève la tête, des larmes brouillant ma vision.

— Je sais. Et je l'ai détruit !

— Tu ne l'as pas détruit. Il a aussi un côté sérieux. Personne ne peut passer son temps à penser à s'amuser et à jouer. Tiens, je te donne un exemple. Quand la mère de Rick est morte brutalement, Jack a loué une voiture et nous a tous emmené à Boston pour les funérailles. Et à notre retour, il est passé apporter des plats à emporter à Rick pendant des semaines. Il y en avait assez pour moi aussi, et ça donnait juste l'impression qu'on passait du bon temps ensemble, mais je savais, et Rick aussi, que c'était la manière de Jack d'être là pour lui. Il n'y a pas eu une seule farce pendant tout ce temps.

Je le regarde, bouche bée. Il sait comment être là pour quelqu'un quand l'occasion le requiert. Je songe à ce jour où Jack est venu pour mon anniversaire et m'a dit qu'il y aurait une brique avec mon nom gravé dessus sur son lieu de travail. C'était un geste attentionné et gentil, et maintenant que j'y réfléchis, il voulait sûrement m'offrir quelque chose de permanent en lien avec lui.

— Alors s'il t'a montré ce côté plus sérieux, ce n'était pas un rôle qu'il jouait, continue Sam. Tu ne l'as pas rendu comme ça. Il était sincère.

Je porte la main à ma bouche et mes yeux s'emplissent de larmes. Jack ne m'a pas dit tous ces trucs sérieux parce qu'il voulait prouver qu'il était dans une relation sérieuse avec moi. Je croyais qu'il était devenu trop sérieux trop vite parce qu'il croyait y être obligé. Je croyais qu'il jouait un rôle pour me donner ce qu'il croyait que je voulais. Mais s'il était sincère, ce devait être parce qu'il avait des sentiments profonds pour moi. Et c'est mon cas aussi. Je n'avais pas réalisé à quel point j'étais tombée amoureuse de Jack jusqu'à ce que je le perde.

— Je crois que j'ai fait une terrible erreur, dis-je en laissant retomber ma main. Encore une fois. Je n'arrête pas de faire des erreurs avec lui. J'ai rejeté son côté sérieux parce que je croyais qu'il n'était pas lui-même. Je n'arrêtais pas de lui dire de redevenir comme avant, et ça le mettait de plus en plus en colère.

— Parce qu'il t'aime.

Mon souffle se coince dans ma gorge et de nouvelles larmes me montent aux yeux.

— Je l'espère, parce que je suis amoureuse de lui.

— Fais-moi confiance, c'est le cas, assure-t-il en me

donnant une tape sur l'épaule. Je n'avais jamais vu Jack aussi ébranlé par une femme. Vous pouvez arranger tout ça. Et il n'a jamais été rancunier.

Il a raison. Jack ne m'en a pas voulu quand je lui ai pris ses vêtements pour lui faire une farce, mais cette fois, nous sommes en territoire délicat, celui du cœur. Je garde les yeux rivés au sol, le front plissé de concentration alors que j'essaie de déterminer comment tout arranger avec Jack.

Sam se lève et m'embrasse sur le sommet de la tête.

— On se voit plus tard. Essaie de ne pas lui briser le cœur.

— Je ne le ferai pas, c'est promis.

Il me fait un clin d'œil et sort.

C'est drôle, Sam m'a gardée loin de Jack parce qu'il avait peur que j'aie le cœur brisé, et maintenant il me demande de ne pas briser celui de Jack. Ce ne sera possible que si Jack a les mêmes sentiments pour moi que ceux que j'éprouve pour lui. C'est moi qui ai commencé tout ça, j'ai tout fait merder et c'est à moi de tout arranger.

La question, c'est comment ?

14

Jack

J'ai passé la semaine à grogner sur tout le monde au boulot, mais je ne peux pas m'en empêcher. J'ai envie d'aller bien, comme je l'ai affirmé à Sam, mais ce n'est pas le cas. Je ne sais pas si j'irai à nouveau bien un jour. Riley m'a arraché le cœur de la poitrine et depuis lors, je ne suis plus qu'une coquille vide. Au diable l'amour. Au diable mon cœur stupide. J'ai envie qu'il soit à nouveau en un seul morceau. J'ai envie de me sentir à nouveau normale. On est vendredi et je ne suis même pas content d'être en week-end. Toutes les journées sont aussi nulles les unes que les autres.

J'emporte mon déjeuner dans une ancienne classe de l'école que nous sommes en train de transformer en espace de bureaux commerciaux, me laisse glisser au sol et ouvre le couvercle. C'est un sandwich aux boulettes de viande, mon genre de sandwich préféré. Mon frère Dylan m'a fait la surprise de me l'offrir. Depuis que Riley était entrée dans ma vie, je préparais mon déjeuner à la maison pour économiser de l'argent. J'ai bêtement cru que je devrais nous acheter un logement plutôt que de louer, pour avoir quelque chose de permanent. Bien fait pour moi. Mon estomac se noue. Je referme le couvercle, le pose et reste assis là, les yeux fixés sur le linoléum.

Je ne peux m'empêcher d'avoir l'impression que le karma m'a rattrapé, après toutes les farces que j'ai pu faire dans ma vie. Une fois, j'ai donné à Connor une peinture que j'avais trouvée sur le trottoir, en lui disant qu'elle était d'un célèbre artiste de rue. Ça fait des années qu'elle est accrochée dans son appartement. C'est un vrai déchet. Il y a longtemps, quand Brendan et moi étions colocataires, j'ai coupé les lacets de ses chaussures de jogging, un peu plus jour après jour, jusqu'à ce qu'il ne puisse plus les nouer. Quand j'étais petit, j'ai convaincu mes parents que l'école était fermée à cause du mauvais temps, alors qu'elle était juste repoussée (cette blague-là n'a pas dérangé mes frères). Je ne compte même plus le nombre de fois où j'ai échangé la nourriture (le sel à la place du sucre, etc.), le shampoing ou l'après-rasage. Mais ce n'était que des farces inoffensives. Personne n'a été blessé.

C'est ce qui m'énerve le plus. Riley est allée trop loin. Je n'ai jamais fait de blague à une femme si je me rendais compte qu'elle n'aimait pas ça. Je voulais juste me montrer charmeur pour nous offrir un plaisir mutuel.

J'ai promis de rester en contact avec des femmes que je n'avais aucune intention de revoir. J'ai fait croire à tant de femmes qu'elles étaient spéciales, sans jamais avoir pris le temps d'en connaître aucune. Je ne voulais qu'une relation physique.

Les ai-je blessées ?

Elles n'ont pas pu s'attacher à ce point à moi après une seule nuit, hein ? Mais et si ça avait été le cas pour l'une d'entre elles ? Ou plus d'une ?

Bon sang, beaucoup d'hommes ne sont pas sérieux. Ce n'était pas une farce. J'aurais sûrement pu être plus franc et leur annoncer que ce ne serait qu'une aventure sans lendemain, pour moi. Au lieu de ça, j'ai fait des promesses que je n'avais aucune intention de tenir. Ce que je vis aujourd'hui est la pire des revanches. Riley m'a dit qu'elle voulait que l'on soit plus désinvoltes, mais elle est mille fois pire que je l'ai jamais été. Ne jamais faire de farce quand ça concerne l'amour. C'est la forme de décence la plus basique. Elle m'a piégé pour m'amener à l'aimer, et c'était la pire erreur de ma vie.

Connor passe la tête dans la salle de classe.

— Dylan t'a mis au coin ?

— Je ne suis pas au coin, crétin, rétorqué-je en m'éloignant du coin de la pièce.

Il a deux ans de moins que moi et il est le plus réservé de tous mes frères. Il traverse la salle et me rejoint avec son déjeuner, un sandwich avec des chips, ainsi que du rosbif et du fromage provolone. Il prépare son déjeuner à la maison depuis des années et apporte toujours la même chose, parce qu'il économise pour s'acheter une maison.

Il mord dans son sandwich, mâche et avale.

— Tu n'as pas faim ?

— Non. Tu veux mon sandwich aux boulettes de viande ?

— J'ai ce qu'il me faut. Emporte au moins ton sandwich à la maison pour le dîner.

— Oui maman.

Il me donne un coup de coude dans les côtes.

— Tu as l'air de ne pas avoir dormi depuis une semaine. C'est le chien du voisin qui te tient éveillé la nuit, ou ton cœur brisé ?

Le truc, c'est qu'il n'a pas prononcé cette phrase comme s'il se moquait de moi. Il a parlé d'un ton doux et égal. C'est son comportement naturel. J'ai presque envie d'admettre que mon cœur est en miettes et que je ne sais pas si j'arriverai un jour à recoller les morceaux. Ce serait comme quand on répare un vase brisé avec de la colle. Il ne retrouve jamais tout à fait sa forme initiale. Il a toujours l'air abîmé et dégueulasse.

— Le chien est calmé, maintenant, dis-je. Ils le prennent au lit avec eux.

Riley a arrangé le problème, ajouté-je en silence. C'est à ce moment-là que j'ai eu cette idée stupide de l'épouser pour de vrai, et que je suis devenu beaucoup trop sérieux avec elle. Excusez-moi si j'ai fini par éprouver des sentiments profonds pour une femme et par prendre ça au sérieux. Je ne vais pas plaisanter avec un truc aussi sérieux. Il y a des limites aux farces qu'on peut faire. De toute évidence, Riley est encore trop inexpérimentée dans le domaine pour savoir ce qu'elle fait.

— Je ne trouvais pas qu'elle était faite pour toi, de toute façon, dit Connor.

Je le fusille du regard, surtout parce que je n'ai jamais été sûr que Riley et moi étions sur la même longueur d'onde.

— Pourquoi ?

Il mord une bouchée de sandwich et la mâche, l'air songeur.

— Je suppose qu'elle avait l'air trop traditionnelle, ou quelque chose comme ça. Pas du tout ton type.

— Qu'est-ce qui te fait dire qu'elle était trop traditionnelle ? Tu ne l'as rencontrée qu'une fois, au barbecue. Elle n'était pas habituée à notre famille, c'est tout. La sienne est plus formelle.

Il prend un air sceptique.

— Et sa robe était un peu… je sais pas. L'opposé de sexy.

— L'opposé de sexy ! aboyé-je. Elle était très sexy, dans la façon dont elle dissimulait toutes ses courbes. Je la lui ai quasiment arrachée dès qu'elle est entrée dans mon appartement.

Il hausse un sourcil et se remet à manger son sandwich pendant que je fulmine. Il ne connaît pas du tout Riley. Elle est très sexy, très passionnée. N'importe qui n'arrive pas à faire ressortir ça chez elle, c'est tout. Je croyais que c'était l'une des raisons pour lesquelles ça fonctionnait entre nous. Clairement, les ébats torrides ne suffisent pas à entretenir une relation.

Il termine son déjeuner et range tout.

— Elle ne travaille pas comme comptable d'entreprise ? C'est un autre truc qui prouve qu'elle n'est pas faite pour toi. C'est un col blanc. Pas toi.

Je sens la colère me gagner, surtout parce que j'ai peur qu'il ait raison.

— Depuis quand est-ce que tu es aussi critique ?

— Depuis que tu as besoin d'une intervention pour te remettre les idées en place, rétorque-t-il.

Il siffle entre ses dents et mes frères entrent tous dans la pièce.

— Tu es un vrai danger sur le lieu de travail.

— Super, exactement ce dont j'avais besoin, maugréé-je. D'autres conseils merdiques de la part de mes frères.

Je me lève et ajoute de mon ton le plus belliqueux :

— Laissez-moi deviner. Dylan et Sean, vous allez me dire que tout va s'arranger. Vous êtes passés par là, vous avez connu tous les aléas d'une relation et tout finit toujours par aller mieux. Ce sont des conneries et ça ne m'aide pas. Et le reste d'entre vous va me dire « une de perdue, dix de retrouvées » parce que c'est la vérité. Évidemment que oui ! Mais je n'ai pas envie de dix autres ! Alors barrez-vous et laissez-moi tranquille.

Connor se lève et sort.

Mes épaules s'affaissent. Bon sang. Tout ça parce que je les ai engueulés ? On a été éduqués pour se soutenir les uns les autres.

Dylan me lance un regard franc.

— Ce n'est pas une intervention, Jack. Connor plaisantait. Détends-toi.

— Pourquoi il est parti, alors ?

Mes frères se rapprochent de moi et une sensation de malaise m'envahit. Est-ce leur revanche pour tous les tours que je leur ai joués ? S'apprêtent-ils à me porter dehors et à me laisser tomber dans la benne à ordure à l'arrière du bâtiment ? Ou à me déshabiller pour me jeter tout nu dans l'East River ?

Brendan m'adresse un sourire malicieux.

— Regardez-moi cette tête ! Il croit qu'on s'apprête à l'assassiner. Pour lui faire payer toutes les farces qu'il nous a jouées.

Je carre les épaules.

— Non, c'est faux, mais vous m'encerclez comme si vous

vous apprêtiez à faire quelque chose. Je ne sais pas quoi. Ce n'est pas ma faute si j'ai été de mauvaise humeur toute la semaine.

— Elle t'a brisé le cœur et ça fait mal, lance le Fauve.

Il y a tant de compassion dans sa voix, tant de sincérité, que je réponds :

— Oui !

— Je suis désolée, dit une voix féminine.

Mes frères s'écartent alors que Connor entre dans la pièce avec Riley. Qu'est-ce qui se passe ? Je cligne des yeux. Soudain, j'imagine très bien Connor et Riley en couple ; ils sont tous les deux si raisonnables et sérieux. Riley porte un costume – veste bleu marine, chemisier blanc, jupe bleu marine et chaussures plates assorties. Elle a l'air de sortir tout droit du boulot. Non, ils ne peuvent pas être ensemble. Il a dû l'amener ici. Elle est censée être au boulot, en ville, et pas sur un chantier de Brooklyn.

Je ne peux supporter d'attendre plus longtemps.

— Qu'est-ce qui se passe, bon sang ? lâché-je.

— Baisse d'un ton, me rétorque aussitôt Dylan. Elle s'apprête à essayer de te reconquérir. Sois poli.

Je la regarde, bouche bée. Mes frères reculent, mais ne partent pas. Va-t-elle me supplier de revenir devant tous ces témoins ? Il faudrait avoir du courage.

Avant même d'avoir pris conscience de ce que je faisais, je traverse la pièce pour la rejoindre.

— Qu'est-ce que tu fais ici ?

— Je voulais te montrer quelque chose.

Elle a un sac cabas en toile passée à l'épaule et se dirige vers le rebord de la fenêtre, avant de sortir quelque chose du sac.

Je la suis et entends mes frères s'agiter derrière moi alors qu'ils tentent de jeter un œil. Je m'en fiche. Je suis concentré sur la serviette du bar de Las Vegas.

— J'ai conservé des souvenirs du temps qu'on a passé ensemble, parce que c'était spécial.

À côté de la serviette, elle dépose son voile de mariée, une bague de mariage dorée, et une clef magnétique en plastique de l'hôtel.

— Il y en a d'autres.

Elle sort ensuite la vis que je lui ai donnée pour plaisanter le jour de son anniversaire, un petit drapeau américain récupéré sur un cupcake au barbecue de mes parents et une culotte en dentelle noire déchirée. Je la récupère en vitesse pour la fourrer dans ma poche. Mes frères n'ont pas besoin de voir un objet aussi intime.

Elle lève les yeux vers moi, et ses sentiments se lisent clairement dans ses yeux.

— J'ai aimé le temps qu'on a passé ensemble, à danser et à traîner au bar, j'ai aimé être mariée pour de faux avec toi, j'ai aimé le soin que tu as pris à empêcher ta famille d'être blessée à l'idée d'avoir manqué nos noces, j'ai aimé ta présence à mon anniversaire avec mes parents et j'ai aimé que tu m'amènes voir les tiens, surtout sachant que j'étais la première femme que tu amenais chez toi. J'aime ta spontanéité et ton excellent sens de l'humour et j'aime aussi ta capacité à être sérieux, quand des sentiments sincères sont impliqués. Et c'est le plus important. Je suis désolée de ne pas avoir vu ton côté sérieux pour la bénédiction qu'il est. Est-ce que tu peux me pardonner ?

Je la dévisage, la bouche sèche. Je suis à court de mots.

Riley

Jack me dévisage d'un air impassible et je crains qu'il ne soit trop tard. Il en a fini avec moi. Je jette un œil aux visages curieux de ses frères et rassemble tout le courage que je possède. Je veux qu'il sache que j'éprouve des sentiments sérieux, moi aussi. Maintenant, je crains qu'il ne ressente plus la même chose pour moi.

— Jack, je ne savais pas comment me rapprocher de toi. Je

me suis servi de ce pour quoi tu étais réputé – toutes ces farces démentes – et je m'excuse sincèrement pour la blague de Las Vegas, parce que je me rends compte que les farces doivent être juste pour rire, et ne jamais impliquer des sentiments. Je veux que tu sois toi-même, drôle ou sérieux, parce que j'aime tout ce qui te compose.

— Aime ?

Je hoche la tête, la gorge si serrée d'émotion que j'arrive à peine à parler.

— J'avais envie de plus d'amusement dans ma vie et je me rends compte, maintenant, qu'il y a plus que ça chez toi, et c'est une bonne chose, parce que la sincérité et le sérieux sont de bon augure sur le long terme, et j'espère que c'est ce que nous aurons.

Ma voix se brise et je prends une grande inspiration tremblante. Est-ce trop tard ?

Il m'observe pendant un long moment.

Je ne crois pas l'avoir tout à fait convaincu, mais j'ai un dernier objet dans mon sac. Je sors une brique. C'est le genre qu'on peut faire graver pour la placer sur le nouveau trottoir du parc de jeux qu'ils vont construire ici. Il m'en a acheté une avec mon nom pour mon anniversaire. Je l'ai fait modifier, avec l'aide de son frère.

Je la lui montre.

— Riley Walsh-Rourke, lit-il. Comment tu as…

— Je lui ai donné un coup de main, lance Connor.

— Il était dans le bureau de ton entreprise quand je suis venue hier, expliqué-je.

Jack me dévisage pendant si longtemps que mes yeux s'emplissent de larmes. Je ne suis pas sûre que mes mots ont réussi à l'atteindre. C'est peut-être trop tard.

Mes yeux sont brûlants et ma gorge si serrée que c'en est douloureux.

— Pour conclure, j'aime tout, chez toi, et je suis si heureuse d'avoir eu l'occasion d'apprendre à te connaître. Si tu parvenais à me pardonner un jour, j'aimerais beaucoup passer à nouveau du temps avec toi, sur le long terme. Les sentiments que j'éprouve sont sérieux.

Je lui offre la brique, mais il ne la prend pas. Il se contente de la regarder.

Lentement, je la pose sur le rebord de la fenêtre, avec tous les souvenirs des moments qu'on a passés ensemble, alors que ma vision se brouille de larmes. Ces souvenirs sont tout ce que j'ai, maintenant.

Un silence total s'est abattu dans la pièce.

Tout le monde a les yeux fixés sur Jack et attend sa réaction. Je ne peux soutenir son regard sachant qu'il ne veut plus de moi.

~

Jack

Elle m'aime. La morosité profonde qui pesait sur moi disparaît de mes épaules et je me sens soudain léger. Une chaleur irradie de ma poitrine. Mon cœur a retrouvé sa place, à nouveau en un seul morceau. Je ne patauge plus seul dans le grand bain. Elle *m'aime*. J'ai envie de le hurler au monde entier depuis le toit le plus élevé de Brooklyn. C'est important à ce point, pour moi. Mais d'abord, je dois lui faire comprendre que je l'aime aussi.

— Ry, cette brique était très présomptueuse de ta part, remarqué-je en pointant un doigt vers elle.

Elle la regarde.

— Je sais. Connor m'a dit qu'il pourrait la recouvrir de sable si elle ne te plaît pas.

Elle fait mine de la remettre dans son sac, mais je la lui prends des mains et la repose à côté de la série de souvenirs des moments qu'on a passés ensemble.

Je laisse échapper un soupir exagéré.

— Tu savais que je n'avais jamais de relation. C'est pour ça que Sam ne voulait pas que je batifole avec toi dès le départ.

— Je sais.

— Mais tu m'as piégé pour me pousser à en avoir une.

— Je suis déso…

— Ne t'excuse *pas*. C'était sûrement notre seule façon de contourner Sam, et je n'avais pas réalisé ce que je ratais, avant de le connaître avec toi. Cette farce m'a permis d'apprendre à mieux te connaître et je ne peux voir ça que comme une bonne chose. La meilleure qui me soit jamais arrivée, en vérité.

Elle écarquille les yeux et demande d'une voix douce et pleine d'espoir :

— Tu me pardonnes ?

Je l'attire dans mes bras.

— Je pardonne, mais je n'oublie pas. Prépare-toi à une farce de vengeance.

Elle sourit et enroule les bras autour de mon cou.

— Ça pourrait dégénérer. Si tu me fais une farce, je t'en ferai une en retour, et ainsi de suite.

Je souris contre ses lèvres.

— Je t'aime, Riley Walsh, et future Rourke.

— Je t'aime aussi !

Un chœur d'acclamations et de sifflets s'élève. Je regarde mes frères souriants. J'avais presque oublié qu'ils étaient là. Je n'arrive pas à croire que Riley m'a fait cette grande déclaration d'amour devant tout le monde. Elle doit vraiment être folle de moi.

Je sors la clef magnétique de mon immeuble de mon portefeuille et celle de mon appartement de ma poche.

— Emménage avec moi, proposé-je en prenant sa main pour les lui donner. Je te rejoins juste après le boulot.

Vivre ensemble est la prochaine étape, pour une relation sérieuse, et c'est exactement ce que nous avons.

— Tu peux partir plus tôt, dit Dylan avec un grand sourire. On est vendredi et Jack est amoureux. Ça mériterait un jour férié.

Il sourit et ajoute :

— Riley a déjà arrangé ça avec moi.

J'étire les lèvres et me tourne à nouveau vers Riley.

— Tu étais sûre de toi, hein ?

Elle sourit et secoue la tête.

— J'étais pleine d'espoir, mais pas sûre du tout.

Je l'attire contre moi et l'étreins avec force. Je ne veux plus jamais la perdre. Le soulagement m'envahit. Elle ressent la même chose que moi. Je ne suis pas seul dans cette histoire de relation sérieuse, et je me sens plus détendu à cette idée. Elle aime les deux facettes de moi : la sérieuse et la marrante. Je ne suis pas obligé de faire tous ces efforts pour lui prouver que je suis capable d'être un petit ami sérieux. Je le lui ai déjà prouvé.

— Mon Dieu, il prend les gens dans ses bras, maintenant, remarque Brendan.

— Je parie qu'il fait aussi des câlins, renchérit le Fauve.

Tout le monde éclate de rire. Je secoue la tête en souriant et récupère sa collection de souvenirs de nous deux, la range dans son sac et le porte pour elle.

— Rentrons à la maison, dis-je en passant un bras autour de ses épaules.

— Bonne idée.

Quand nous arrivons chez moi, je suis si soulagé de l'avoir pour moi tout seul, de savoir qu'elle veut quelque chose de vrai sur le long terme, que je la porte pour passer le seuil de la porte, comme si nous étions mariés.

— Mon prince romantique, dit-elle en fourrant son nez dans mon cou.

— Eh, tu n'es pas si mal, toi aussi, avec ta déclaration grandiose devant tous ces témoins.

— C'était grandiose, hein ? Et sincère.

Je la repose à côté de mon lit et l'embrasse, ne m'interrompant que le temps de lui retirer ses vêtements. Je me déshabille aussi et l'enlace, me laissant tomber sur le lit avec elle et la faisant rouler sous moi.

Je me hisse sur les avant-bras au-dessus d'elle.

— Tu es la première femme qui aime toutes les facettes différentes qui me composent.

Ses doigts jouent avec les petits cheveux sur ma nuque et elle sourit.

— Je parie que je suis la première femme à les voir.

— Tu as sûrement raison. Tu m'as tellement manquée.

— Tu m'as manqué aussi, à un point ridicule. C'était pathétique. J'ai pleuré, gémi et mangé bien trop de chocolat.

— Pathétique, hein ? répété-je en lissant ses cheveux en arrière et en prenant sa mâchoire en coupe. J'aime beaucoup ça. Tu avais le cœur brisé pour moi. Tu serais la première aussi.

— Je suis sûre que tu as laissé derrière toi toute une traînée de cœurs brisés. Tu n'étais pas là pour t'en rendre compte, c'est tout.

— Pas comme ça. Personne n'a jamais autant compté pour moi que toi. J'étais pathétique, moi aussi.

Elle m'embrasse tendrement. Le baiser gagne en intensité alors que je prends les commandes, éprouvant le besoin de m'unir à elle. Je ne m'arrête que le temps de récupérer un préservatif et l'enfiler.

— La prochaine fois, j'irai lentement, lui promets-je. J'ai besoin de ça. J'ai besoin de toi.

Elle arque les hanches, se soulevant pour rejoindre chaque coup de reins.

— Oui. Jack.

Ma bouche s'empare de la sienne alors que je m'enfonce profondément, le cœur comblé alors que nos corps et nos âmes s'unissent. Je lève la tête et regarde dans ses yeux marron chaleureux. C'est l'amour que j'ai attendu toute ma vie. Mon âme sœur.

Elle remonte les chevilles plus haut autour de ma taille.

— Encore.

Je lui donne ce dont elle a besoin. Elle rue des hanches sous moi sous l'effet de l'orgasme et je lâche prise en tressaillant.

Un long moment plus tard, je lève la tête.

— Tu sais ce qui est super avec la monogamie d'une relation sérieuse, comme celle dont tu avais tellement envie avec moi ?

— Quoi ? rit-elle.

Je lui mords la lèvre inférieure et réponds :

— Je peux coucher avec toi chaque fois que j'en ai envie.

— Je ne suis pas sûre que ce soit tout à fait comme ça que ça marche.

— C'est le cas quand la femme te trouve si irrésistible qu'elle est prête à déclarer son amour devant tous tes frères. Tu as eu du cran, ma belle.

Je l'embrasse dans le cou et souris contre lui. Je l'aime tellement.

— C'est vrai, acquiesce-t-elle en me caressant le dos. Mais je ne dirais pas qu'on puisse coucher ensemble chaque fois qu'on en a envie. Je veux dire, et si je suis au boulot ?

— C'est simple, dis-je en levant la tête. Je verrouillerai la porte du bureau et je te plierai en deux au-dessus de ton bureau.

Elle rougit.

— Et si c'est toi qui es au boulot ?

— C'est simple. Je verrouillerai la porte de la salle de bain et ensuite, une petite pipe.

J'embrasse sa bouche souriante et ajoute :

— Tu es si douée pour ça.

— Hum… et si tu es à une fête de famille ?

— C'est simple. Je verrouille la porte de la salle de bain…

— Et ensuite petite pipe, termine-t-elle pour moi.

— J'allais dire que je te prendrai contre le mur, mais je n'ai rien contre ta version. En fait, jamais je ne refuserais une pipe. N'hésite pas à te lancer chaque fois que tu en auras envie.

— Ou l'inverse.

Je roule sur le dos et l'attire avec moi, la déposant sur moi.

— Sous l'une de tes robes bien sages, lors d'un événement rempli de monde. Ry, tu es une vilaine fille.

— Oh, Jack. J'ai l'impression de t'avoir récupéré, en entier. Tu souris, tu plaisantes avec moi à nouveau. Tu m'appelles Ry. C'est merveilleux.

Je l'embrasse.

— Je suis peut-être allé trop loin dans l'autre direction, en croyant devoir te prouver que je peux être un type sérieux. Mais tout s'est arrangé. Maintenant, tu es à moi et rien qu'à moi.

Je la retourne sur le dos et cloue ses mains au matelas.

— Prépare-toi à capituler.

— Encore ? s'étonne-t-elle, ses pupilles se dilatant. Je veux dire, oui, s'il te plaît.

— Je t'ai promis d'y aller doucement, la deuxième fois.

— Tes yeux brillent d'un éclat maléfique.

— Maintenant, tu sais que c'est réel entre nous. Tu as devant toi mon état naturel.

Je l'embrasse et je la regarde dans les yeux. Je pourrais jurer voir des étoiles dans ses yeux, qui me renvoient leur lueur. C'est l'amour.

— Tu es à moi, tout à moi, murmure-t-elle.

Je l'étreins et la maintiens contre moi, submergé par la profondeur des émotions qui m'envahissent. C'est le genre d'amour qui pousse un homme à faire des trucs ridicules pour sa femme, avec un grand sourire idiot sur le visage, parce qu'il ne se rend pas compte à quel point il a l'air stupide. Je l'ai déjà vu chez d'autres types.

Et je suis impatient de connaître ça aussi.

ÉPILOGUE

Riley

Ça fait presque deux mois que je vis avec jack et que je tombe un peu plus amoureuse de lui chaque jour qui passe. Il est *tout* ce dont j'ai toujours rêvé. Drôle et joueur, tout en prenant soin de moi et en faisant des trucs attentionnés comme m'apporter des toasts beurrés et du thé le matin. Il est l'homme le plus gentil, sexy et formidable que j'aie jamais rencontré. Je suis si heureuse qu'il m'ait pardonné et laissé revenir dans sa vie. Dieu merci, il n'est pas rancunier.

Il a même fini par séduire ma mère, la dernière qui continuait de lui résister. Mon père a accepté notre relation dès que Sam lui a expliqué que c'était du sérieux et que Jack s'était vraiment engagé. Bref, quand nous avons emménagé ensemble, Jack a invité mes parents à un dîner de famille chez ses parents, expliquant qu'il était temps que les deux familles se rencontrent parce qu'il avait l'intention de rester dans le coin. Je crois que ça a aidé ma mère, de voir Jack entouré de sa famille aimante, qu'il aimait clairement aussi. Elle a vu ce que j'ai toujours su, tout comme Sam : Jack est quelqu'un de bien.

C'est le week-end de la fête du travail, le dernier long week-end de l'été et notre premier long week-end ensemble depuis un moment. J'espère en passer la majeure partie au lit, avec mon homme musclé et sexy au cœur d'or. Je pousse un soupir satisfait et le regard, assis face à moi à la petite table bistrot ronde qu'on a réussi à caser dans la cuisine. Nous sommes samedi matin en fin de matinée et nous venons de finir notre petit déjeuner. Je nous ai préparé du pain grillé avec du bacon et des œufs. J'ai emménagé chez lui parce que c'était bien plus abordable qu'à Manhattan. Le trajet en transports en commun n'est pas si long jusqu'à mon boulot. OK, la vraie raison, c'est qu'on ne supportait pas d'être séparés. Ouais, on est l'un de ces couples écœurants de mièvrerie et toujours collés l'un à l'autre. Je n'ai jamais été plus heureuse.

Il se lève et récupère nos assiettes, avant de les rincer et de les mettre dans le lave-vaisselle. Il y a encore une pile de poêles et j'espère qu'il va les laver, mais il est habitué à les laisser traîner jusqu'à être à court de trucs dans lesquels faire à manger. Il est plutôt bon cuisinier. Meilleur que moi, en tout cas. Je ne sais quasiment faire que des petits déjeuners.

— Qu'est-ce que tu as envie de faire, aujourd'hui ? demandé-je. Quand la cuisine sera nettoyée, je veux dire.

Il se retourne, ses yeux bleus pétillants d'amusement.

— Tu es si subtile, mon chou. Mais… dit-il en levant un doigt, les poêles vont devoir attendre. J'ai quelque chose à te donner.

— Qu'est-ce que c'est ? l'interrogé-je, le visage rayonnant.

Il est très doué pour faire des cadeaux, si attentionné et en prise directe avec ce que j'aime. Il y a eu la brique gravée qu'il m'a offerte à mon anniversaire (et que Connor a modifiée pour mon geste romantique), des rangements pour placard pour que je puisse ranger toute ma garde-robe avec soin dans son placard, et prendre quasiment toute la place, et une photo de nous en train de danser à Las Vegas, dans un cadre souvenir criard de Vegas (apparemment, Alison a pris une photo de nous ce soir-là, sur la piste de danse).

Il rapproche sa chaise de moi et s'assoit. Je me tourne face à lui et il prend mes deux mains dans les siennes.

— Ne panique pas, dit-il.

Mon cœur cogne dans ma poitrine. Je panique, parce qu'il m'a demandé de ne pas le faire. Ce doit être un cadeau incroyable et dément.

Il étire un coin de ses lèvres.

— Respire, d'accord ?

Je hoche la tête et prends une lente inspiration.

— J'ai économisé et, OK, je me suis aussi un peu endetté, mais quand je l'ai vue en ligne, elle m'a paru trop parfaite. Puis je suis allé la voir en personne et j'ai su que je devais te l'acheter.

Mon esprit hésite entre l'excitation et l'inquiétude. Je suis excité par ce que c'est peut-être une bague de fiançailles avec un diamant ! Il parle de notre avenir ensemble comme si c'était une certitude. Je suis inquiète parce que je n'ai pas envie qu'il s'endette.

Il prend ma mâchoire en coupe et m'embrasse.

— Je t'ai acheté une maison.

— Quoi !

Il sourit.

— Elle est près d'un lac à New York. Un endroit parfait où élever des enfants, un très bon quartier scolaire.

Mon cœur se met à battre la chamade alors que des larmes me montent aux yeux. Il est allé au-delà de la bague pour penser directement à notre future famille et à l'endroit où nous la fonderons. Je crois que je suis en état de choc. J'en ai perdu l'usage de la voix.

— Alors ? insiste-t-il. Tu veux aller la voir ?

Je hoche la tête, incapable de parler à cause de la boule qui s'est formée dans ma gorge. Il me fait lever de ma chaise et me serre dans ses bras.

Quelque temps plus tard, nous nous dirigeons vers une petite ville de la banlieue de New York dans une voiture de location, et je ne me suis toujours pas remise du choc. C'est si romantique. Son engagement est clair. Je devrai étudier les chiffres plus tard, m'assurer de contribuer à l'achat pour éviter qu'on s'endette trop pour cette maison, mais bon sang. Cet homme m'a vraiment prise par surprise. Une maison ! Je n'aurais jamais deviné que ce citadin aurait un jour envie de s'installer dans une maison près d'un lac en banlieue.

— C'est loin de Brooklyn ? l'interrogé-je.

— À environ une heure et demie, répond-il. Un peu plus d'une heure en train de ton boulot. Mais ça en vaudra la peine.

— C'est un long trajet à faire tous les jours, remarqué-je.

— On s'arrangera. Si un jour on est fatigués, on pourra toujours passer la nuit chez mes parents. Ils feront d'excellents baby-sitters pour nos futurs enfants. Tu veux des enfants, n'est-ce pas ?

Mon cœur se remet à cogner dans ma poitrine.

— Oui.

Je m'attendais à ce qu'il me demande d'abord en mariage, mais… eh bien, il a l'air d'avoir pensé à tout de manière très pragmatique. J'espère que la maison qu'il a choisie me plaira. Et si ce n'était pas le cas ? Non, j'en tirerai le meilleur parti, c'est tout. C'est un geste si romantique de sa part, je compte bien l'apprécier pour ce qu'il est.

Alors qu'on roule depuis un moment, il remarque :

— Tu es très silencieuse.

— Je réfléchissais, c'est tout.

— J'espère ne pas avoir été trop présomptueux.

— Non, c'est merveilleux. Vraiment.

Je regarde par la fenêtre et m'émerveille alors que nous atteignons un côté de New York que je n'avais jamais vu, parcourant des routes venteuses entourées d'arbres avec des murs de pierre, dépassant des élevages de chevaux et quelques maisons de temps en temps. Pour finir, nous atteignons un lac entouré d'une communauté de maison, des cottages d'un ou deux étages munis de grandes terrasses avec vue sur le lac. Cet endroit a sûrement été un lieu de vacances pour l'été, à une époque, et maintenant les gens y vivent de manière permanente. Je repère plusieurs petites barques près des allées et sur la rive, ainsi que des vélos d'enfants. C'est si charmant et pittoresque. Le soleil se reflète sur le lac, les feuilles vertes des grands arbres encadrent le tout.

Je n'arrive pas à croire qu'on va vivre ici. C'est tellement beau.

Jack se gare dans l'allée d'une maison de deux étages en bardeaux de bois située sur une petite colline.

— C'est ici, annonce-t-il en me prenant la main.

— C'est magnifique ! Je parie que la vue est magnifique vue de là-haut, dis-je en pointant le doigt vers la terrasse du deuxième étage.

Il me fait monter les marches du porche et sort sa clef.

— La maison était meublée. Tu pourras redécorer si tu veux.

Mes yeux s'emplissent de larmes et ma gorge se serre. Je n'arrive toujours pas à croire qu'il a fait ça.

— OK.

Il déverrouille la porte et attend que je passe en premier. J'entre et il me suit. Waouh, c'est…

— Surprise ! s'exclame un chœur de voix alors que tout le monde sort de sa cachette.

Je sursaute et porte la main à ma bouche, les yeux écarquillés. C'est notre famille. Ils nous regardent tous d'un air rayonnant.

— Surprise, c'est une location, me murmure Jack à l'oreille.

Je laisse retomber ma main et me tourne vers lui.

— Qu'est-ce qui se passe ?

Il sourit.

— Je t'ai fait une farce. Je t'ai bien eue en te faisant croire qu'on allait vivre dans la cambrousse.

Je cligne lentement des yeux, le cœur encore battant sous le coup de la surprise. Il m'a eue, c'est vrai. Je croyais qu'il faisait un geste romantique, alors qu'il s'agit juste d'un genre de fête pour le week-end. J'essaie de sourire, sans y parvenir. J'ai cru…

— Eh, Riley, qu'est-ce qu'on fête ? demande Sam avec un grand sourire.

Je hausse une épaule.

— La fin de l'été ?

— Ou peut-être autre chose, répond Sam en inclinant la tête vers Jack.

Je me retourne et découvre Jack à genou, tenant à la main une bague de fiançailles avec un diamant rond au centre. Je plaque une main sur ma bouche pour étouffer un sanglot.

Je hoche la tête alors que des larmes coulent sur mon visage.

Jack sourit.

— Laisse-moi le temps de te poser la question, dit-il en me prenant la main. Riley Walsh, amour de ma vie, tu es la meilleure chose qui me soit arrivée. Mon âme sœur. Je t'ai attendue toute ma vie et j'espère passer le restant de ma vie à tes côtés. Me feras-tu l'honneur de devenir ma femme ?

Mon cœur cogne dans ma poitrine, l'adrénaline qui m'a submergée plus tôt me rend tremblante. Je ne sais pas si je vais pleurer ou hurler de joie. Je suis si bouleversée.

— Oui, parvins-je à articuler.

Il glisse la bague à mon doigt et se redresse, avant de m'attirer dans ses bras. Des acclamations, des applaudissements et des sifflets résonnent tout autour de nous. Je me mets à pleurer, cette fois, le visage enfoui contre le torse de Jack.

— Je suis allé trop loin ? me demande-t-il en me caressant les cheveux. Je m'attendais à ce que tu souries plus que ça.

— Je suis juste si heureuse et surprise, dis-je en reniflant.

Il s'écarte pour me regarder, sourit tendrement et essuie les larmes sur mes joues.

— Tu sais que ma proposition devait être accompagnée d'une farce.

— On ne fait de farces qu'à ceux qu'on aime.

C'est ce qu'il dit toujours.

— Exactement, acquiesce-t-il à voix basse, ses yeux emplis d'affection rivés sur moi. Et je t'en devais une après notre faux mariage et l'incident dont nous ne parlerons jamais en public. Mais cette fois, je voulais que nos familles soient là pour partager ça avec nous dès le début.

J'entends des murmures bas, provenant sûrement de ses

frères, qui se demandent ce qu'est cet incident, mais Jack les ignore et continue :

— C'est notre fête de fiançailles. J'ai loué la maison pour tout le week-end. Tes affaires sont déjà dans le coffre de la voiture.

Il a récupéré la voiture de location chez ses parents, ce qui veut dire qu'il a dû préparer tout ça à l'avance pendant que j'étais au boulot, hier.

— Tu as dû beaucoup planifier pour rendre tout ça spontané à mes yeux.

— Les blagues les mieux préparées font les meilleures farces, assure-t-il.

Il repousse mes cheveux en arrière et m'embrasse.

— Nous allons être heureux ensemble, Ry, je te le promets. Beaucoup de bons moments nous attendent. Peut-être qu'un jour, on amènera nos enfants ici pour leur montrer où on s'est fiancés.

Je pleure un peu plus et hoche la tête. Il m'enlace à nouveau.

— Accordez-nous une minute, lance-t-il à la foule qui nous observe. Les fêtes de fiançailles surprises nécessitent un petit temps de récupération.

— Ça va, assuré-je en levant la tête. Merci à tous d'être venus.

— J'ai préparé votre chanson, dit Alison en appuyant sur une télécommande.

Le rythme rapide d'une musique de boîte de nuit populaire s'élève et j'ai un flash-back de Jack et moi en train de se frotter l'un à l'autre sur la piste de danse. Mes joues deviennent brûlantes. J'avais bu plusieurs verres et nous étions dans une boîte de nuit sombre, à ce moment-là, je n'étais pas entourée de ma famille.

Jack me sourit.

— Viens, montre-nous ces pas de danse.

Il me prend la main et me fait tournoyer. Il est hors de question que je me frotte contre lui devant tout le monde.

— Sam, montre-nous tes pas de danse, toi aussi.

Sam et Alison nous rejoignent en riant. Puis c'est au tour de monsieur et madame Rourke, qui effectuent une valse très formelle. Je suppose que cela encourage mes parents, qui dansent leur propre valse.

Mon Dieu, mes parents dansent au son d'une musique de boîte de nuit.

Je ris, puis je danse, détendue et heureuse, entourée des gens que j'aime pendant que l'homme que j'aime me serre contre lui.

Beaucoup plus tard, après avoir profité de l'apport infini de plats délicieux préparés par le restaurant d'Alison, ainsi que des desserts préparés par une pâtisserie locale, nos invités s'en vont les uns après les autres pour rentrer chez eux.

Connor s'arrête pour m'embrasser sur la joue.

— Je ne peux pas m'empêcher d'avoir l'impression que j'ai une responsabilité dans cette occasion.

Je ris.

— C'est vrai que tu m'as aidé à reconquérir Jack.

Il sourit.

— Si tu ne l'avais pas fait, c'est lui qui aurait tout fait pour te récupérer. Le Jack amoureux est assez pathétique.

— Eh ! proteste Jack. Nous étions tous les deux aussi pathétiques l'un que l'autre.

Il me fait un clin d'œil, et Connor sourit.

— Encore félicitations, dit-il en serrant la main de Jack et en lui donnant une tape sur l'épaule, avant de se tourner vers la porte.

— Bonne chance avec tes cours à la fac ! lancé-je.

— Merci, répond-il en levant une main. Je vais en avoir besoin.

Oooh, il est nerveux à l'idée de retourner à la face après avoir quitté l'école depuis si longtemps. Je trouve ça génial. Il prend des cours d'économie parce qu'il veut en apprendre plus et jouer un plus grand rôle dans l'entreprise familiale. Il est censé devenir commandant en second bientôt.

Une fois que la porte s'est refermée derrière Connor, je me tourne vers Jack.

— Donc, demain on va pêcher sur le lac. Qu'est-ce que tu avais en tête pour ce soir ?

— Tu as vraiment besoin de poser la question ? réplique-t-il en me lorgnant.

Ses yeux pétillent, puis il plonge sur moi. J'émets un couinement et me précipite vers la chambre, à l'étage, car c'est là-bas que nous voulons tous les deux passer le restant de la nuit.

Juste au moment où j'atteins la chambre, il m'attrape par-derrière, fourre son nez dans mon cou et sa barbe se frotte contre moi, me faisant frissonner.

— Accorde-moi une minute, d'accord ? demandé-je, à bout de souffle.

— Est-ce que ça implique de la lingerie ? J'ai amené toutes mes préférées.

— Peut-être.

Il me lâche et me donne une tape sur les fesses alors que je me dirige vers ma valise. Je l'ouvre et découvre à la fois des culottes sexy et des plus sages. On dirait qu'il me laisse le choix de ce que j'ai envie de porter. Je fais rouler la valise jusqu'à la salle de bain pour lui faire la surprise.

Je ressors quelques secondes plus tard, ne portant plus qu'une culotte de bikini blanche en dentelles avec de petits nœuds sur les côtés.

Il est couché sur le lit dans son boxer noir. Je m'accorde un instant pour admirer son torse large et ses muscles sculptés, qu'il tient en partie à son travail et en partie à son entraînement matinal. Ses cheveux brun foncé sont ébouriffés de manière sexy et un sourire joue sur ses lèvres.

— Tu as trois secondes, non, deux, pour monter sur ce lit.

— Sinon quoi ?

— Sinon, je bondis, répond-il avec un sourire diabolique.

Je me dirige lentement vers lui. Il m'attrape et me hisse sur lui.

— Tu es si coquine.

Je souris.

— Personne ne m'a jamais dit que j'étais coquine.

— J'adore ces petits nœuds, remarque-t-il en jouant avec eux. Ma fiancée sexy. On va enfin pouvoir accomplir notre destinée et devenir mari et femme.

Mes yeux sont brûlants. Cela me fait parfois cet effet, quand Jack devient sérieux, si expressif et sincère. Il m'embrasse tendrement et me fait rouler sous lui.

Mes mains errent sur les contours durs et musclés de son dos. Le baiser gagne en intensité, il glisse une jambe entre les miennes et applique une pression des plus délicieuses. Une douleur sourde me fait balancer mes hanches contre lui. J'émets un gémissement venu du fond de ma gorge, parce que j'en veux plus.

Il descend le long de mon corps, referme les dents sur le nœud d'un côté de ma hanche et tire dessus. Cet homme connaît mon corps et peut m'emmener jusqu'à des sommets d'extase, parfois en empruntant une voie lente et douloureuse, parfois à un rythme rapide et écrasant. Je ne sais jamais ce que ce sera. Et il n'a pas besoin de directives. J'aime qu'il prenne le contrôle, plus que je l'aurais cru.

Il m'embrasse le long de la hanche, puis dépose une traînée de baisers brûlants sur mon ventre et jusqu'à mon autre hanche, où il défait le deuxième nœud avec ses dents. Il m'arrache ma culotte.

— Celle-là est peut-être plus marrante que ta culotte bien sage.

— Je suis contente que tu… Jack !

Ma voix devient haut perchée alors qu'il m'embrasse fermement entre les jambes, avant d'aspirer. Il ralentit le rythme tout en posant mes jambes sur ses épaules arrondies. Ma respiration se fait saccadée. Je glisse une main dans ses cheveux et nos regards se croisent l'espace d'un instant électrique. Une étincelle malicieuse brille dans les siens, qui me fait resserrer les doigts dans ses cheveux. Cette étincelle pourrait tout autant signifier un rythme lent ou rapide. Les deux me mettent en surcharge ; il me met en surcharge, de la manière la plus exquise qui soit.

Puis il plonge avec avidité et je me perds, arquant les hanches sous l'effet du rythme qu'il m'impose, une dégringolade rapide vers l'oubli. J'ai la respiration forte alors que tout en moi se recourbe et devient brûlant. Ses doigts se joignent à la fête et me caressent de l'intérieur. Je relâche ses cheveux, laissent retomber mes bras de chaque côté de mon corps et rejette la tête en arrière. Puis je cède, un afflux de plaisir brutal secouant mon corps contre lui sans que je puisse rien contrôler. Il ralentit le rythme pour me ramener peu à peu à la réalité jusqu'à ce que je me ramollisse complètement.

Il s'écarte et je souris. Quel homme merveilleux. Il récupère un préservatif et revient vers moi, avant de s'installer entre mes jambes et de s'enfoncer lentement en moi.

Nous nous engageons alors dans une cadence lente et douce, alors qu'il garde les yeux rivés aux miens. L'émotion m'étreint la gorge ; quelque chose a changé, encore une fois. Nous débutons notre avenir ensemble. Ses yeux étincellent d'amour et je suis sûre que c'est la même chose avec les miens.

— Jack.

Un seul mot, prononcé avec tant d'amour.

— Ry.

Il accélère le rythme, les yeux rivés aux miens, et m'amène une fois encore jusqu'à l'extase. Il se joint à une quelques instants plus tard, pesant sur moi de tout son poids. Je l'étreins et ferme les yeux, perdue dans l'éclat du grand amour. Je n'ai jamais aimé aucun homme comme je l'aime. C'est quelque chose de puissant. Je n'aurais jamais cru pouvoir éprouver autant de choses, des sentiments si profonds. Je le lui dirai dès que j'aurai retrouvé l'usage de la parole.

Il lisse mes cheveux en arrière pour me regarder dans les yeux.

— Je t'aime tellement, dit-il d'une voix bourrue.

— L'amour, dis-je avec un sourire somnolent.

Il émet un petit rire.

— Je t'ai épuisée, hein ? Tu es si drôle.

Je ressens le besoin de prendre ma revanche. Il m'a épuisée émotionnellement tout à l'heure, avec cette fête de fiançailles surprise, puis il m'a épuisée physiquement durant notre première nuit en tant que couple fiancé. Je devrais bien trouver quelque chose. Mon cerveau est en bouillie.

Il m'embrasse sur la joue.

— Je reviens tout de suite.

Il va dans la salle de bain au bout du couloir. Quelques minutes plus tard, il revient, un sourire insolent sur les lèvres.

— Tu es assez remise pour parler ?

Je repousse mes cheveux trempés de sueur de devant mon visage.

— Avant tous les événements de la journée, j'essayais de trouver le courage de te dire quelque chose.

Son sourire disparaît et il revient au lit, roulant sur le côté et se hissant sur un coude.

— Dis-moi.

Je roule face à lui, lui prends la main et la presse contre mon ventre.

— Je suis enceinte.

Il me pousse sur le dos et me cloue les mains au matelas.

— Bien essayé ! C'est impossible. D'abord, ton timing est très mauvais pour cette farce. Tu ne peux pas faire une farce juste après en avoir toi-même été victime. C'est trop évident. Deuxièmement, je n'ai jamais oublié de mettre un préservatif, sauf la toute première fois, qui compte à peine parce que je ne t'ai pénétrée qu'une fois.

Il sourit quand j'éclate de rire.

— Ce pour quoi tu m'as complimenté, ajoute-t-il.

— Le préservatif avait peut-être un problème de fabrication, suggéré-je en m'efforçant de garder mon sérieux.

Il me mordille la lèvre inférieure.

— Tu es une très mauvaise menteuse. Tu vas devoir faire beaucoup plus d'efforts si tu veux me piéger.

Je souris.

— Je trouverai un truc.

Il fourre son nez dans mon cou.

— Réfléchis bien, dit-il, avant de m'embrasser jusqu'à mon oreille. Un jour, tu seras vraiment enceinte, hein ? Quand tu seras prête.

Je prends une brusque inspiration.

— Tu es prêt, toi ?

— Après le mariage, mais oui. Je t'aime. Je veux tout ce que tu peux m'apporter.

Mes yeux s'emplissent de larmes. Je ne peux pas m'en empêcher.

Son regard s'adoucit.

— Oooh, Ry.

Il roule sur le dos et m'attire sur lui, avant de me caresser les cheveux.

— Je ne savais pas que tu étais si sensible. C'est la troisième fois aujourd'hui que tu as les larmes aux yeux à cause d'un truc que j'ai dit.

Je renifle et lève la tête.

— Ça se comprend, non ? L'homme le plus merveilleux du monde m'a demandée en mariage, et il vient de me dire qu'il est impatient d'avoir des bébés avec moi. Mon cœur est comblé au point d'exploser, mes ovaires sont en train de danser et mes larmes coulent !

Il éclate de rire.

— Je ne savais pas que je pouvais faire danser tes ovaires. C'est un nouveau sommet de gravi sur l'échelle de l'amour, pour moi.

Je ris à mon tour.

— Ils dansent le cha-cha-cha.

Il m'embrasse et me serre dans ses bras. Je pousse un soupir et me laisse fondre dans son étreinte, enveloppée d'amour.

Ne manquez pas le prochain roman de la série, *Rogue Angel - Version française,* dans lequel Connor se retrouve embarqué dans une romance interdite !

Becca

Cette aventure d'un soir avec l'employé de chantier sexy ne faisait pas partie du plan.

Ça ne me ressemble pas du tout, mais dans un moment de faiblesse, j'ai été hypnotisée par ses yeux bleus perçants, son sourire charmeur et son corps spectaculaire musclé de *partout.*

C'était une erreur.

Sauf que le lendemain, il me demande mon numéro et je commence à me dire que cette histoire a peut-être du potentiel. Ce n'était peut-être pas une erreur.

Puis je le retrouve au pire endroit possible et réalise que ça ne pourra jamais marcher. Il y a des règles, dans ce genre de situation – et pour de bonnes raisons – et je n'ose pas franchir la limite.

Connor Rourke est intouchable.

Je ne sais pas combien de temps encore j'arriverai à résister à la tentation.

Inscrivez-vous à ma newsletter afin de ne rater aucune de mes nouvelles publications: Kyliegilmore.com/FRnewsletter

AUTRES LIVRES DE KYLIE GILMORE

La série du Club de Lecture Happy End

Hollywood incognito (Tome 1)

Au-devant des ennuis (Tome 2)

Même pas cap (Tome 3)

Entente formelle (Tome 4)

Erreur sur le bad boy (Tome 5)

Joue avec moi (Tome 6)

Résister au destin (Tome 7)

Une chance de romance (Tome 8)

Un séducteur diabolique (Tome 9)

Un plan désagréable (Tome 10)

Un mariage Happy End (Tome 11)

La série Rourkes

Royal Catch - Version française (Tome 1)

Royal Hottie - Version française (Tome 2)

Royal Darling - Version française (Tome 3)

Royal Charmer - Version française (Tome 4)

Royal Player - Version française (Tome 5)

Royal Shark - Version française (Tome 6)

Rogue Prince - Version française (Tome 7)

Rogue Gentleman - Version française (Tome 8)

Rogue Rascal - Version française (Tome 9)

Rogue Angel - Version française (Tome 10)

Rogue Devil - Version française (Tome 11)

Rogue Beast - Version française (Tome 12)

AU SUJET DE L'AUTEUR

Kylie Gilmore est auteur de best-sellers sur la liste de USA Today tels que la série du Club de Lecture Happy End, la série Rourkes, la série Clover Park et la série Clover Park Charmeurs. Elle écrit des romances comiques qui vous feront rire, vous feront pleurer et vous donneront un coup de chaud.

Kylie vit à New York avec sa famille, ses deux chats et un chien complètement fou. Quand elle n'est pas en train d'écrire, de courir après ses enfants ou de prendre des notes lors de conférences sur l'écriture, vous la trouverez sur la pointe des pieds, cherchant à atteindre sa cachette secrète de chocolat tout en haut du placard.

Cliquez ici pour vous inscrire à la newsletter de Kylie afin de recevoir des informations concernant les sorties de nouveaux livres, les promotions et les cadeaux réservés aux abonnés. https://www.kyliegilmore.com/FRnewsletter

Pour d'autres bonus sympas, allez voir le site de Kylie https://www.kyliegilmore.com.

www.ingramcontent.com/pod-product-compliance
Lightning Source LLC
Chambersburg PA
CBHW071526120726
47907CB00013B/1089

9781646580576